La fontaine du bourreau

Pierre Soavi

La fontaine du bourreau

Contes et récits corses

Albin Michel

22, rue Huyghens, 75014 Paris
ISBN 2-226-09264-1

À ma femme pour sa présence affectueuse. À mes enfants et petits-enfants pour leur attachement à la terre de leurs racines. Aux disparus dont le souvenir a guidé ma pensée.

Avant-propos

OUVRIR un livre de récits populaires, c'est non seulement découvrir une région avec ses paysages, ses traditions, ses coutumes et ses habitants, mais aussi visiter une terre inconnue, d'autant plus singulière quand il s'agit d'une île au caractère typiquement affirmé comme la Corse.

C'est faire un beau voyage, s'intégrer, pendant quelques heures, dans un monde fabuleux et passer des moments inoubliables en compagnie de héros, réels ou chimériques, naïfs ou roués, cupides ou désintéressés, belliqueux ou pacifiques mais toujours tendres, malicieux et surtout pleins de bon sens et de vérité.

C'est s'imprégner directement de la mémoire profonde d'un peuple original, attaché à ses racines, sa culture, ses croyances et son histoire. C'est apprendre le passé, comprendre le présent et imaginer l'avenir d'un pays, à travers les attitudes, les réactions et les comportements, individuels et collectifs, des hommes et des femmes qui se réclament de lui.

Le conte n'est pas seulement l'illustration d'une forme de pensée, il est poésie et rêve, passion et tendresse, violence et douceur. Il est l'émanation de l'âme d'un groupe humain, placé dans un contexte social, religieux et géographique particulier qui, au fil des siècles, a dessiné la personnalité, forgé le caractère et formé la mentalité des individus qui le composent.

Les récits que je vous présente aujourd'hui sont l'expression naturelle d'un peuple de bergers, la respiration normale d'un terroir, la chronique insolite d'un monde disparu, l'entretien de la flamme dans le foyer familial et le témoignage affectueux d'un enfant d'autrefois fidèle au souvenir de ceux qui ne sont plus.

À travers ces histoires imaginaires parfois fantastiques, souvent humoristiques, mais toujours empreintes d'authenticité, je vous invite à partager toutes ces légendes qui ont vu le jour à la lumière du printemps, se sont dorées au soleil des moissons et ont mûri au vent de l'automne, dans la vie d'un homme empreinte à jamais de la poésie d'une enfance rurale.

Je vous invite à m'accompagner sur les chemins de la montagne bleue, à écouter les mots que murmurent les ruisseaux des pêcheurs de lune, à goûter au pain de froment cuit au feu de bois et à cueillir des fleurs au parfum mystérieux et aux noms étranges, qui ne poussent que dans mon île de beauté.

La fontaine du bourreau

CONNAISSEZ-VOUS cette source qui coule dans le maquis, sur la route de Bastia, au lieu-dit « Quercètu [1] » ? Et savez-vous pourquoi on l'appelle « A Funtàna di u boïa », c'est-à-dire la Fontaine du bourreau ? Non ! Je m'en doutais.

Ce n'est pas étonnant d'ailleurs car beaucoup de personnes ignorent jusqu'à l'existence de cette source, recouverte aujourd'hui par les ronces, la clématite et les broussailles et nul, à part moi, ne sait qu'elle doit son nom à un événement tragique qui s'est produit dans notre petit village il y a... très, très, longtemps.

C'est parce que je suis très vieux que je connais cette histoire, pleine de mystère, qui a marqué toute une génération, à laquelle appartenait l'un de nos ancêtres à une époque qui se perd dans la nuit des temps.

Je l'ai apprise un soir au coin du feu, alors que j'étais encore tout enfant, et Babo-Pedrone [2], qui me l'a racon-

1. *Quercètu* : chênaie.

2. Babo : diminutif de *babone* (grand-père) ; Pedrone : le prénom Pierre qui formé avec un augmentatif signifie Pierre le grand ou le gros.

tée, m'a affirmé qu'elle lui avait été narrée par son propre grand-père qui, lui, la tenait du sien, par la voie de cette tradition orale qui a toujours été si fidèle et si vivace dans notre île.

C'est en effet de cette façon que nous sont parvenus les faits importants, ou singuliers, qui ont laissé une empreinte sur notre famille, notre population, et même sur certains lieux, puisque, dans le cas présent, c'est l'un d'eux qui a gardé la mémoire de cette aventure extraordinaire vécue par l'un des nôtres.

Je n'ai jamais mis en doute la parole de Babo-Pedrone qui avait une sainte horreur du mensonge et c'est pour cette raison que je voudrais, alors que mes pas s'en vont vers le couchant, vous conter ce *stavaldoghiu*[3] pour l'empêcher de sombrer dans la mer des mots perdus où vont mourir toutes les histoires d'autrefois.

À l'époque dont je voudrais vous parler, et que nous qualifions aujourd'hui un peu à la légère de barbare, la justice des hommes était ferme et expéditive.

Lorsque quelqu'un avait commis un méfait d'une certaine importance, la loi du talion lui était appliquée dans toute sa rigueur et le mal était rendu pour le mal dans une quantité égale au préjudice subi. Les jugements étaient sans nuances et les auteurs de crimes de sang, par exemple, étaient toujours condamnés à avoir la tête tranchée. Cela enlevait aux assassins l'envie de recommencer et ceux qui étaient tentés de porter atteinte à la personne d'autrui y réfléchissaient à deux

3. *Stavaldoghiu* : choses vécues ; littéralement, « ce qui est arrivé ».

fois car ils savaient à quoi s'en tenir sur la punition qui les attendait.

Mais l'application stricte de lois, même très sévères, n'a jamais empêché les hommes d'être violents et, dans une société bouillante comme la nôtre, il n'était pas rare de voir des homicides se commettre, surtout lorsque des questions d'honneur étaient en jeu ou qu'il fallait se venger d'un affront.

Quand un fait de ce genre se produisait, l'auteur du crime prenait le plus souvent le maquis et, s'il n'avait pas perdu l'estime de la population locale, il était rare qu'il soit arrêté par la maréchaussée qui ne s'aventurait guère en rase campagne.

Cependant lorsque les gens d'armes, par extraordinaire, arrivaient à mettre la main sur un coupable, celui-ci était rapidement jugé à Bastia et la sentence, qui était généralement la peine capitale, lui était appliquée dans la région où le crime avait été commis. Pour servir d'exemple, l'exécution du condamné était toujours publique. Elle avait lieu sur la place de l'église pour laisser au criminel une chance de se repentir et de sauver son âme avec le secours de la religion et l'assistance d'un prêtre au moment du supplice.

Si je vous ai raconté tout ça, c'est parce que mon histoire concerne justement un meurtre et plus précisément une de ces vendettas comme il s'en produisait souvent, en ces temps reculés, dans notre pays marqué par la violence.

Or donc un crime avait été commis dans notre petit village plutôt paisible d'habitude.

À la suite de circonstances qui seraient trop longues à énumérer ici et sans intérêt pour l'affaire qui nous occupe, un homme de notre famille prénommé Pétru-Francè avait fait passer de vie à trépas un ami déloyal qui avait tenté de séduire sa femme.

On ne plaisantait pas à l'époque avec ces choses-là dans notre milieu réputé pour la pureté de ses mœurs et la rigueur de sa morale.

L'épouse, Anghiula-Maria, qui était fort belle mais aussi très vertueuse, avait mis tout de suite son mari au courant des convoitises dont elle était l'objet. À eux deux ils avaient mis au point un plan machiavélique pour confondre le coureur de jupons. Invité à un rendez-vous galant, l'ami félon était tombé en fait dans un guet-apens où Pétru-Francè l'avait abattu après lui avoir fait réciter ses prières, car dans notre peuple on s'est toujours préoccupé du sort de l'âme humaine, fût-elle celle d'un ennemi.

Son honneur lavé dans le sang, Pétru-Francè s'était réfugié dans le maquis avec la bénédiction d'une grande partie de la population du village qui approuvait son geste.

Mais Anghiula-Maria, qui était fière de la grande preuve d'amour que lui avait donnée son mari, fut, hélas ! la cause de sa perte.

Les gens d'armes connaissaient, comme tout le monde, le proverbe corse qui affirme qu'un cheveu de femme a plus de force dans la montée que cent paires de bœufs dans la descente : « *Tire piu un pelu di donna às l'insù che centu paghie di boï à l'inghio.* » Convaincus de la justesse de cette maxime et de son poids sur le comportement humain, ils montèrent une garde discrète et vigilante durant plusieurs nuits d'affilée à proximité de la maison du meurtrier.

C'est au moment où celui-ci quittait le maquis pour

rendre visite à celle qu'il aimait qu'il fut arrêté, après s'être battu comme un lion et avoir tué deux gens d'armes.

L'affaire fut rondement menée sur le plan judiciaire. Quelques mois seulement après ces faits tragiques, alors qu'un bel été parait de son ardente lumière le village, la grande montagne qui le domine et la campagne environnante, l'exécution de Pétru-Francè fut annoncée à grands renforts de roulements de tambour. Soucieuses de la formation morale des populations, les autorités publiques ne laissaient jamais rien au hasard pour mettre en scène ces sortes de divertissements à caractère éducatif que représentaient à cette époque les exécutions capitales. Celle de Pétru-Francè, qui était considéré comme une sorte de héros sur le plan local, n'échappa pas à la règle.

Les préparatifs attirèrent une grande foule dans notre village. De tous les coins de la Balagne [4] les curieux accouraient et certains, pour ne pas perdre une miette de l'événement, s'installèrent sur place bien à l'avance. Les braves gens ont toujours été fascinés par le spectacle de la mort ; surtout quand ils se sentent à l'abri de ses griffes et qu'elle a la délicatesse de frapper quelqu'un d'autre qu'eux-mêmes.

Au fur et à mesure que la date fatidique approchait, une grande excitation s'emparait de la foule. Bien des jours à l'avance, des guetteurs bénévoles, postés sur des éminences, scrutaient la route de Bastia, qui serpentait à travers la montagne, pour voir arriver le personnage principal de cette histoire, c'est-à-dire le bourreau.

---

4. Balagne : Région du nord-ouest de la Corse comportant une partie littorale et une partie montagneuse.

On savait de source sûre, car les nouvelles allaient vite dans ce pays pourtant dépourvu de tout moyen de communication, que l'intéressé avait quitté la grande ville quelques jours auparavant et qu'il allait bon train avec sa charrette, tirée par des mulets et chargée des bois de justice.

D'où la vigilance déployée par les guetteurs !

Tout le monde regardait leurs silhouettes, qui se détachaient sur l'horizon, et attendait d'eux le signal convenu.

Les deux jours précédant la date de l'exécution, la nervosité fut à son comble. Personne ne quittait des yeux les guetteurs, toujours aussi immobiles que des cyprès par un jour sans vent.

– Le voilà ! Le voilà ! cria enfin la première sentinelle en agitant sur l'horizon sa *fàscia* [5] rouge et en lui faisant décrire des volutes superbes dans l'air immobile.

– Le voilà ! Le voilà ! répétèrent comme un écho les autres guetteurs.

La nouvelle se répandit à la vitesse d'un boulet de canon. Des petits chemins adjacents qui convergeaient vers le village, accoururent encore et encore des hommes, des femmes, des enfants, des vieillards, ingambes ou à moitié infirmes, allant tous à la rencontre de l'homme le plus redouté de la terre. Le bourreau était encore loin, mais on suivait sa progression grâce au petit nuage de poussière soulevé par son attelage, dans l'air pur et limpide d'une fin de journée d'été.

On entendit d'abord le clic-clac des roues cahotant

5. *Fàscia* : prononcer « facha » ; ceinture d'étoffe rouge que les hommes adultes portaient enroulée autour de la taille ; taillole en provençal.

sur les inégalités de la chaussée empierrée puis la voix du bourreau qui encourageait ses bêtes lorsqu'une côte leur demandait un plus grand effort.

Enfin, on le vit !... Après une dernière côte, un dernier tournant, un dernier mouvement de terrain, l'équipage apparut et passa à hauteur de la foule silencieuse qui se tenait à distance respectueuse.

Venait d'abord le véhicule. C'était un vieux char à bancs, à long plateau, à quatre roues, dont celles de devant étaient plus petites que les deux autres. Il était tiré par quatre mules robustes, attelées à un timon central et allant d'un bon pas sur le chemin rugueux.

Sur le plateau du char, d'énormes pièces de bois, grossièrement équarries, étaient fixées par une grosse corde en poil de chèvre qui gémissait à chaque déplacement de l'aplomb du chargement.

Derrière l'attelage, marchant la tête haute et le regard droit, venaient le bourreau et son aide.

La réputation du bourreau l'avait précédé et depuis quelques jours déjà tout le monde parlait de lui comme d'un être mystérieux, fascinant et surnaturel.

À première vue, il correspondait peu au portrait qui en avait été fait par ceux qui affirmaient le connaître. C'était un bel homme, mince, de grande taille, à l'air solide, brun de poil et de peau, à l'allure vive et décidée, au regard direct. Il était habillé d'une espèce de robe de bure de couleur brune, qui lui tombait à mi-jambes. Les manches amples du vêtement laissaient passer deux bras musclés et velus terminés par des mains énormes. Il était chaussé de sandales rustiques à lanières, du même type que celles portées par les moines qui venaient des couvents alentour quérir l'aumône dans les maisons du village. Il était coiffé d'une sorte de bonnet phrygien qui lui couvrait en partie le front et dont la pointe, terminée par une espèce de gland de passementerie, lui descendait sur la nuque et le haut du dos. Il portait sur l'épaule droite l'insigne de ses fonctions, c'est-à-dire une grande hache dont on ne voyait que le manche en bois car toute la partie en fer était cachée par un sac en cuir, de couleur sombre, fermé par un gros lacet noir.

Bien qu'il portât le nom patronymique, typiquement insulaire, de Mattéu Santoni, tout le monde racontait qu'il était italien, ou plutôt lucquois, car en Corse, à l'époque, tous les Italiens, qu'ils soient de Lucques ou d'ailleurs, étaient traités de « Luchesi ». Il était surnommé Falcone [6] non seulement parce qu'il avait un nez en bec d'aigle, qui contrastait d'ailleurs avec les traits de son visage qui étaient plutôt fins et réguliers, mais aussi parce que l'ardeur qu'il déployait pour accomplir sa basse besogne se confondait, dans l'imagination populaire, avec la rapacité d'un oiseau de proie fondant sur sa victime.

Disons qu'on lui trouvait beaucoup de défauts, dont celui d'être italien, parce qu'il était bourreau.

En fait, chacun savait qu'il était de Bastia où sa famille avait pignon sur rue.

Il convient sans doute de souligner ici cette attitude commune à tous les Corses qui s'entendent à prononcer l'exclusive contre un membre de leur communauté insulaire quand par sa réputation, sa conduite ou ses fonctions il n'est pas jugé digne d'en faire partie. Tel était le cas de Falcone dont la « profession » de bourreau,

---

6. *Falcone* : gros faucon, épervier, dans le sens général de rapace.

jugée infamante, le classait d'office dans une catégorie d'individus peu estimables.

Mais laissons là ces considérations et revenons à notre histoire.

L'attelage ainsi décrit se dirigea vers la place de l'église en passant entre deux haies de badauds maintenus à distance par une escouade de gens d'armes et autres chevaliers du guet, chargés du service d'ordre.

L'arrivée sur la place de l'église se fit à la tombée du jour. L'exécution était fixée au surlendemain.

Le bourreau, son aide et leurs mules s'installèrent pour la nuit. La charrette, préalablement débarrassée des bois de justice, fut aménagée en toit provisoire pour les deux hommes. Ceux-ci déroulèrent leurs paillasses, sortirent leurs provisions de bouche, mangèrent un morceau sur le pouce, burent un bon verre de vin rosé puis s'endormirent du sommeil des justes.

Ils avaient apporté des vivres pour trois jours, c'est-à-dire du pain du fromage et de l'eau. Ils savaient bien que personne dans le village ne leur aurait donné le plus petit morceau de pain ni la moindre goutte d'eau. Personne, non plus, ne les aurait aidés dans leur travail maudit pour tout l'or du monde.

C'est la raison pour laquelle l'exécuteur des hautes œuvres ne se déplaçait jamais sans son aide. En l'occurrence, celui-ci était un jeune homme pâle, terne, malingre et falot que je n'ai même pas pris la peine de vous décrire tellement il semblait insignifiant à côté de son maître.

Une grande partie de la foule resta sur place durant toute la nuit, guettant le moindre mouvement dans le campement. Les gens d'armes restèrent sur le pied de guerre, prêts à intervenir en cas de besoin pour protéger les deux hommes.

À la première lueur de l'aube, le bourreau et son aide commencèrent à dresser l'échafaud. Leurs coups de marteau résonnaient dans la montagne et revenaient sur la place de l'église, dans un écho tragique et désordonné.

Les deux hommes travaillèrent toute la journée sous une chaleur accablante, buvant force lampées d'eau et de vin. Le soir, tout était prêt pour accueillir le condamné qui devait arriver le lendemain à l'aube, sous bonne escorte relayée de piève en piève [7].

Comme la première, la deuxième nuit se déroula sans incidents.

Le soleil n'était pas encore levé lorsqu'une grande rumeur annonça l'arrivée du prisonnier qui venait de Bastia. Il marchait à pied sur la route poussiéreuse, les mains attachées à une longue chaîne dont l'autre bout était tenu fermement par l'un des deux gens d'armes à cheval qui formaient l'escorte.

Pétru-Francè paraissait fatigué mais il marchait fièrement, le front haut et la tête droite.

Un murmure traversa l'assistance, des larmes coulèrent sur les joues d'Anghiula-Maria et une ombre se répandit sur les visages des membres de sa famille.

Cependant une grande dignité était de mise. Aucune personne parente du galant tué par Pétru-Francè n'était sur les lieux. Je crois même que toute la famille avait quitté le pays après les faits tragiques dont je vous ai parlé.

Dès que Pétru-Francè mit le pied sur la place de l'église, entourée par un cordon de chevaliers armés, un

7. Piève : ancienne unité administrative d'origine religieuse.

grand silence se fit dans la foule stoïque sous les rayons du soleil qui commençait à monter dans le ciel.

Le bourreau et son aide se tenaient au pied de l'escalier grossier qui menait à l'échafaud. Pétru-Francè marcha d'un pas vif jusqu'à eux et s'arrêta à leur hauteur.

Le curé du village, revêtu d'une chasuble blanche, sortit de l'église par la porte latérale. Il tenait une croix de fer dans sa main gauche. Il s'approcha du condamné qui, à sa vue, tomba à genoux. On les vit de loin qui parlaient. Falcone et son aide, qui s'étaient écartés à la vue du prêtre, se tenaient à distance respectueuse.

Toujours à genoux, Pétru-Francè avoua ses péchés et demanda pardon à Dieu des crimes qu'il avait commis. Le prêtre lui donna l'absolution, en étendant sa main droite au-dessus de sa tête, puis lui fit baiser le Christ.

Toujours aussi impassible, le bourreau s'approcha et fit signe à Pétru-Francè de se relever et de grimper l'escalier de bois devant lui. Sans aucune hésitation le supplicié obéit à ces ordres et se dirigea d'un pas ferme vers le billot en bois qui trônait au milieu de l'estrade.

Alors tout se passa très vite : le bourreau força Pétru-Francè à s'agenouiller en lui appuyant sa main gauche sur la nuque et la droite au milieu du dos, puis il brandit sa hache et...

Je ne vous raconterai pas l'exécution de Pétru-Francè qui risque de vous impressionner, mais sachez que notre ancêtre mourut dans la dignité et avec beaucoup de courage.

Sa tâche funeste accomplie, Falcone, aidé de son pâle complice, démonta l'échafaud, chargea les bois maudits et attela ses mules.

Le soleil, maintenant, était haut dans le ciel et la

chaleur était devenue accablante. Il n'y avait pas le moindre souffle d'air. Les deux hommes transpiraient abondamment et tiraient de grandes goulées d'eau tiédie du tonnelet en bois que nous nommons *fiascu* [8] en langue corse.

La foule, toujours présente et silencieuse, les regardait faire.

Au moment où le clocher de l'église sonna quatre heures, tout était prêt pour le départ. La chaleur semblait avoir augmenté d'intensité et notre petite vallée ressemblait à un chaudron du Diable. Cependant le bourreau, qui ne voulait pas rester une minute de plus dans ce pays inconfortable et devant une foule qui ne lui voulait certainement pas que du bien, décida de se mettre en route sur l'heure.

Juste avant de donner le signal du départ, Falcone approcha le *fiascu* de sa bouche pour boire le coup de l'étrier. Il s'aperçut alors que le récipient était vide.

Il ne fallait pas songer à se mettre en route sans eau car le chemin s'annonçait long et malaisé et le temps de plus en plus chaud.

Alors Falcone, s'adressant à la foule et tenant son *fiascu* à bout de bras, dit d'une voix ferme et pleine d'autorité :

– Donnez-moi de l'eau pour le chemin du retour.

La foule resta aussi muette et immobile qu'un champ de pierres.

– Donnez-moi de l'eau, répéta le bourreau, d'une voix où perçait maintenant une certaine nervosité, je vous donnerai tout l'argent que vous voulez.

---

8. *Fiascu* : tonnelet ou calebasse destinés à contenir de l'eau potable.

Toutes les personnes présentes détournèrent la tête sans répondre.

L'homme se fit alors plus humble et il dit d'un ton presque suppliant :

– Donnez-moi de l'eau. Je ne vous demande rien de plus. Sans elle je ne peux partir. Je suis un homme comme vous. Vous ne pouvez pas me refuser un peu d'eau !

La foule se dispersa sans un mot et le bourreau resta seul avec son aide, ses mules et sa charrette. Même les gens d'armes s'en allèrent sur leurs grands chevaux sans rien dire.

Il alla heurter violemment la porte de l'église et cria sa détresse :

– De l'eau ! De l'eau ! par pitié.

Mais seul le silence lui répondit.

– Dites-moi où il y a une source ! hurla l'homme en levant les bras au ciel, mais la place de l'église était maintenant déserte et son appel resta sans écho.

Un silence hostile semblait s'être installé dans la petite vallée où le soleil avait redoublé d'ardeur.

– Je suis seul dans le désert, dit l'homme à mi-voix, puis il donna l'ordre à son aide de mettre l'attelage en route.

Le convoi s'ébranla, franchit la petite côte qui mène à la grande route, traversa le village désert et prit la direction de Bastia.

Il n'y avait plus âme qui vive. L'équipage semblait moins fringant qu'à son arrivée. Les mules étaient fatiguées par la chaleur, l'aide était de plus en plus insignifiant et le bourreau marchait, le buste penché en avant, comme si le poids de sa hache, qu'il portait sur l'épaule, était devenu énorme.

Bêtes et gens avaient soif et nul n'était là pour leur indiquer une source.

Mattéu Santoni, dit « Falcone », lucquois ou corse, peu importe, bourreau de son état, se dit qu'il n'arriverait jamais à Bastia sans boire. Le désert des Agriates [9] n'était pas loin et s'y engager par cette canicule sans une goutte d'eau équivalait à une condamnation à mort. Lui qui avait donné tant de fois cette mort aux autres fut pris de remords. Il se dit que le ciel le punissait de tout le mal qu'il avait fait.

Les premiers kilomètres furent durs et ils laissaient mal augurer de ceux qui allaient suivre.

Le bourreau et son aide avaient la bouche sèche comme un paquet d'étoupe. Quant aux mules, n'en parlons pas ! Elles oubliaient même de transpirer tellement elles étaient desséchées par la chaleur.

Arrivées au lieu-dit Quercètu les bêtes de trait s'arrêtèrent d'elles-mêmes dans une petite clairière, à l'ombre des grands chênes qui bordaient la route à cet endroit.

Falcone s'assit, posa sa grande hache entre ses jambes et se prit la tête entre les mains comme s'il voulait réfléchir profondément. Le silence régnait toujours. On n'entendait que le chant des grillons qui semblaient être les seuls à apprécier la fournaise de cet après-midi brûlant.

Il allait s'assoupir, déprimé par la soif et la chaleur, quand une ombre passa entre lui et le soleil. Il ouvrit les yeux et vit quelqu'un qui se tenait debout, à ses pieds, dans une attitude décontractée.

C'était un homme sans âge, aux sourcils et à la barbe

9. Désert des Agriates : région désertique du nord-ouest de l'île.

en broussaille, vêtu comme un berger et coiffé d'un feutre noir et sans forme.

– Qui es-tu ? demanda vivement le bourreau.

– C'est très difficile à dire, répondit l'homme en le regardant avec un sourire légèrement ironique, mais je sais ce que tu cherches et je viens te proposer un marché.

– Parle toujours, continua Falcone en posant les mains sur le manche de sa hache.

– Tout doux ! reprit le berger, laisse ta hache tranquille, tu n'auras pas à t'en servir si tu m'écoutes avec attention.

L'homme garda le silence pendant quelques instants. Les mules avaient baissé la tête, résignées, l'aide dormait d'un sommeil agité, les grillons continuaient leur sarabande et les chênes, immobiles sous le ciel incandescent, ressemblaient à des géants terrassés par le soleil de feu.

Enfin, l'homme, qui ne souriait plus, reprit la parole, énonçant froidement :

– Puisqu'il faut te le dire, je te le dis, je suis le Prince des Ténèbres et j'ai besoin de toi.

Le bourreau ne marqua aucune surprise et regarda tranquillement le faux berger. Il est vrai que, côtoyant le mal tous les jours, il était habitué à faire face à toutes les situations.

– Que me veux-tu et que me donneras-tu en échange si j'accepte ton marché ? osa-t-il demander à l'étrange individu en le regardant droit dans les yeux.

– Je te donnerai beaucoup de choses et d'abord ce dont tu as le plus besoin aujourd'hui, c'est-à-dire de l'eau, promit l'homme au chapeau.

– De l'eau ? de l'eau ? s'étonna le bourreau. De l'eau

dans ce pays plus brûlé que ton enfer ! Et où la trouveras-tu ?

– Ne t'inquiète pas, reprit le Diable (car c'était bien lui !). J'ai des pouvoirs que tu ne peux soupçonner et je tiendrai mes promesses si tu m'obéis à la lettre.

– Précise ta pensée, rétorqua Falcone qui avait de plus en plus soif, il faut que les choses soient claires entre nous !

Alors le Diable s'assit sur une pierre et, sur le ton de la confidence, fit connaître au bourreau ce qu'il attendait de lui.

– Voilà, dit-il en préambule, j'ai de plus en plus besoin d'âmes damnées car je n'ai pas assez d'arrivées et, faute de pécheurs, mon enfer devient un désert.

– Pourtant ce n'est pas ce qui manque, remarqua Falcone, en lui coupant la parole. Avec la méchanceté, la violence et la malhonnêteté qui règnent sur la terre tu ne dois pas être à court d'esprits malfaisants ! Moi-même, je suis un bon pourvoyeur et, sans me vanter...

– Ne crois pas ça, repartit Satan d'un ton sec. D'abord il y a l'autre... (et, sans lever les yeux, soulevant le pommeau de son bâton rustique, il montra le ciel). Avec son pardon de la dernière seconde il me coupe souvent l'herbe sous le pied, si je peux dire, et je voudrais que cela cesse. Ensuite il y a ceux qui se repentent de leurs mauvaises actions au dernier moment, ceux qui réparent le mal qu'ils ont fait. Il y a aussi les erreurs judiciaires, les innocents, les pauvres d'esprits et j'en passe...

– Que me veux-tu exactement ? Parle net ! Précise tes exigences et cesse de faire le malin avec moi, insista le bourreau qui commençait à manifester une certaine impatience.

– Ce n'est pas compliqué, répondit le démon. Je vais t'imposer deux conditions : la première est de t'engager formellement à dire, à l'oreille du condamné que tu vas occire, juste avant le coup de hache, les quelques mots que je vais te confier sous le sceau du secret...

Et, se penchant vers Falcone, il lui murmura quelque chose à voix basse. Le bourreau eut un petit sursaut mais ne dit rien.

– La deuxième condition est encore plus facile, il suffit de me promettre ton âme et de me la remettre le jour de ta mort. Es-tu d'accord ?

Mattéu Santoni, exécuteur des hautes œuvres devant le Diable, réfléchit quelques instants en silence.

Damné pour damné ! se dit-il, avec le métier que je fais je le suis déjà, et avec mon âme noire je n'ai jamais eu pour ambition d'aller peupler le paradis des braves gens. Sur la terre j'ai encore de belles années devant moi et l'éternité m'importe peu. De plus j'ai très soif et je ne me sortirai jamais de ce mauvais pas sans le secours de quelqu'un, fût-il le Diable en personne.

– Tope-là ! dit-il à Satan en lui tendant la main droite. Je m'engage à suivre tes ordres. Maintenant tiens tes promesses, montre tes pouvoirs et donne-moi ce que je mérite.

Le Diable serra rapidement la main de Falcone, porta son regard vers le sol et se recueillit tête baissée pendant quelques instants, tout en marmonnant des mots inintelligibles.

Il leva soudainement la tête et, fixant le bourreau, lui commanda d'un ton ferme :

– Regarde ta hache.

Falcone défit nerveusement le lacet qui maintenait

fermée la gueule du sac et en tira sa hache. Il constata, ébloui, qu'elle était en or.

L'outil scintillait de mille feux sous les rayons de soleil et lançait des éclats métalliques aveuglants dans la pleine lumière de l'été.

Serrant son outil sur son cœur, le bourreau devint fébrile.

– Et l'eau ? Où est-elle, l'eau ? supplia-t-il d'une voix pâteuse.

– Va au fond de ce bosquet, à quelques pas d'ici, lui répondit le Diable, en montrant une direction avec son bâton de berger.

Falcone courut comme un fou jusqu'à l'endroit indiqué et, à sa grande surprise, il vit une belle source d'eau claire qui coulait paisiblement au pied d'un grand chêne.

Alors, brûlé par ce feu intérieur qui le dévorait comme un acide depuis des heures, il se jeta à plat ventre et but jusqu'à en perdre la raison.

Puis il revint vers son attelage dans l'intention de remercier le Diable et de prendre ses tonnelets pour les remplir à la source.

Le Diable avait disparu sans laisser aucune trace. Seule une légère odeur de soufre flottait dans l'air suffocant. L'aide dormait toujours, les mules impassibles somnolaient et les grillons continuaient leur chanson monotone.

– Où es-tu ? cria Falcone en regardant la campagne déserte et brûlante, puis, subitement, il s'écroula raide mort avec sa hache en or serrée sur sa poitrine.

Ce furent des bergers, revenant des champs à la tombée du jour, qui découvrirent la scène.

Ils portèrent secours à l'aide du bourreau en lui donnant à boire de l'eau de leurs gourdes. Ils le ramenèrent avec eux au village où, après avoir abjuré son passé, il s'intégra à la population locale.

Quant au bourreau, ils le jetèrent sur la charrette et ils firent prendre la direction du désert des Agriates à l'attelage qui ressemblait à un vaisseau fantôme.

Nul n'a jamais su ce qu'il était devenu !

Lorsque les bergers voulurent faire le plein de leurs gourdes à la source, ils constatèrent que la pierre sur laquelle l'eau courait était devenue rouge sang. Ce que voyant ils ne touchèrent pas à cette eau qui paraissait empoisonnée.

C'est depuis ce jour-là que cette source a pris le nom de « Funtàna di u boïa ».

Beaucoup d'hypothèses ont été émises depuis ces faits tragiques. Certains ont dit que le bourreau avait rêvé et qu'il était mort de soif. D'aucuns qu'il avait bu en trop grande quantité de cette eau glacée qui avait provoqué sa mort. D'autres qu'Anghiula-Maria avait versé du poison dans la source avant le passage du bourreau. Mais personne n'a jamais pu éclaircir ce mystère.

Les esprits savants d'aujourd'hui vous soutiendront que la pierre de la fontaine est rouge parce que son eau est ferrugineuse.

Mais moi, je préfère croire la version de Babo-Pedrone qui était incapable de mentir et de travestir l'histoire de son grand-père, qui la tenait du sien, comme je vous l'ai dit au début de ce récit.

De toute façon, aujourd'hui, la source est couverte de ronces, de clématites et de broussailles et personne, à part moi, ne connaît son existence et son histoire.

Le pêcheur de lune

La Balagne, terre littorale, riante, douce et tempérée, a toujours formé un contraste frappant avec d'autres régions de l'île, plus montagneuses et soumises à un climat plus rude et plus froid.

À l'époque de mes jeunes années, autant qu'il m'en souvienne, les habitants de ces contrées moins favorisées par la nature étaient de caractère réservé et de mœurs austères. Les Balanins avaient, au contraire, la réputation d'être plutôt légers, quelque peu superficiels et, pour tout dire, finauds et rusés. « *Balaninu untu è finu* [1] », disaient de nous les autres insulaires qui, à travers ce dicton, reconnaissaient volontiers notre habileté en toute chose, mais aussi laissaient entendre qu'il ne fallait pas nous accorder une confiance sans limite.

Pour ne pas être en reste nous appelions avec un peu de condescendance ces montagnards : « *Quelli d'insu* »

---

1. « *Balaninu untu è finu* » : « Balanin oint et fin » : allusion à l'industrie principale des habitants de la Balagne (l'huile) et à leur ruse. À noter que le *u* se prononce *ou* en langue corse. Lire : « Balaninou ountou è finou. »

(« ceux d'en haut ») pour bien marquer, sur le terrain de notre choix, notre prétendue supériorité.

D'autre part, pour ne pas faire mentir leur réputation, qu'ils estimaient flatteuse, les Balanins ne laissaient passer aucune occasion de faire de l'ironie facile aux dépens des habitants de l'intérieur en inventant des histoires qui mettaient en scène des personnages peu futés vivant, comme par hasard, dans ces pays de montagne. Ce n'était jamais bien méchant et certaines, comme celle que je vais vous raconter, étaient empreintes de cette poésie qui donnait tant de charme aux contes d'autrefois.

Or donc, un habitant de ce haut pays, berger de son état (appelons-le Antone, mais ne citons pas le nom du lieu pour ne blesser personne), avait formé le dessein de capturer la... lune !

Quelle que fût la saison, par les nuits blanches et claires, il allait se tapir au bord du torrent qui arrosait son village et, lorsque l'astre nocturne venait se mirer dans les jolis bassins d'eau transparente, il essayait de s'en emparer.

Pourtant, malgré ses efforts et ses plongeons, notre homme n'était jamais parvenu à ses fins. Chaque fois, au moment le plus propice, le disque d'argent le narguait et se mettait hors d'atteinte en disparaissant subrepticement derrière l'ombre d'un nuage ou celle du feuillage de la rive agité par le vent.

Cette absence de résultat en aurait découragé plus d'un mais Antone était doué d'une foi peu commune. En dépit d'un nombre incalculable de tentatives infructueuses et maladroites il n'avait jamais perdu l'espoir et il continuait, avec beaucoup de persévérance, à déployer une intense activité nocturne pour atteindre un but qui, au fil des années, était devenu la véritable justification de toute son existence.

Durant la journée, en gardant son troupeau de brebis, Antone scrutait le ciel et, si aucun nuage ne venait l'obscurcir, une grande joie emplissait son cœur dans l'attente de l'heure de la pêche à la lune. Depuis quelque temps, de toute évidence, le ciel était avec lui dans cette entreprise et il ne faisait aucun doute qu'une puissance invisible tenait à lui prêter main-forte pour faire aboutir son grand projet ! Quand, par extraordinaire, un moment de faiblesse semblait accabler notre homme, de nombreux signes encourageants, venus manifestement de l'au-delà, arrivaient à point nommé pour réveiller son ardeur et renforcer sa détermination. Il s'agissait le plus souvent de phénomènes naturels dont le sens aurait échappé à un esprit moins averti, mais Antone en sa qualité de berger était expert en matière de prévisions météorologiques et il savait à quoi s'en tenir sur les humeurs du temps. Ainsi avait-il remarqué que, cette année-là, malgré un hiver assez rigoureux, les conditions atmosphériques étaient de plus en plus favorables, les nuits de pleine lune de plus en plus nombreuses et l'eau des jolis bassins de plus en plus claire, prouvant, si besoin était, que tous les augures étaient de son côté dans cette délicate affaire qui se présentait sous les meilleurs auspices.

Pendant des mois, estimant que toutes les conditions nécessaires étaient réunies, notre héros quitta chaque soir la vieille maison où il vivait seul, pour aller en catimini monter une garde vigilante mais discrète au bord de la rivière.

Lorsqu'il cherchait, au cours de ces veilles interminables et fatigantes, à analyser ses chances de réussite, Antone se disait que la victoire était, certes, difficile à obtenir mais qu'elle restait néanmoins à portée de sa main. Toujours confiant dans son étoile, habité par la certitude absolue de devenir un jour un homme hors du commun et un exemple pour la terre entière, il se sentait investi d'une mission extraordinaire dont dépendait, en quelque sorte, le sort de l'humanité.

Malgré la modestie de sa situation, il se laissait parfois emporter par son imagination et un enthousiasme démesuré le submergeait à la seule idée d'aborder cette grande destinée qui se dessinait pour l'humble berger qu'il était. Ce n'était pas bien précis et souvent, lorsque son caractère rêveur prenait le dessus, les choses se présentaient à son esprit sous une forme poétique et surnaturelle. En revanche, dans ses moments de lucidité, les bénéfices qu'il s'attendait à récolter dans cette aventure prenaient un sens réel et une dimension délicieusement concrète. Il se voyait sur la plus haute marche d'un palais merveilleux, acclamé par ses compatriotes, couvert d'or et d'argent, ceint de lauriers, auréolé d'une gloire éternelle et d'un prestige sans limites. Tous les peuples de la terre, béats d'admiration, étaient à ses pieds et il croulait sous le poids de l'hermine, des bijoux, des richesses, des honneurs et des privilèges. Il ne faisait pas l'ombre d'un doute que son exploit serait perpétué à travers les siècles pour l'édification des hommes des générations futures qui se prosterneraient devant son nom gravé dans le marbre blanc des monuments élevés à sa mémoire.

C'est dans ces dispositions d'esprit qu'Antone partit de chez lui, un beau soir de décembre, alors que la lune était à son zénith et que le *muntese*[2] faisait craquer, sous son souffle léger mais glacial, les pierres du chemin.

Il se dirigeait vers la rivière quand, passant devant la maison de Ziu Francè[3], il s'arrêta brusquement, comme s'il venait d'être frappé par un enchantement. Stupéfait, raide comme une statue de sel devant le spectacle qui s'offrait à lui, il se frotta les yeux à plusieurs reprises, se demandant s'il dormait ou s'il était éveillé.

Là, devant lui, dans l'auge en granit où venaient dans la journée boire les ânes et les cochons, la lune, plongée dans l'eau, était prisonnière de la glace qui s'était formée à la surface du liquide sous les effets du froid très vif.

« Inouï ! Inouï ! », se dit notre homme métamorphosé en se parlant à lui-même. Puis, s'adressant à la lune au fond de l'auge :

– Comment ! voilà des années et des années que j'essaye de t'attraper sans résultat et te voici, à ma merci, sans le secours du moindre nuage ou de la plus petite ombre pour te cacher cette fois !

Mais la lune, sans doute vexée d'être surprise dans un si simple appareil, ne souffla mot.

Antone resta pendant quelques instants sur place, debout, perplexe, la tête en feu et le souffle coupé.

Il réfléchit d'abord profondément à ce qu'il convenait de faire. Il évalua ensuite rapidement les données du problème puis passa en revue toutes les solutions qui s'offraient à lui pour transporter la lune et le lourd récipient qui la contenait jusque dans sa maison.

---

2. *Muntese* : vent modéré mais froid venant de la montagne.

3. *Ziu* : oncle, titre affectueux et déférent donné à tout homme âgé, parent ou non ; le terme utilisé pour une femme est *zia* (tante).

Faire appel à des voisins pour l'aider dans cette tâche ? Il ne fallait pas y songer, l'affaire réclamant le plus grand secret.

Aller chercher des ânes et déplacer l'auge en la tirant avec des cordes ? Cela aurait fait un bruit d'enfer et réveillé tous les habitants du village.

Casser la glace, se saisir de la lune et la mettre en lieu sûr ? C'était tentant mais trop risqué car l'astre risquait de s'enfuir à la moindre fausse manœuvre.

L'affaire, comme on le voit, présentait d'énormes difficultés.

En effet, l'auge, taillée dans un bloc de granit, devait peser une bonne centaine de kilos au moins, sans compter le poids de l'eau et celui de la lune qui ne devait pas être négligeable.

Mais l'homme était vigoureux. La volonté farouche qui l'animait et l'espoir de voir son rêve si près de se réaliser décuplaient ses forces.

« Tu es bien seul seul ! » semblait lui dire la lune avec un air narquois.

« Qu'à cela ne tienne ! se dit notre pêcheur. La foi soulève bien les montagnes ! Pourquoi ne serais-je pas capable, moi, Antone de M... (Zut ! j'ai failli prononcer le nom du village !) de soulever une auge à cochons ? » Et s'arc-boutant, faisant appel à toute son énergie, Antone réussit, dans un magnifique sursaut, à mettre l'auge sur son épaule et à la transporter jusque dans sa modeste demeure.

Lorsqu'il eut déposé son énorme fardeau à terre, Antone s'écroula, brisé par l'émotion et anéanti par la fatigue. Il s'endormit aussitôt, à même le sol, la main droite posée sur l'auge, rempli d'un très grand bonheur à l'idée d'avoir réalisé le rêve de sa vie.

Comme d'habitude, son sommeil fut traversé des songes les plus fous. Mais, cette nuit-là, ses rêves étaient victorieux. Des anges montés sur des nuages blancs, tels des Pégases fougueux, allaient porter jusqu'aux confins de la terre le récit des prouesses du plus grand pêcheur de lune de tous les temps. Les trompettes de la renommée lançaient leurs éclats assourdissants par-delà les montagnes de son pays. Son cœur débordait d'une allégresse infinie devant des foules innombrables et stupéfaites dont l'immense clameur, faite de milliers de voix, faisait monter un chant de louange jusqu'au firmament que la lune, captive, avait déserté pour toujours.

Quand il se réveilla, le soleil s'était déjà levé pardessus les grandes montagnes. La glace de l'auge avait fondu et la lune avait disparu (ou, pour être plus précis, elle s'était éclipsée !...). Alors, se reprochant son sommeil qui ne lui avait pas permis d'exercer une surveillance constante de sa prisonnière, Antone se mit à pleurer. Les larmes, qui coulaient sur ses joues mal rasées, tombèrent en pluie dans l'eau qui réfléchissait, non plus la lune, mais un visage ravagé par le désespoir.

Aidé de toute la population du village, Ziu Francè chercha son auge toute la journée. Personne ne pouvait comprendre comment un objet de ce poids avait pu être emporté, au cours de la nuit, à l'insu de tous les voisins, sans que personne entende le plus petit bruit.

Pourtant, le lendemain, l'auge était revenue à sa place et, encore une fois, nul ne put expliquer ce mystère qui dépassait l'entendement humain.

Enfin, quand je dis que personne n'avait rien compris

à cette affaire, ce n'est pas tout à fait vrai ! Car les Balanins qui, comme chacun sait, sont plus malins que les autres Corses avaient tout deviné du premier coup.

La preuve ! Ce sont eux qui racontent cette histoire, l'été sur les places de village et l'hiver au coin du feu !

La concurrence

On appelait le car qui desservait le petit centre urbain de L'Île-Rousse et les villages environnants : « *A cuncurrinzza* », c'est-à-dire en français : « La concurrence. »

Pour tout vous dire, j'ai cru pendant longtemps, comme beaucoup de mes camarades, qu'il s'agissait d'un terme usuel servant à désigner un véhicule de transport en commun de ce genre et que l'on disait concurrence comme on dit, par exemple, diligence. En cas d'usage obligatoire de la langue française, les gens d'un certain âge disaient d'ailleurs : « J'ai pris la concurrence pour aller à L'Île-Rousse », ce qui amenait des sourires amusés sur les lèvres des quelques personnes instruites du village qui savaient à quoi s'en tenir sur le sens réel du mot employé.

Plus tard, j'ai appris que le car avait été ainsi baptisé à la suite d'un affrontement entre deux transporteurs locaux qui s'étaient livré bataille pour obtenir le droit d'exploiter la ligne.

La concurrence était un vieil autocar déglingué et bringuebalant, dégoulinant d'huile et de gas-oil (à gazogène pendant la guerre) qui cahotait avec ardeur sur les routes non goudronnées et poussiéreuses de l'époque et peinait désespérément dans les dures côtes qui menaient à tous les villages perchés comme des nids d'aigle.

Il était toujours bondé de voyageurs dont beaucoup étaient obligés de se tenir debout dans le couloir central ou à côté du chauffeur.

Le propriétaire de la société de transports avait trouvé une astuce infaillible pour rentabiliser son affaire : pour avoir une place assise il fallait payer le prix du voyage jusqu'au terminus, même si on ne se rendait qu'aux toutes premières stations. Comme il n'y avait plus de concurrence que de nom, l'exploitation de la *cuncurrinzza* et celle de la clientèle était des plus florissante.

Lorsque le car était plein comme un œuf les passagers étaient repoussés avec force vers l'intérieur du véhicule et comprimés avec rudesse par le préposé à la fermeture des portières qui criait : « Avancez ! Avancez ! » En français, pour se donner de l'importance.

Les voyageurs qui étaient restés sur le pavé avaient l'ultime ressource de grimper sur l'impériale, déjà abondamment garnie par les bagages, les colis et les cartons disparates des voyageurs qui étaient venus à la ville faire leurs achats d'outils, de vêtements de travail, de graines, semences, etc. Quant aux jeunes garnements, dont j'étais, ils préféraient cette place à toute autre lorsque l'occasion leur était donnée de revenir chez eux par le car du soir, surtout lorsqu'ils avaient fait le trajet du matin à pied pour économiser le prix du voyage.

Je me souviens qu'il régnait dans ce véhicule, lorsqu'on avait la faveur de disposer d'une place à l'intérieur, une ambiance chaude et fraternelle entre tous les voyageurs qui, peu ou prou, se connaissaient tous.

Le chauffeur et son receveur, que nous surnommions

« Roulez » – terme qu'il employait au départ de chaque halte pour dire au conducteur qu'il pouvait se remettre en route –, étaient des personnages marquants en raison du rôle important qu'ils jouaient au sein de notre petite société rurale.

En effet, outre leurs attributions respectives à bord du véhicule, ils servaient d'agents de liaison entre les différents villages qui jalonnaient leur itinéraire, et rendaient de menus services aux usagers. C'étaient eux par exemple qui, en plus du transport du courrier des PTT dont ils avaient la charge officielle, transmettaient les renseignements, les nouvelles et les messages d'un endroit à un autre et rapportaient de L'Île-Rousse ou d'ailleurs un petit paquet destiné à un particulier ou un médicament urgent pour quelqu'un de gravement malade.

La population ne se privait pas d'employer leurs compétences dans le domaine de la communication et tous deux s'acquittaient à merveille de cette tâche bénévole.

Les arrêts du car se faisaient toujours devant un café ou un bureau de poste, lieux privilégiés de rencontres et d'échanges à cette époque de tradition et de partage. Au temps de ma jeunesse, suivant une coutume solidement établie, j'allais très souvent avec d'autres camarades assister à l'arrivée du car du soir ; elle faisait partie de ces petits événements familiers, somme toute agréables, qui rythmaient notre vie quotidienne et nous permettaient de nous tenir au courant de l'actualité locale.

Les communications et messages divers transmis par le truchement du chauffeur et du receveur du car n'étaient nullement confidentiels ni secrets et ils intéressaient beaucoup de monde.

– Tu diras à Untel que l'âne qu'il a perdu a été vu du côté de Speloncato, disait le chauffeur au postier ou au facteur.

– Tu feras savoir à Dumenicu [1] N... que sa cousine de Belgodère a accouché d'un superbe garçon, disait le receveur à l'aubergiste.

Et tout le village profitait de ces bonnes nouvelles avant leur acheminement vers qui de droit.

Le conducteur de l'autocar était, bien entendu, le seul maître à bord. C'est lui qui décidait de la vitesse de son véhicule et de la durée des arrêts. Ses décisions étaient sans appel et nul ne se serait permis de lui faire une réflexion sur sa manière de conduire, de lui dire d'aller plus lentement par prudence, ou plus vite et de s'arrêter moins longtemps, parce que l'heure pressait.

Il est vrai que la notion que l'on avait du temps à cette époque était sans commune mesure avec celle que nous en avons aujourd'hui dans un monde de plus en plus agité.

Pour faire les quelque vingt kilomètres qui séparent Feliceto, mon village natal, de L'Île-Rousse, il fallait deux bonnes heures au moins. Parfois un berger faisait signe au chauffeur et celui-ci immobilisait son véhicule en rase campagne pour prendre l'homme à son bord ou, tout simplement, pour parler de la pluie et du beau temps.

Quand ce n'étaient pas les bergers qui arrêtaient le car, c'étaient les ânes, les vaches, les brebis, les chèvres

1. Prononcer Doumènighou.

ou les porcs qui encombraient sans vergogne la chaussée.

Il en était de même d'ailleurs pour la « micheline [2] » qui desservait Bastia et Ajaccio, toutes ces bêtes qui vivaient en liberté ne faisant aucune différence entre une route et une voie ferrée, fût-elle de 60 comme la nôtre.

Lorsque cela se produisait, tout le monde attendait sagement que la route soit libérée pour repartir à allure lente et modérée.

Les rares continentaux qui s'aventuraient sur nos lignes avaient du mal à s'adapter à nos habitudes en matière de transport. Leurs réflexions lorsqu'ils étaient embarqués dans la même galère que nous nous faisaient toujours sourire avec cet air condescendant que donnent la loi du nombre et la certitude de détenir la vérité.

À ce sujet, justement, je me souviens d'un incident plaisant, qui a égayé un de mes voyages « en concurrence ».

C'était un beau jour du mois de juin et l'air, tiédi par le soleil printanier et parfumé par toutes les fleurs du maquis, pénétrait en abondance par les vitres baissées de l'autocar. La nature resplendissait de beauté et tous les voyageurs étaient d'humeur joyeuse. Comme à l'accoutumée, le car avait fait de multiples arrêts mais il n'était pas encore complet. Les conversations allaient bon train, en langue corse naturellement, et toutes les nouvelles du pays étaient passées en revue.

Cependant un jeune couple assis devant la rangée de fauteuils que j'occupais avec un camarade et d'autres passagers parlait français.

---

2. Micheline : autorail reliant Calvi, Ajaccio et Bastia.

Elle, une jolie fille, blonde, à l'accent parisien, manifestement *pinzuta* [3], lui, un beau sous-officier, mince et brun, manifestement corse, échangeaient des propos sur le pays traversé tout en se tenant la main et en se regardant tendrement dans le fond des yeux.

À un moment donné le car s'arrêta au lieu-dit San Cesaru, devant un débit de boissons. Un homme, le visage couvert de savon à barbe, se pencha à l'une des fenêtres de la maison la plus proche et échangea quelques mots en corse avec le chauffeur, avant de disparaître à l'intérieur.

Le conducteur coupa son moteur et continua son bavardage avec les passagers.

– Que se passe-t-il ? demanda, un peu inquiète, la jeune continentale à son mari.

– Rien ! répondit naturellement celui-ci, l'homme a dit qu'il finissait de se raser et le car l'attend.

– Quoi ? Ça alors ! C'est trop fort !..., s'exclama la jeune femme d'un ton réprobateur en haussant la voix. À cette allure nous allons arriver en retard et nous n'aurons même pas le temps d'aller voir la mer !

Elle allait sans doute continuer sur sa lancée mais l'éclat de rire qui secoua les passagers du car à ce moment-là lui coupa la parole, cependant qu'une grande rougeur empourprait ses joues.

Dépitée, elle n'ouvrit plus la bouche jusqu'au terminus.

---

3. *Pinzutu* (fém. *pinzuta,* pl. *pinzuti*) : mot tiré de « pointu » qui désignait les premiers Français ayant occupé la Corse. Ces termes sont employés encore aujourd'hui par les Corses pour désigner les Français du continent, avec un sens légèrement péjoratif.

C'est la futilité des propos de la *pinzuta,* vous vous en doutez bien, qui avait déclenché l'hilarité générale.

Il faut comprendre que, pour toutes ces personnes appartenant au monde rural, la simple idée de se rendre à L'Île-Rousse pour aller voir la mer était on ne peut plus saugrenue. Aller voir la mer !... Pour nous, cela n'avait pas de sens. En ce qui nous concernait, nous n'allions jamais voir la mer, préférant nous laver et nous baigner dans l'eau claire de la rivière de notre village.

Nous trouvions d'ailleurs ridicule le comportement des étrangers au pays, et notamment les clients de l'hôtel Bonaparte de L'Île-Rousse, qui passaient leurs journées sur la plage et s'exposaient au soleil, devenant rouges comme des écrevisses, alors que rien ni personne ne les obligeait à le faire.

Comme tous les hommes de la terre, c'était plutôt l'ombre que nous recherchions en été.

De toute façon, comme tous les Corses, nous n'aimions pas la mer.

Oui, aussi paradoxal que cela puisse paraître pour des insulaires, les Corses n'aiment pas la mer. Le Corse est foncièrement un homme de la montagne et il s'est toujours méfié de la mer. Cette attitude peut s'expliquer par le fait que la mer représente pour lui la source, si l'on peut dire, de tous les déboires.

C'est elle qui amenait au temps jadis les barbaresques venant se livrer à des pillages, capturer des jeunes filles pour leurs harems et des hommes pour en faire des esclaves.

C'est elle qui baignait les rivages marécageux et insalubres où sévissaient la malaria et toutes sortes de maladies.

C'est elle, enfin, qui a toujours emporté, loin de l'endroit où ils étaient nés, les enfants d'un pays qui ne cessera jamais de les pleurer.

C'est sans doute pour toutes ces raisons que la plupart des villages sont bâtis loin de la côte, et le plus souvent sur des pitons rocheux, pour permettre justement aux habitants de surveiller la mer d'où venaient tous les malheurs et les dangers.

Le voleur d'oignons

BABO-PEDRONE était un fin jardinier. Il vivait de la vente des produits de son jardin et, comme la saveur et la qualité de ses légumes étaient réputées à cent lieues à la ronde, il n'avait aucun mal à écouler sa marchandise.

Pommes de terre, haricots rouges, tomates, courges énormes, tout poussait à foison dans son jardin, situé au pied de la grande montagne bleue qui domine notre village.

Une source d'eau fraîche, pure et limpide, chantant du matin au soir et du soir au matin, remplissait jusqu'à ras bord un joli bassin de pierre que Babo-Pedrone débouchait tous les soirs, après le coucher du soleil, pour donner à boire à toutes les plantes de son jardin.

Il y avait de tout dans ce lieu béni des dieux, je vous le dis ! Des pêchers qui donnaient des fruits veloutés à la saveur incomparable, des pommiers chargés de reinettes plus parfumées que le miel de montagne, du raisin-fraise qui fournissait à toute notre famille un petit vin léger, plus fruité qu'un beaujolais nouveau, et des figuiers dont on cueillait les beaux fruits dorés pour les faire sécher au soleil.

Mais la spécialité de Babo-Pedrone, c'étaient les oignons !

Allez savoir pourquoi !

Était-ce la qualité du sol qui leur convenait, la fraîcheur de la source, la douceur du climat, ou un tour de main particulier du jardinier ? Nul n'aurait pu le dire ! Mais toujours est-il que Babo-Pedrone faisait, tous les ans, une récolte d'oignons superbes.

Rouges, paille, jaunes, dorés, blancs, violets, ovales, ronds, longs, pointus, doux, forts, entre-deux, il y en avait de toutes les couleurs, de toutes les formes et pour tous les goûts.

Tous les clients de Babo-Pedrone étaient fidèles et ils attendaient avec une très grande impatience la saison de l'arrachage pour faire leurs provisions d'hiver de ce légume succulent. Grâce à leur réputation, les oignons de mon grand-père s'enlevaient comme des petits pains, à la grande joie de toute notre famille qui vivait pratiquement des revenus tirés de cette vente.

Au moment voulu, notre jardinier émérite écrasait, avec ses gros souliers ferrés, les tiges encore vertes de la plante et les couchait toutes du même côté, pour favoriser le développement des bulbes et, à partir de ce jour-là, il ne les arrosait plus.

Lorsque les oignons avaient atteint leur pleine maturité, Cipulaghiu [1], comme on appelait aussi mon grand-père, partait le matin avec son bel âne gris (qui avait, je me le rappelle, une splendide croix de Saint-André dessinée sur l'échine) et allait de village en village, le *cantarettu* [2] en main, en criant d'une voix claire : « *Cip-*

1. *Cipulaghiu* : producteur ou marchand d'oignons.
2. *Cantarettu* : balance romaine de force moyenne.

pole dolce cumè u zuccaru ! » (« Oignons aussi doux que le sucre ! »).

L'âne, sellé d'un beau bât en bois de frêne, chargé de tresses d'oignons de toutes les couleurs, faisait chaque fois sensation et tous les enfants accouraient pour l'admirer. De tous les hameaux environnants, même de ceux qui étaient perdus dans la grande montagne bleue, les ménagères venaient, légères, vives et alertes, et elles repartaient portant avec aisance, en équilibre sur la tête, leur couffin rempli d'oignons odorants, par les chemins escarpés traversant le maquis parfumé.

Le soir, grand-père revenait les poches garnies de belles piécettes sonnantes et trébuchantes qui mettaient l'aisance et la joie dans notre famille.

Les choses auraient pu durer pendant longtemps encore de cette belle façon et les jours auraient pu continuer à couler comme un fleuve tranquille, dans notre beau pays, si le destin ne s'en était mêlé.

« Ugnunu nasce cu u so' destinu » (« chacun naît avec son destin »), dit le proverbe corse et le mauvais sort, comme s'il voulait se venger des succès horticoles de Babo-Pedrone, s'abattit sur lui avec la promptitude et l'acharnement qu'on lui connaît quand il s'agit de semer le malheur.

En fait grand-père fut victime de sa réputation, ou plutôt de celle de ses oignons, qui avait franchi les montagnes.

C'est de la manière la plus banale que les choses prirent un tour tragique.

Un beau matin, Babo-Pedrone constata avec stupéfaction, en arrivant dans son jardin, qu'au cours de la nuit écoulée les oignons de la plus belle parcelle avaient disparu.

À cette époque, il y avait peu de voleurs dans nos campagnes car chacun respectait le bien d'autrui et craignait Dieu et les gendarmes. D'autre part, voler le fruit du travail de quelqu'un, ou des outils, était une chose impensable dans le monde rural auquel nous appartenions.

Mais, malgré tous les raisonnements que l'on pouvait tenir, il fallait se rendre à l'évidence : les oignons avaient bel et bien disparu.

Babo-Pedrone n'en parla à personne. Il se livra néanmoins à une enquête discrète dans le voisinage et, devant l'insuccès de ses recherches, en déduisit que son maraudeur était venu de loin.

Poussant ses investigations en profondeur, grand-père, qui était un homme d'expérience, ne tarda pas à découvrir les preuves de ce qu'il pressentait sur les origines de celui qu'il appelait le malfaiteur, ne trouvant pas de mot plus fort pour qualifier cet individu à la conduite ignominieuse. Voler les oignons d'autrui ! Non, mais ! vous vous rendez compte !...

Ses soupçons furent rapidement étayés par les traces laissées par le voleur et sa bête de somme. Car il était évident, compte tenu du poids et du volume des légumes emportés, qu'un moyen de transport avait été utilisé.

En effet, outre les belles crottes, au dessin parfait, que la bête avait laissées tomber à son point d'attache, des traces fraîches de pieds ferrés disaient clairement que le voleur avait utilisé un mulet et qu'il venait d'un village situé de l'autre côté de la montagne bleue.

Toutefois, grand-père n'alla pas plus avant dans ses suppositions, se promettant seulement d'être vigilant à l'avenir.

Les jours, indifférents aux soucis des hommes, passèrent. Une nouvelle saison amena une nouvelle récolte d'oignons, toujours aussi superbes dans le jardin de mon grand-père.

Culture, arrachage, vente, le cycle annuel reprit et notre jardinier, accaparé par sa tâche, en était arrivé à oublier l'incident de l'année précédente.

Aussi est-ce avec une très grande stupeur qu'il constata, un matin, que le voleur était revenu et, comme l'année précédente, à la même date précisément, avait emporté les plus beaux oignons du jardin.

Cette fois, Babo-Pedrone, qui était pourtant un homme calme et mesuré, s'emporta avec beaucoup de vivacité. Il commença par s'en prendre au Ciel, en lançant une bordée de jurons dans cette langue corse qui se prête admirablement aux imprécations. Il blasphéma donc le nom de Dieu et de tous les occupants du paradis qui, par leur inertie, avaient laissé se perpétrer cette abomination. Puis à bout d'arguments contre les habitants du saint lieu, sa colère s'exerça plus particulièrement contre le voleur d'oignons.

Après lui avoir souhaité toutes sortes de malheurs, dont un empoisonnement du sang par les oignons, il le maudit, lui, son mulet et toute sa famille, jusqu'à la septième génération.

Ensuite, comme il ne lui restait plus que les yeux pour pleurer (sans qu'il fût besoin d'oignons pour activer la sécrétion de ses larmes !), il prit la ferme résolution d'exercer une surveillance rapprochée de ses légumes au cours des années qui suivraient et aux environs de la date des vols précédents.

Cette fois encore il n'en parla à personne, mais l'année suivante, à la date fatidique, il était sur place, tapi dans un bosquet, l'arme au pied, prêt à faire face à tous les voleurs d'oignons de la terre.

La première partie de la nuit se passa sans incident. Mais peu après minuit, d'après la position des étoiles, il entendit un bruit de pas venant du chemin de la montagne.

Le clair de lune permit au guetteur d'apercevoir un cavalier qui mit pied à terre devant l'entrée de son jardin et attacha sa bête à l'anneau fixé dans le mur à cet effet. L'homme entra dans l'enclos, arracha une planche d'oignons, en remplit deux grands couffins qu'il avait apportés et les chargea sur son mulet. C'est à ce moment-là que Babo-Pedrone surgit.

Droit comme la statue du Commandeur, l'arme épaulée, il interpella son voleur.

L'individu, un bel homme de grande taille, âgé d'une quarantaine d'années, habillé d'un costume de velours côtelé, chaussé de bottes en cuir, coiffé d'une *beretta misgia* [3], fit face avec beaucoup de courage et s'avança de quelques mètres en direction du jardinier.

– Qui es-tu et d'où viens-tu ? lui dit mon grand-père en fureur.

– Je suis le Diable et je viens de l'enfer, répondit sèchement l'homme.

– Tiens retournes-y, répliqua sur le même ton Babo-Pedrone, et il lui tira un grand coup de fusil en pleine poitrine.

L'homme s'écroula sur la planche d'oignons qu'il

3. *Beretta* ou *baretta misgia* : casquette typiquement corse, en peau ou en tissu.

venait d'arracher. Perdant son sang en abondance, il rendit l'âme aussitôt.

Subitement calmé, mon grand-père jeta son arme au loin et s'agenouilla auprès de l'individu qu'il venait d'abattre. L'énormité de son geste lui apparut dans toute son horreur et il aurait donné tous les oignons de la terre pour que ce qui venait de se passer ne soit qu'un mauvais rêve.

Hélas ! la réalité était cruelle et le corps de l'homme étendu de tout son long sur la terre fraîchement remuée ne laissait aucune place au doute.

Rapidement Babo-Pedrone, qui n'était pas un méchant homme, mesura les conséquences de son acte.

Il se voyait déjà, montant sur l'échafaud dressé sur la place de l'église et le cou tendu sur le billot au moment où le bourreau brandirait sa hache.

Il voyait sa famille plongée dans la misère car, sans l'argent des oignons, les jours qui venaient seraient rudes.

Enfin, il voyait toutes sortes de malheurs qui s'abattaient sur lui et sur les siens au moment où ils s'y attendaient le moins.

Et tout ça par la faute d'un voleur d'oignons venu de nulle part !

Car rien ne serait arrivé sans la malhonnêteté de cet homme qui était là, maintenant, allongé à ses pieds et mort pour l'éternité.

Et puisqu'il était mort, il n'y avait plus rien à faire pour le ramener à la vie et il ne servirait à rien d'ameuter toute la population du village qui serait ravie rien qu'à l'idée d'assister à une exécution capitale !

Alors Babo-Pedrone, prenant son courage à deux mains, creusa une grande fosse dans la parcelle aux oignons et y enterra l'homme, après avoir dit une prière et demandé pardon à Dieu pour le grand péché qu'il venait de commettre.

Le jour pointait quand il eut fini de ratisser la terre et il s'apprêtait à repartir chez lui quand il vit le mulet chargé d'oignons, encore attaché par son licol à l'entrée du jardin.

Alors Babo-Pedrone détacha l'animal, lui donna une grande tape sur la croupe et lui fit prendre la direction du village dans la montagne.

Une année s'écoula et la date des vols d'oignons revint. Babo-Pedrone ne voulut pas la laisser passer sans venir dire une prière d'anniversaire à l'endroit où l'homme était enterré.

Il était incliné, tête nue et les mains jointes, quand il entendit, venant de l'entrée du jardin, ce bruit caractéristique que font avec les lèvres les équidés quand ils s'ébrouent. Surpris, et même effrayé, Babo-Pedrone se retourna et vit le mulet du voleur, à l'arrêt devant le jardin, sellé du même bât, sur lequel étaient attachés les deux couffins vides qui avaient déjà servi l'année précédente.

Alors grand-père arracha ses plus beaux oignons et en chargea le mulet à qui il fit reprendre le chemin du village dans la montagne.

Tous les ans, à la même date précise, la même scène se reproduisit.

Jusqu'à son dernier jour Babo-Pedrone chargea le mulet d'oignons mais jamais il ne le suivit pour savoir où il allait.

Quelques instants avant sa mort il se confessa au vieux curé de notre village et il avoua à ses enfants le crime dont il s'était rendu coupable.

Suivant la coutume corse, où les tombeaux sont bâtis en plein champ, les descendants de grand-père firent ériger, à l'endroit où le voleur d'oignons était enterré, un modeste tombeau et le corps de notre aïeul y fut enseveli avec les restes de celui qu'il avait fait passer de vie à trépas.

Avant de rendre l'âme, Babo-Pedrone avait raconté à ses enfants l'histoire du mulet qui revenait tous les ans. Au cours des années qui suivirent les hommes de notre famille montèrent la garde, durant plusieurs nuits, à l'époque de la récolte des oignons, mais le mulet ne revint plus jamais.

Les calanches de Piana

COMME son père, son grand-père avant lui, et tous les hommes de sa famille qui l'avaient précédé dans ce petit village de Corse, Antone était berger.

C'était, en quelque sorte, une tradition familiale qui remontait à la nuit des temps.

Suivant un usage très répandu dans le pays, on l'avait affublé d'un surnom et tout le monde l'appelait « Rughione [1] » ce qui, en langue corse, signifie un ensemble de terrains et de champs nécessaire pour le parcours et le pacage d'un troupeau de brebis [2].

En vérité ce sobriquet, qui lui allait comme un gant, lui avait été attribué parce qu'il avait fait un riche mariage qui lui avait permis d'avoir un rughione pour lui tout seul.

Car Antone était un berger riche dans un pays qui comptait beaucoup de bergers pauvres. En effet, alors que les autres n'avaient pour tout bien qu'une centaine

1. Prononcer : roudionnè.

2. Du fait que les troupeaux d'ovins sont composés en grande partie de brebis laitières, en Corse on parle plus souvent de brebis que de moutons.

de bêtes, Antone, lui, possédait un troupeau d'au moins trois cents brebis, sans compter des bœufs, des vaches, des terres de pacage et de labour, des vignes, des jardins, et une belle maison. Certains, un peu jaloux sans doute, ajoutaient : et aussi une belle femme et une fille de toute beauté.

Pour parvenir à cette enviable situation sociale, Antone avait dépensé des trésors d'habileté, agi avec beaucoup de discernement et de savoir-faire. Avant de mourir, après une vie faite de labeur, de sacrifice et d'honnêteté, son père ne lui avait laissé qu'un petit troupeau d'une soixantaine de brebis mais Antone avait su développer, construire et agrandir sa fortune personnelle avec un grand sens de l'opportunité.

Il est vrai qu'il avait fait ce riche mariage et que celui-ci avait bien arrangé ses affaires ! Il est vrai que sa femme avait apporté dans sa corbeille de noces tous les biens du couple ! Mais Antone n'aimait pas le reconnaître et il préférait raconter, un peu partout, que tout ce qu'il possédait, il l'avait gagné à la force de ses bras et à la sueur de son front.

Mais nul n'était dupe dans le village ! Vous pensez ! Tout le monde se connaissait, on savait d'où il sortait, Antone, et si on l'avait surnommé Rughione ce n'était pas pour rien !

Certains qui cherchaient à lui être agréables racontaient que c'était l'amour qui avait guidé son choix, car l'élue de son cœur était fort jolie fille, mais d'autres, plus lucides ou moins romantiques, disaient que Rughione avait bien calculé son coup. Et à l'appui de leurs dires ils faisaient remarquer que Antone avait pris la précaution d'enlever sa fiancée et de faire « Pâques avant les Rameaux » mettant ainsi les parents de la belle dans l'obligation de lui accorder sa main.

À l'époque dont je vous parle, les mariages étaient toujours décidés par les parents. L'union d'un homme et d'une femme n'était pas guidée par la recherche du bonheur mais plutôt par l'intérêt, le souci des convenances familiales, l'équilibre des alliances et toutes sortes d'arrangements qui n'ont plus cours aujourd'hui.

Antone connaissait tout cela bien sûr, et bien d'autres choses encore, car il était futé comme un renard. Comme il était très pauvre, il savait qu'il ne pourrait jamais faire un riche mariage sans un peu de ruse.

Or, de la ruse, il n'en manquait pas !

Il avait en effet bien réfléchi à la question et, tout en se disant qu'on ne vise jamais assez haut si l'on veut atteindre son but, il avait jeté délibérément les yeux sur la plus riche héritière du pays. Autant vous le dire tout de suite : sur Maria S...

Fille unique du Sgio [3] Pàulu, riche notable local, propriétaire prospère d'oliveraies, châtaigneraies, vignes, vergers, jardins, sans compter les terrains de pacage qu'il louait aux bergers locaux, Maria était promise à un bel avenir. Suivant la coutume du pays, qui avait une sainte horreur des mésalliances, elle était destinée à devenir, un jour ou l'autre, l'épouse honorée d'un riche propriétaire de la région, possédant une fortune au moins équivalente à la sienne car, à cette époque-là, on mariait les terres avec les terres et l'argent avec l'argent.

---

3. *Sgio* (prononcer jo) : titre que l'on donnait aux notables et aux riches en le plaçant devant leur prénom (jamais devant le nom).

De taille moyenne, brune avec des yeux bleus très clairs, de maintien réservé, ainsi qu'il sied à une jeune fille de sa condition, Maria attirait les regards de tous les garçons du village mais aucun ne se serait risqué à lui faire la cour étant donné la position dominante qu'elle occupait dans notre petite société locale.

Gracieuse et insouciante, Maria coulait des jours heureux dans sa tour d'ivoire, tandis que ses parents, soucieux de son avenir, échafaudaient des plans pour lui dénicher un jeune homme riche et, autant que faire se peut, bien fait de sa personne. Quoique cette dernière qualité ne leur parût pas indispensable pour faire le bonheur de leur fille.

Mais Antone allait réduire à néant tous ces beaux rêves en cueillant, pour employer une expression de ma grand-mère, « la tourterelle au nid ».

Notre berger avait, en effet, jeté son dévolu sur ce beau parti et il s'était juré, dans le fond de son cœur, qu'il l'épouserait avec ou sans la bénédiction de ses parents.

Comment parvint-il à la séduire ? Nul ne le sut jamais ! Car la belle était farouche et bien gardée ! Mais Antone était rusé, tenace et surtout beau garçon.

Brun, la chevelure bouclée naturellement, comme la toison d'un de ses agneaux, de bonne taille, solidement bâti, vif comme l'éclair, il était doté d'un beau visage aux traits réguliers, comme le Latin de bonne race qu'il était. Il chantait comme personne, était toujours bien mis et, beau parleur, savait, comme on dit, tourner le madrigal.

Toutes ces qualités réunies durent plaire à Maria car, un beau matin de juin, ses parents constatèrent que la cage dorée était vide et que leur fille avait disparu pendant la nuit écoulée.

La nouvelle se répandit dans le village comme une traînée de poudre et tout le monde, riant sous cape, fut rapidement au courant de l'aventure.

Personne, pourtant, ne savait comment les tourtereaux avaient pris la fuite et même les plus malins ignoraient, apparemment, où ils s'étaient réfugiés. En fait, comme toujours dans pareil cas, des complices dissimulés dans l'ombre étaient prêts à aller renseigner les amoureux sur la tournure prise par les événements et surtout sur la façon dont les parents bernés avaient accueilli leur infortune. Car d'eux dépendait en définitive le sort, heureux ou malheureux, qui attendait les futurs époux.

Comme dans tous les enlèvements de ce genre, assez fréquents dans ce monde un peu particulier qui était le nôtre, il ne restait, une fois l'irréparable accompli, que deux solutions aux parents d'une jeune fille enlevée.

Soit accorder un pardon immédiat, suivi d'un mariage simple et sans faste. Soit renier purement et simplement leur fille au risque de s'exposer à la réprobation générale du village et même de toute une région suivant le rang social tenu.

Mais Antone avait bien mené son intrigue et son piège, bien tendu, fonctionna à merveille. Les parents de Maria firent contre mauvaise fortune bon cœur et ouvrirent leur porte aux fugitifs repentis.

Après un mariage discret, les jeunes époux s'installèrent dans la grande maison de Maria et firent beaucoup de projets pour l'avenir.

Suivant la tradition corse, qui voulait que toutes les filles premières-nées prennent le nom de la Sainte

Vierge, celle qui vint au monde, huit mois et... quelques jours plus tard au foyer du jeune couple, fut prénommée comme sa maman mais, pour éviter toute confusion, on l'appela Marietta [4] au lieu de Maria.

Peu de temps après les beaux-parents d'Antone moururent.

– De leur belle mort, dit Antone.

– De chagrin, dirent les personnes compatissantes.

– De dépit, dirent les mauvaises langues.

Mais, comme dit le proverbe corse : *« U mortu allarga u vivu »,* « Le mort fait de la place pour les vivants ». Antone en profita pour développer ses affaires et, se trouvant en peu de temps à la tête de beaucoup de biens, joua au notable.

Beaucoup d'habitants du village ne manquèrent pas de le considérer comme un parvenu et de le traiter dans leur for intérieur de *pidocchiu riffatu* [5]. Mais peu osèrent le lui dire en face car Antone était devenu autoritaire et puissant en devenant riche.

Malgré toutes les richesses amassées, Antone n'avait pas abandonné cependant le métier de berger. Mais, pour se faire aider dans cette tâche, il avait pris à son service, en qualité de pâtre, un brave garçon un peu simple d'esprit prénommé « Santu », ce qui, comme chacun sait, veut dire Toussaint en langue française.

Santu était un pauvre hère, sans âge, légèrement contrefait, ni beau ni laid mais de constitution solide, porté vers le bien et respirant l'honnêteté.

---

4. Marietta : diminutif de Marie.

5. *Pidocchiu riffatu :* littéralement « pou refait ». Au figuré : enrichi, parvenu.

N'ayant aucune famille il avait toujours vécu de la charité des autres, trouvant à s'employer comme berger au hasard de sa route, sans se soucier du lendemain et sans s'attacher aux biens de la terre. Il était arrivé, un beau jour, dans notre village, venant de sa montagne natale et il était tombé par le plus grand des hasards sur Rughione qui, ravi de cette aubaine, s'était empressé de l'embaucher.

Ayant toujours vécu au milieu d'un troupeau, guidé, comme un chien fidèle, par une sorte d'instinct, Santu était un berger hors pair. Ne quittant jamais ses bêtes, ni le jour ni la nuit, dormant à la belle étoile tout l'été, et, à partir de l'automne, dans ces cabanes en pierres qui parsemaient à cette époque nos campagnes, Santu, peu exigeant pour lui-même, se contentait d'une existence simple, peu différente en somme de celle de ses brebis et de ses chiens.

Il n'avait pas son pareil pour conduire son troupeau, lorsque venaient les grandes chaleurs, dans le haut pays du Niolu [6] où il passait tout l'été, en pleine nature, près des étoiles et du ciel bleu. Aux premiers frimas, il revenait dans la plaine, du côté des calanches de Piana [7], où Antone possédait de belles propriétés, au bord de la mer, bien exposées au soleil et d'un seul tenant.

Santu, qui ne craignait ni la fatigue ni les intempéries, ne se plaignait jamais de son sort. Il accomplissait en silence toutes les tâches qui lui incombaient, n'ouvrant la bouche que pour parler à ses bêtes et ne répondant

---

6. Niolu : région montagneuse du centre de la Corse.
7. Calanques de Piana : aux environs de Porto et de Piana, ces calanches (pluriel du mot corse *calancha*) constituent une des curiosités naturelles les plus remarquables de l'île.

à ses semblables, et même à son maître, qu'en cas d'absolue nécessité.

Le seul souci d'Antone était d'aller, matin et soir, aider Santu à traire les brebis laitières et à transporter le lait, sur son mulet, jusqu'à la maison où ses servantes faisaient du fromage corse et du *brocciu*[8], sous l'œil avisé de sa femme Maria qui menait ses affaires domestiques d'une main ferme.

Tout allait, par conséquent, pour le mieux dans le meilleur des mondes et le maître appréciait le travail de son serviteur à sa juste valeur. Il l'habillait convenablement et le chaussait avec de solides brodequins, lorsque ses chaussures et ses vêtements étaient arrivés à un certain degré d'usure sur son auguste personne et qu'il jugeait qu'il pouvait les passer à son berger. Il ne faisait manquer Santu ni de pain ni de fromage (quant à l'eau, il y en avait à toutes les sources !).

Il s'estimait ainsi dégagé de toute autre obligation envers celui qu'il considérait comme son domestique et qui, pensait-il, devait s'estimer heureux d'être tombé dans une bonne famille et de profiter des largesses d'un protecteur généreux.

En effet, convaincu que pour garder ses richesses intactes il n'y a pas de petits profits, Antone ne donnait à son berger, qui d'ailleurs ne lui réclamait rien, ni gages, ni salaire, ni rétribution d'aucune sorte.

Cependant, comme il voulait qu'on ait une bonne image de lui, il ne manquait pas une occasion de montrer à ses compatriotes qu'il était charitable en gardant un pauvre dans sa famille ; mais ceux qui le connaissaient bien – et ils étaient nombreux ! – n'ignoraient

8. *Brocciu* : fromage de petit-lait qui se consomme frais.

pas que Santu, malgré une intelligence limitée, lui rendait un fier service en gardant son troupeau sans aucune contrepartie en échange.

De toute façon, Antone, depuis qu'il avait atteint la fortune, se fichait des critiques qui étaient faites dans son dos et, malgré les années qui passaient, ne changea rien à sa façon de se comporter vis-à-vis de Santu, continuant à le payer avec de la monnaie de singe et des bonnes paroles.

Comme le vieux renard, dont le proverbe corse dit qu'il perd le poil mais non le vice *(« A volpe perde u pelu ma u viziu mài »),* Antone avait pris les devants et trouvé une astuce ingénieuse pour faire croire à son berger qu'il s'enrichissait en restant à son service.

En effet, lorsque Santu avait été embauché, Rughione magnanime lui avait dit :

– Écoute, Santu, je ne te donnerai aucun salaire en espèces pour ton travail mais, si je suis content de toi, à la fin de chaque année, dix brebis de mon troupeau seront à toi.

Dans sa naïveté Santu avait cru à ces belles promesses et il était heureux.

Parfois, dans la journée, il comptait maladroitement, sur ses gros doigts, le nombre d'années passées au service de Rughione et en les multipliant par dix, à sa façon, il arrivait à posséder plus de bêtes que son maître.

Au moment de la traite, il disait quelquefois à Antone, accroupi à ses côtés, en désignant une belle brebis à la mamelle rebondie, puis une autre, puis une autre encore... : « Celles-là sont à moi. »

Et Antone, toujours aussi rusé, hochait la tête en signe d'assentiment, en se félicitant au fond de lui-même d'avoir trouvé la bonne formule qui lui permettait d'avoir un bon berger sans bourse délier.

Et les années continuèrent à s'ajouter les unes aux autres comme les brebis du troupeau imaginaire de Santu.

Pendant ce temps Marietta était devenue une très jolie fille. « Tout le portrait de sa mère !... », disaient les vieux bergers qui se souvenaient avec nostalgie des jours anciens.

Santu, qui avait connu Marietta alors qu'elle était toute petite, était béat d'admiration devant elle et il la regardait grandir ébloui par sa fraîcheur et sa beauté.

Marietta n'était pas fière. À sa manière, elle aimait bien Santu. Quand il lui arrivait d'aller avec son père à la bergerie pour porter la musette contenant le pain et le fromage du berger, elle lui parlait volontiers et lui témoignait une sorte d'affection.

Et ce qui devait arriver arriva ! Santu, dans la simplicité sauvage de ses sentiments, tomba amoureux fou de Marietta.

Dans le tumulte de sa passion, l'infortuné Santu, dont le cœur était pur, ne se rendait pas compte que son aspect physique et la modestie de sa condition ne correspondaient ni à la délicatesse de ses sentiments ni aux qualités que Marietta était en droit d'attendre d'un futur mari.

L'amour qui avait frappé l'humble berger comme un éclair frappe un arbre isolé pendant l'orage avait fait de lui un autre homme, mais le tendre sentiment qu'il portait à la fille de ses maîtres était à son image, simple, sincère et désintéressé.

Toutes les nuits, quand il dormait dans les champs

avec son troupeau, il rêvait d'elle et il la voyait sourire en plein ciel, comme une étoile parmi les étoiles.

Le jour, quand il conduisait ses bêtes aux abords des calanches de Piana, il pensait tellement à elle que, pour la première fois, il relâchait sa surveillance, mettant ainsi la vie de ses brebis en danger.

Santu, comme tous les bergers de la région, connaissait les risques d'accidents qui pouvaient se produire dans les calanches. À cet endroit de gros rochers surgis de la mer bordent la côte et présentent des à-pics vertigineux. Seuls les mouflons et les chèvres pouvaient s'aventurer sans risque dans ces lieux escarpés. Quant aux brebis, bêtes plutôt maladroites, il fallait les empêcher, à tout prix, d'aller vers ces lieux de perdition.

Conscient de ce danger, Santu avait de tout temps veillé sur son troupeau avec une très grande vigilance, mais, depuis qu'il était amoureux, les bêtes profitaient parfois de la distraction de leur gardien pour brouter de plus en plus près des endroits interdits.

Ce n'est que grâce au métier, qui reprenait chaque fois le dessus, que Santu arrivait toujours à temps pour éviter une catastrophe.

La vie suivait son cours mais tout le monde, et en particulier son maître, avait remarqué que Santu avait changé de caractère et de comportement. Il n'était plus le même, le pauvre Santu ! Lui toujours d'humeur un peu bougonne mais égale, était devenu irascible et coléreux. Il cherchait souvent querelle à Antone et s'emportait pour un rien.

Il n'y avait qu'avec Marietta qu'il était aussi doux qu'un de ses agneaux. Il la regardait comme on regarde la statue de la Vierge Marie à l'église et il se serait mis à genoux si elle en avait manifesté le désir.

Et voilà que, justement ! un beau soir de printemps, il se mit à genoux devant Marietta qui était venue lui apporter son pain, et qu'il osa lui déclarer son amour.

Il était dans un état d'exaltation extrême et comme illuminé de l'intérieur. Ses yeux jetaient des étincelles, sa voix était chargée d'émotion, et il se tordait les mains à s'en rompre les os.

– Tu es la lumière de mes jours, lui dit-il. L'ombre de mes nuits. La fraîcheur de la source. L'éclat du soleil qui se lève. Le parfum des fleurs de la montagne. La chanson de la mer dans les calanches. La voix d'un enfant qui s'éveille...

Enfin tous ces mots que les poètes, moissonneurs de néant et semeurs d'impossible, jettent dans les nuages comme des poignées de poussière dorée et d'étoiles scintillantes.

Troublée par la violence de cette passion et désemparée par l'attitude de Santu, Marietta s'enfuit à toutes jambes et alla tout raconter à sa mère.

Celle-ci prit la chose à la légère. Elle éclata de rire et attacha peu d'importance à cette affaire qu'elle trouvait comique. Santu amoureux de Marietta ! Il y avait de quoi s'esclaffer !

Lorsque son mari rentra le soir des champs, elle lui en parla tout en continuant à rire de cette prétention grotesque.

– Non ! Mais tu te rends compte ! Pauvre Santu ! Il est vraiment ridicule. Il faut que tu lui dises de cesser ce manège infantile. Menace-le de le mettre à la porte s'il continue à importuner Marietta. Il va vite se calmer, va !

De toute évidence il s'agissait pour elle d'une lubie de simple d'esprit et elle pensait que tout rentrerait dans l'ordre rapidement après une bonne semonce venant d'Antone.

Antone, lui, comprit le danger. Contrairement à sa femme, il estima qu'il fallait prendre cette affaire au sérieux. Il avait remarqué le changement intervenu dans la personnalité de Santu et son comportement agressif. Il se remit en mémoire tous les menus propos tenus par Santu depuis quelque temps et se rappela notamment que celui-ci lui avait dit qu'il avait l'intention de se marier et qu'il allait avoir besoin, pour fonder une famille, des brebis qui lui revenaient suivant le pacte conclu.

Sur le moment il avait souri de la puérilité de ce raisonnement mais maintenant ces divagations prenaient un sens.

Fou ! Il est fou ! se dit-il. Il fallait vite faire quelque chose pour calmer Santu qui, emporté par sa folie, pourrait devenir dangereux.

Il réfléchit toute une nuit à ce problème, envisagea toutes les hypothèses et passa en revue toutes les solutions qui se présentèrent à son esprit.

La première, celle qui lui paraissait la plus facile à réaliser et la plus urgente, était d'éloigner définitivement Marietta de la maison paternelle.

Ne la voyant plus, Santu oublierait sa frénésie et redeviendrait le berger bon et docile qu'il avait toujours été.

Rughione pensa qu'en agissant ainsi il ferait d'une pierre deux coups. D'une part il supprimerait la menace qui planait sur sa famille et d'autre part il conserverait un excellent domestique qui ne lui coûtait rien.

À première vue cette opération paraissait simple à

réaliser mais à y bien réfléchir les difficultés ne manquaient pas.

Il faut savoir que Marietta était promise, depuis quelques mois déjà, à un riche jeune homme de Calvi et que les pourparlers entre les deux familles, en vue de cette alliance, étaient bien avancés. Mais ce projet était, pour l'instant, tenu secret.

Le dévoiler risquait d'exaspérer la passion de Santu et de provoquer un drame !

D'autre part précipiter les formalités du mariage pourrait faire jaser et laisser supposer qu'il y avait quelque faute à cacher !

C'est alors qu'Antone pensa à son propre mariage. Après avoir mûrement réfléchi il pesa le pour et le contre et arriva à une conclusion qui permettait aux siens de sauver la face, tout en évitant le scandale.

À mon avis, se dit Antone, il faut immédiatement adopter la solution qui m'a si bien réussi, c'est-à-dire faire enlever Marietta par le jeune homme de Calvi et les marier le plus rapidement possible sans tambour ni trompette. Ainsi tout le monde sera gagnant ! D'une part, nous éviterons les frais d'un grand mariage et, de l'autre, en éloignant l'objet de son désir, on fera revenir Santu à de meilleurs sentiments.

Mis devant le fait accompli, Santu ne se douterait de rien et, comprenant qu'il n'y avait plus rien à espérer après le départ de la jeune fille, resterait au service de son maître dont il ne pourrait que reconnaître la bonne foi et approuver le sens de l'honneur.

Restait à convaincre les parents du jeune homme ! Entre coquins on s'entend toujours ! Sitôt dit, sitôt fait ! Un beau matin, Marietta avait disparu et ses parents, arborant une mine contrite, firent semblant d'être consternés.

Mais les habitants du pays ne furent pas dupes. Beaucoup connaissaient le penchant insensé de Santu pour la fille de ses maîtres et certains allaient même jusqu'à avancer que le ciel, en le mettant dans l'embarras, se vengeait d'Antone dont les actes avaient toujours été dictés par l'intérêt. La population du village fut aussi très déçue d'avoir été privée de fête.

Tout le monde connaissait en effet le stratagème qui consistait à faire enlever sa fille, après accord concerté entre deux familles, pour esquiver les dépenses d'un mariage en grande pompe.

Mais personne ne dit rien ouvertement pour ne pas s'attirer les foudres d'Antone qui, en raison de sa position dominante, détenait certaines clés de l'économie locale et pouvait se venger d'une hostilité trop marquée.

Quant à Santu, une chape de plomb s'abattit sur ses épaules. Il maigrit à vue d'œil et devint, pour ainsi dire, l'ombre de lui-même. On le voyait marcher comme un somnambule derrière son troupeau, le visage livide, le regard éteint, le dos courbé et le front soucieux. Il semblait avoir perdu l'usage de la parole et ne parlait plus à personne, même pas à Antone qui finissait par avoir un peu peur de lui.

De ne plus voir le sourire de Marietta, qui était partie vivre avec son époux à Calvi, était pour lui le dernier des supplices. Chaque jour il se remémorait le visage aimé et, en levant les yeux vers le ciel, il semblait le voir, tout là-haut, dans la forme des petits nuages blancs. Il lui adressait alors une prière aussi douce que celles qu'il faisait monter vers la Sainte Vierge.

Il n'en voulait pas à Marietta. Oh non ! Santu n'en

voulait à personne, même pas à Antone, car il était trop bon et son âme était trop pure pour vouloir du mal à quelqu'un. Mais au fond de lui-même il se disait que la vie était bien triste sans la présence de la jeune fille.

Il continuait à remplir sa tâche de berger du mieux qu'il pouvait mais le cœur n'y était plus. La flamme étincelante qui l'avait brûlé de l'intérieur s'était éteinte à jamais et son horizon s'obscurcissait de jour en jour.

On était en automne, au moment où la nature est plus belle que jamais en Corse. Les arbres se paraient de feuilles d'or et les champs se couvraient de petites marguerites blanches que la brise du soir faisait onduler comme des écharpes de soie. Le tendre soleil d'octobre moirait la mer tranquille et les mouettes se chamaillaient en poussant de petits cris dans un ciel sans nuages.

Santu conduisait tous les jours son troupeau vers les calanches. La vue de toutes ces beautés de la nature et le souvenir de Marietta le remplissaient de tristesse. Il lui venait des envies subites de disparaître en se couchant sur ce sol qu'il aimait tant ou en s'engloutissant dans la mer bleue qui venait se blesser sur le rivage déchiqueté. Plutôt que de vivre sans le tendre espoir d'apercevoir de temps en temps celle qu'il adorait par-dessus tout, il aurait voulu s'endormir pour toujours en s'abandonnant dans une mort qui serait délivrance.

Les brebis avaient mis bas et Santu, malgré le tourment qui le torturait, était attendri par le spectacle des petits agneaux bariolés qui jouaient en bande et se lançaient dans des courses folles autour des touffes odorantes du maquis.

Quant à Antone, qui ne venait que le matin et le soir, il semblait avoir retrouvé sa sérénité et, cupide comme toujours, supputait déjà le gain qu'il allait tirer de la vente de ses agneaux de lait aux bouchers locaux.

À la fin d'une belle journée, alors que le temps était encore plus doux que d'habitude, Santu surveillait son troupeau aux abords des calanches. Comme à l'accoutumée, les agneaux s'amusaient pendant que les mamans coupaient à belles dents l'herbe tendre et parfumée et les fleurs de toutes les couleurs qui poussaient en abondance dans cette terre généreuse.

À un moment donné, profitant de l'inattention de Santu, quelques brebis s'engagèrent dans les endroits dangereux. Santu les dépassa en se hâtant dans l'intention de les empêcher d'aller plus loin. Mais au lieu de s'arrêter, poussé par une force invisible, il continua d'avancer vers le précipice, puis, incapable de résister à une ultime pulsion, il se saisit d'un agneau nouveau-né et se mit à courir vers l'abîme. La mère de l'agneau le suivit et toutes les bêtes du troupeau firent de même.

Arrivé au bord de la grande falaise, Santu regarda une dernière fois le ciel puis, serrant l'agneau dans ses bras, il se jeta dans le vide. Comme des moutons de Panurge qu'elles étaient, toutes les brebis se jetèrent derrière lui et se déchiquetèrent sur les récifs acérés du rivage.

Ce fut un véritable fleuve de sang. L'eau de la mer devint rouge, le soleil couchant s'embrasa, le ciel se teinta de lumière écarlate et les grands rochers des calanches s'empourprèrent jusqu'à devenir couleur de feu.

Aujourd'hui, encore, tous les rochers, les escarpements, les écueils et les pics aux formes étranges ont gardé la couleur du sang. Mais presque plus personne ne connaît l'histoire de Santu qui préféra la mort à une vie sans amour. Les touristes qui viennent admirer ce chef-d'œuvre de la nature ne se doutent pas que c'est par fidélité à la mémoire de Santu que les calanches ont gardé la couleur du cinabre.

Mais les gens du pays comme moi savent que le souvenir pur et limpide du berger malheureux plane encore sur ces lieux tragiques. Les rares passants qui s'aventurent l'hiver dans ces parages déserts affirment que l'on entend, le soir, des plaintes mêlées au vent qui vient de la montagne.

C'est l'âme de Santu qui pleure son amour et son troupeau, disparus à jamais dans les calanches de Piana.

Prète Nùnziu

Prète Nùnziu[1] était un brave homme. Ma mère, aujourd'hui disparue, qui l'avait bien connu au temps de son enfance, m'en parlait souvent et elle ne tarissait pas d'éloges à son égard.

C'était un curé à la mode d'avant, portant soutane, bonnet carré et souliers montants. On pouvait le voir grimper, par tous les temps, d'un pas alerte, les sentiers escarpés de notre village, pour aller rendre visite à un malade ou porter les derniers sacrements à un mourant.

Tous les ans, suivant la coutume locale, il allait, le lundi de Pâques, suivi de ses enfants de chœur en surplis rouge portant croix et goupillon, bénir toutes les maisons habitées de sa paroisse.

Au printemps, le jour de la tonte des brebis, il ne manquait jamais d'aller asperger d'eau bénite les animaux fraîchement débarrassés de leur toison, pour les placer sous la protection du Seigneur. Ensuite, habillé

1. Prète Nùnziu : prêtre Nonce (le prénom). À noter qu'en Corse le titre de prêtre placé devant un prénom est usité pour appeler ou désigner un religieux du clergé séculier. Le synonyme *padre* n'est employé que pour désigner un moine.

de sa plus belle soutane, pour faire honneur aux tondeurs bénévoles, il participait de bon cœur au grand repas des bergers dont c'était la fête ce jour-là.

Il vivait de façon tout à fait modeste dans le petit presbytère qui jouxte notre église, entouré par les soins affectueux de Simonetta, sa servante dévouée, qui, bien que d'âge canonique par respect de la règle, était laborieuse et dure à l'ouvrage. Elle avait la réputation de ne pas avoir inventé la poudre mais, comme le disait si bien notre brave curé, elle au moins était sûre d'aller au paradis car Dieu a toujours aimé les pauvres d'esprit.

Prète Nùnziu était l'objet d'une estime respectueuse, et même d'une certaine vénération, de la part de toute la population du village, à laquelle il était parfaitement intégré. Il assistait à toutes les fêtes et réunions familiales et occupait toujours la place d'honneur dans les mariages, baptêmes, communions solennelles et autres manifestations qui se déroulaient au sein de notre petite communauté rurale.

Son esprit de charité était légendaire ; il se dépouillait souvent de l'essentiel pour venir au secours d'une famille qui se trouvait dans le besoin et, est-il nécessaire de le dire ? les cas de détresse n'étaient pas rares dans notre milieu par ces temps de disette et de misère.

Quant à sa foi, elle était de celles qui renversent les montagnes.

Et Dieu sait qu'il y en a des montagnes dans notre pays !

Simple et communicative, dépouillée des surcharges théologiques et des lourdeurs d'une exégèse trop poussée, la foi de Prète Nùnziu était naturelle, profonde et ardente. Il ne demandait qu'une chose au Ciel, c'était de lui accorder la grâce de la faire partager à ses ouailles turbulentes dont le tempérament bouillant s'accommodait mal des contraintes de la religion.

Pour Prète Nùnziu, Dieu était présent partout, à chaque instant de la vie des hommes, presque visible et palpable, et il se manifestait dans tous les actes de ses enfants. Dans ses homélies, faites en langue corse pour être bien compris de tous, il parlait des trois personnes de la Sainte Trinité comme si Elles avaient été là, dans la modeste église de notre petit village, au milieu des fidèles. Ceux-ci ne mettaient d'ailleurs jamais le dogme en question et acceptaient facilement tous les exemples que leur pasteur choisissait pour illustrer les paraboles et certains passages de l'Évangile.

Les offices divins étaient en général bien suivis par les femmes et les enfants du village mais une chose chagrinait beaucoup Prète Nùnziu. En effet, malgré ses talents de prédicateur, il n'arrivait pas à attirer les hommes dont la plupart restaient à bavarder sur la place de l'église pendant la sainte messe, selon la coutume détestable du pays.

Oh ! ce n'étaient pas de mauvais chrétiens puisqu'ils étaient venus jusque-là pour s'approcher du Seigneur, et qu'ils avaient fait l'effort d'endosser leur plus beau costume de velours côtelé pour s'assembler, au nom de Dieu, aux abords de l'église ! Mais Prète Nùnziu aurait tout donné pour modifier leur comportement.

Prète Nùnziu cependant ne se décourageait pas. Il continuait à invoquer le Saint-Esprit et à lui demander de descendre sur toute l'assemblée et en particulier sur ces presque-mécréants qui, en restant dehors, ne prêtaient qu'une oreille distraite à la parole de leur créateur.

À chaque messe, sans jamais se lasser, ce brave curé, pour donner une forme concrète à ses sermons, choisissait des modèles tirés du monde animal pour bien se faire entendre de ce peuple de bergers proche de la nature. Ainsi, en parlant du Saint-Esprit, il disait qu'il fallait s'imaginer que c'était une colombe blanche qui, venant du ciel, se posait sur votre épaule pour vous murmurer à l'oreille tout ce qu'il convenait de faire pour rester dans le droit chemin et se conduire en bon chrétien. Pénétré jusqu'au fond de l'âme par ces fortes convictions, il levait les yeux et les bras au ciel, en disant d'une voix forte : « *Scendi ! scendi !*[2] » (« Descends ! descends ! ») pour demander au Saint-Esprit de venir inonder de sa lumière les fidèles placés sous sa houlette de prêtre.

Emportés par l'élan mystique de leur curé tous les paroissiens regardaient aussi en l'air persuadés qu'un jour ou l'autre le Saint-Esprit se manifesterait sous une forme matérielle et concrète.

Mais le Saint-Esprit, qui pénétrait directement dans le cœur des hommes, jugeait parfaitement inutile de s'incarner pour apporter la preuve de son existence.

Ce qui n'empêchait pas Prète Nùnziu, sans se formaliser nullement de cette absence de signe, de réitérer, à chaque occasion, ses invocations.

« *Scendi ! Scendi !* » implorait-il à longueur d'office en regardant la voûte, peuplée d'angelots souriants, de notre vieille église.

Et voici qu'à force de frapper la porte s'ouvrit et qu'un beau dimanche, au cours duquel Prète Nùnziu

2. Prononcer : chindi.

avait été particulièrement persuasif, le miracle s'accomplit.

Sous les yeux des paroissiens médusés, une colombe blanche descendit au-dessus du chœur et vint se poser, après un vol plein de grâce, sur l'épaule de l'officiant.

L'oiseau resta quelques instants sur l'épaule du prêtre, tendit le bec comme s'il lui parlait à l'oreille, puis s'envola et disparut comme il était venu.

La stupeur fut grande dans l'assemblée. Femmes, enfants, jeunes ou vieux, riches ou pauvres, innocents ou pécheurs, tous regardèrent pendant un long moment la voûte de l'église en se demandant s'ils n'avaient pas rêvé.

Quant à Prète Nùnziu il resta pendant quelques instants silencieux, la tête inclinée en avant, les mains jointes, abîmé dans une profonde prière, puis il reprit la parole pour remercier Dieu de l'avoir exaucé au-delà de tout espoir.

Chacun, ce jour-là, regagna sa maison le cœur rempli de joie. Il ne faisait aucun doute, pour tous ces braves gens, que le Seigneur, dans sa grande mansuétude, allait désormais veiller sur eux de façon toute particulière.

Ceux qui n'étaient pas à la messe, et parmi eux les esprits forts dont la foi était inexistante ou chancelante, niaient le miracle avec un sourire entendu. Mais le dimanche suivant, tout le monde était là. L'église était pleine à craquer et il n'y avait pas un seul homme dehors.

– *Scendi ! Scendi !* dit Prète Nùnziu au moment voulu et, comme le dimanche précédent, la blanche colombe vint se poser délicatement sur l'étole du prêtre, lui dit quelques mots à l'oreille, puis prit son envol gracieux et disparut, comme la première fois, dans les cintres de l'église.

Dans un grand silence, Prète Nùnziu prit la parole. Il axa son homélie sur le fait du jour.

« Hommes de peu de foi ! Hommes de peu de foi ! était-il tenté de leur dire. Comment ! alors que Dieu dans sa magnificence vous offre chaque jour le témoignage de sa bonté et de sa gloire, vous faites preuve de scepticisme, et aujourd'hui il vous suffit d'un simple volatile pour vous prosterner devant lui, la face contre terre, lui faire une confiance aveugle et crier au miracle. »

Mais Prète Nùnziu connaissait la nature humaine. Aussi se contenta-t-il, en faisant allusion à l'apparition qui venait de se manifester, de faire ressortir l'humilité du Créateur qui n'avait pas hésité à prendre la forme modeste d'un oiseau familier pour venir jusqu'à eux.

Le signe se répéta au cours de tous les dimanches qui suivirent et l'église ne désemplissait pas.

La nouvelle avait fait rapidement le tour de la Corse et, de tous les villages environnants, des pèlerins commencèrent à affluer vers notre petit village. À tel point que l'église était trop petite et que beaucoup de fidèles étaient obligés de rester dehors pendant les offices. Mais cette fois c'était par manque de place et non de propos délibéré.

Les commerçants faisaient des affaires d'or. Surtout les débits de boissons où se réunissaient, après les cérémonies religieuses, autour d'un verre de vin rosé du pays, les *furesteri* [3], venus assister aux événements mira-

3. *Furesteri* : étrangers au village.

culeux et demander des grâces particulières pour leur famille.

Quant à l'unique auberge locale, baptisée pour la circonstance « Ostéria di a Culomba [4] », elle faisait salle comble midi et soir et le tenancier était même obligé de refuser du monde.

Des malades, des infirmes, des estropiés vinrent aussi en grand nombre dans l'espoir d'une guérison miraculeuse et certains, paraît-il, virent leur état s'améliorer.

Cet afflux de population ne tarda pas à poser des problèmes de sécurité et d'ordre public aux autorités de la commune et des renforts de gendarmes furent nécessaires pour canaliser la foule des pèlerins.

L'évêque, à son tour, s'émut de la chose. Il intima à Prète Nùnziu l'ordre impératif de ne plus faire de miracles et de s'en tenir à la liturgie traditionnelle. Il vint même en personne, en grand apparat, coiffé de sa mitre d'or, ses blanches mains tenant sa crosse pastorale. Entouré de ses grands vicaires il concélébra avec Prète Nùnziu la messe du dimanche des Rameaux.

Ce jour-là, comme d'habitude, la colombe fut au rendez-vous comme si elle voulait apporter au prélat la preuve de la bonne foi de notre curé.

Par lettres patentes, l'évêque rendit compte au pape des faits qui venaient de se produire dans ce petit village du bout du monde. Le Saint-Père, pour ne pas faillir à la réputation de l'Église, très circonspecte en matière de miracles, ordonna une enquête et la rote fut saisie pour statuer sur une éventuelle béatification de ce prêtre de montagne qui avait réussi à établir un dialogue privilégié avec Dieu.

---

4. *Ostéria di a Culomba* : Hôtellerie de la Colombe.

Cependant Prète Nùnziu exultait. De voir tant de chrétiens transfigurés par leur foi toute neuve le remplissait de reconnaissance envers le Seigneur à qui il avait voué toute son existence.

Oh ! aucun sentiment d'orgueil ne venait troubler notre brave curé qui, bien trop modeste pour se croire l'artisan de tant de succès, n'avait rien changé à son mode de vie.

Aussi est-ce d'une manière toujours aussi simple qu'il persévéra dans ses appels au Ciel et que celui-ci l'exauça pendant de très longues années, si j'en crois ce que m'a raconté ma mère qui était une sainte femme incapable de mentir.

Mais les plus belles choses ont aussi une fin. Sans aucun avertissement le drame se produisit alors que personne ne s'y attendait.

C'était un beau dimanche de Pâques et l'église paroissiale était pleine à craquer. Prète Nùnziu officiait dans un flot de fleurs, de lumières et d'encens. Au moment choisi notre brave pasteur, comme à l'accoutumée, leva les bras vers le ciel et il prononça la formule sacramentelle.

– *Scendi ! Scendi !* dit Prète Nùnziu.

Tous les fidèles, le souffle suspendu, attendirent l'apparition mais rien ne se passa.

Scendi ! Scendi ! répéta à plusieurs reprises Prète Nùnziu avec beaucoup d'émotion dans la voix. Mais, cette fois encore, aucune colombe ne descendit des nues.

Le silence était grand dans la nef et il commençait même à devenir pesant.

C'est à ce moment-là que Simonetta, la vieille bonne du curé, sortit sa tête chenue d'une petite lucarne, cachée jusque-là par la figure joufflue d'un ange de la corniche et dit, d'un ton gêné mais d'une voix assez forte pour être entendue de tout le monde : *A s'a manghiatà u ghiattu* (« le chat l'a mangée »).

Prète Nùnziu, laissant là ses paroissiens ahuris, retroussa ses habits sacerdotaux et courut vers le presbytère pour se rendre compte par lui-même de ce crime de lèse-divinité.

Il revint quelques instants plus tard et, avant de prononcer d'un ton contrit le *« Ite, missa est »,* murmura quelques mots embarrassés desquels il ressortait que les voies de Dieu sont insondables.

Cette histoire le troubla si profondément qu'il tomba malade, s'alita et mourut quelques jours plus tard.

Les pèlerins ne vinrent pas tous à son enterrement mais les habitants du village, sans exception, accompagnèrent leur curé à sa dernière demeure. Certains ont affirmé par la suite qu'ils avaient vu, très haut dans le ciel, une colombe blanche qui, les ailes déployées dans le bleu de l'azur, semblait attendre l'âme de Prète Nùnziu pour la conduire au Père éternel.

Le nouveau curé, qui fut nommé à la place de Prète Nùnziu, était du genre moderne. Il parlait français, portait des souliers bas et s'habillait en civil. Il dit aux paroissiens qu'aucune personne de la Sainte Trinité ne saurait s'incarner sous la forme d'un oiseau, celui-ci fût-il la plus blanche des colombes ! Puis il ajouta, avec beaucoup de fermeté, que toute cette histoire était trop merveilleuse pour être crédible et qu'il convenait de l'oublier rapidement.

Il changea tout à l'intérieur de notre vieille église, enleva les statues des saints, et dépouilla l'autel de tous les ornements qui lui paraissaient superflus pour la gloire du Seigneur.

Peu à peu l'église se vida de tous ses fidèles. Aujourd'hui, seules quelques vieilles personnes vont assister aux offices et écouter leur curé qui leur parle d'égalité sociale et de niveau de vie.

De temps en temps, elles lèvent la tête en espérant qu'un jour la blanche colombe de Prète Nùnziu viendra leur annoncer l'aube des temps nouveaux.

Les cyprès

« Si les arbres pouvaient parler ils nous raconteraient beaucoup plus de choses que les gens les mieux informés », nous dit Natale, le vieux berger, un soir à la veillée au coin du feu.

Il parlait d'or, Natale. Il connaissait mieux que personne nos us et coutumes, mœurs et rites, et tous les faits importants, insolites ou singuliers qui avaient marqué la vie de notre petite société rurale dans le passé le plus proche comme le plus lointain.

Il aimait tant raconter, narrer et décrire, tout ce qu'il avait connu, vu ou appris, au fil des ans, dans sa longue et dure vie de berger, que nous avions l'impression de lui faire plaisir rien qu'en l'écoutant égrener cette riche moisson de souvenirs, qu'il avait amassés au fond de lui comme un trésor précieux, dans un but évident de partage et d'échange.

Quand la mémoire lui faisait défaut, l'imagination venait à son secours et lui fournissait, au bon moment, le détail, la péripétie, l'épisode ou l'incident, qui donnaient tant de saveur à son récit.

Car Natale était un conteur-né. Il avait ce don comme d'autres ont les yeux bleus. Il savait, à cette époque de grande tradition, donner vie à ces histoires tristes ou gaies, tendres ou réalistes, étranges ou fantastiques, qui peuplaient notre monde imaginaire et influaient, à n'en pas douter, sur notre comportement, au sein de cette communauté pastorale si près à la fois de la terre et du ciel.

C'était surtout durant les longues soirées d'hiver, lorsque la nuit d'encre cernait notre vieille maison, blottie comme toutes celles du village, au pied de la grande montagne bleue dont la cime était couronnée de neige par ces temps de froidure, que Natale donnait cours à sa verve.

Plusieurs familles de voisins, toutes générations confondues, étaient réunies autour de la grande cheminée et la lampe à huile, qui nous éclairait chichement, dessinait sur les murs grisâtres de notre cuisine, nos ombres dont les formes, gigantesques, disproportionnées et un peu fantomatiques, semblaient s'agiter dans un ballet sans fin au rythme lent et mystérieux du temps qui s'écoulait comme un fleuve sans fin.

Ce soir-là, comme d'habitude après une journée de labeur, nous écoutions religieusement les *stavaldoghi, storie, fole, strufulette è capadoghi* [1] de Natale.

Dans le foyer de grosses bûches d'olivier achevaient de se consumer lançant de temps en temps, lorsque le bois éclatait sous l'action de la chaleur, de belles étincelles dorées qui planaient un court instant sous le manteau noir de la cheminée, avant de mourir, comme des étoiles filantes, dans un dernier et vif éclat.

---

1. *Stavaldoghi* : choses vécues ; *storie* : histoires ; *fole è strufulette* : fables et devinettes ; *capadoghi* : littéralement ce qui passe par la tête.

Dehors le vent faisait rage. On entendait ses rafales dévaler de la montagne, tourbillonner dans les branches dénudées des grands châtaigniers des terres du haut, parcourir à toute vitesse les ruelles du village, poussant devant elles des petits cailloux, cogner contre les portes et les fenêtres branlantes, s'engouffrer en hurlant dans les greniers déserts et miauler en s'accrochant aux tuiles et aux aspérités des toits, avant d'aller porter, dans les cyprès de notre petit cimetière, leur souffle glacial et furibond.

– Tiens ! à propos de cyprès justement ! poursuivit Natale, qui ne perdait jamais le fil de son récit, savez-vous que cet arbre est celui qui symbolise la mort en Corse ? Oui, le cyprès est l'arbre de la mort ! affirma-t-il d'un ton convaincu, après un moment de silence qu'il mit à profit pour allumer sa pipe avec un tison incandescent de la cheminée.

« Contrairement à l'usage qui en est fait dans d'autres régions du continent, ajouta Natale qui avait un peu voyagé, où cet arbre est utilisé sous forme de haies vives, comme coupe-vent pour les cultures, pour délimiter les propriétés ou, tout simplement, comme arbre d'ornement, en Corse, il n'est planté, la plupart du temps, pour ne pas dire toujours, que dans les cimetières, à côté des tombeaux construits en plein champ, et aux portes des chapelles et des couvents lorsque des religieux ou des ermites sont enterrés dans ces lieux sacrés.

Quand un voyageur, parcourant notre pays, aperçoit un cyprès il peut être assuré qu'un lieu mortuaire n'est pas loin ! Et quand quelqu'un de chez nous dit que les cyprès qu'il a plantés près du tombeau familial sont assez grands, c'est qu'il n'est pas loin de la mort.

Est-ce sa couleur sombre, sa beauté sévère, son feuillage austère ou sa silhouette un peu funèbre qui font cette mauvaise réputation à ce banal résineux ? Je ne saurais vous le dire mais, vous l'avez sans doute remarqué comme moi, il ne viendrait à l'idée de personne, dans notre pays, de planter un cyprès uniquement pour décorer un coin de jardin ou faire un peu d'ombre. Cet arbre nous inspire d'ailleurs une sorte de crainte respectueuse et certains même voient, dans son petit fruit conique, le visage de la mort telle qu'elle est symbolisée dans ces crânes décharnés déposés aux pieds des personnages dans les tableaux religieux. »

Natale s'arrêta un moment et jugea, au profond silence de l'assemblée, que son récit avait atteint le but escompté. Pendant quelques instants on n'entendit que la voix furieuse du vent et le crépitement du feu. Au fond de lui-même chacun savait que le vieux berger connaissait à fond cet arbre un peu mystérieux et le rôle qu'il avait joué dans ce qu'il allait nous raconter, mais personne ne disait mot, attendant avec une certaine impatience la suite de l'histoire.

Tout ça parce que quelqu'un lui avait demandé pour quelle raison on avait planté, dans le temps passé, une haie de cyprès dans le champ de la famille Panasciuttu [2] et juste en face d'une des plus belles maisons de notre village.

Cette bâtisse imposante, qui avait appartenu à la riche et réputée famille Urbini, construite à l'orée du village,

2. Panasciuttu : contraction de *pane asciuttu* ; littéralement « pain sec ».

avait connu des heures de gloire lorsque ses propriétaires occupaient des positions importantes à la tête de notre communauté.

La plus belle des façades, celle qui comporte de superbes corniches blanches et des balcons à balustres, était effectivement à moitié dissimulée derrière une haie de cyprès, et la maison, aujourd'hui inoccupée, ressemblait, du fait de la présence et de la réputation des arbres, plus à un tombeau qu'à une demeure de vivants.

Pour ma part, je connaissais la triste réputation de ces conifères et je savais que celui qui avait planté la haie de cyprès dont il était question l'avait fait sciemment et dans un but bien déterminé. Personne n'ignorait d'ailleurs, au village, les tenants et les aboutissants de cette triste histoire et les bruits qui couraient sur l'origine de cette haie bizarre. Cependant nul n'en parlait ouvertement, préférant, comme il était d'usage dans notre monde un peu particulier, passer sous silence certains faits quand ils étaient peu édifiants pour l'ensemble de la population.

« C'est une très vieille histoire, reprit Natale, après avoir tiré une ample bouffée de sa pipe et avoir lancé un grand jet de salive dans les cendres du foyer. En fait, c'est un roman dans lequel l'amour et la haine se partagent les événements en parts égales.

Comme vous le savez, la famille Urbini était l'une des plus riches et des plus influentes de notre village. Propriétaire de maisons, terrains de pacage, d'oliveraies, châtaigneraies, vignes et terres à blé, u Sgio Ghianni-Maria avait en main les clés de l'économie locale et tout le monde, du laboureur au berger, du journalier au métayer, dépendait plus ou moins de lui dans le pays.

Sa femme, à Signora Concetta, qui ne sortait jamais sans chapeau, signe distinctif de sa classe, avait apporté en dot sa part de propriétés. C'était une personne autoritaire qui régnait en maîtresse sur sa maison et en despote sur sa nombreuse domesticité.

À cette époque, les différences sociales étaient encore plus marquées qu'aujourd'hui et on ne fréquentait que les gens de son milieu ou de sa classe. Les alliances ne se faisaient qu'en fonction de la fortune possédée et du rang occupé et les riches profitaient de l'union de leurs enfants pour agrandir leurs propriétés et asseoir leur fortune.

Or il advint que la fille unique du riche couple, la jolie Signorina Maria-Franscesca et le jeune Lisandru Panasciuttu, qui était justement le fils aîné du propriétaire du champ où ont été plantés par la suite les cyprès, s'éprirent l'un de l'autre d'un sentiment profond.

La famille Panasciuttu, qui comptait sept enfants, n'avait pour tout bien que ce petit lopin de terre et un troupeau de brebis. Comme beaucoup d'autres personnes du village, elle arrivait tout juste à subsister. Dans cette maison on mangeait plus souvent du pain sec que des mets de choix et, à ce propos, les gens bien intentionnés disaient, avec un peu de malice, que c'était tout à fait normal avec un tel patronyme.

La famille Urbini avait proposé des sommes énormes au père Panasciuttu pour l'achat de son terrain, mais le pauvre berger n'avait pas voulu se défaire de son petit enclos, par respect pour ses ancêtres et pour obéir à une tradition locale qui veut que l'on ne vende jamais un bien venant de sa famille, sauf misère extrême.

La distance qui séparait Lisandru de la belle Maria-

Franscesca était, on s'en doute, énorme dans un monde clos comme le nôtre !

Comme le disaient, toujours promptes à dénigrer plus pauvre qu'elles, les commères au lavoir du village : " Elle, c'est une étoile parmi les étoiles tandis que lui n'est qu'un vulgaire caillou que le passant pousse d'un pied dédaigneux dans la poussière du chemin ! "

Comment les choses se firent-elles ? Comment peut-on imaginer que Lisandru, simple berger de son état, ait pu jeter les yeux sur cette jeune fille de laquelle il était tenu éloigné par le rang, la fortune et les origines ? Personne chez nous n'a jamais pu percer ce mystère. Il est vrai que Maria-Franscesca et Lisandru avaient joué ensemble quand ils étaient enfants, lorsque la mère du garçon faisait quelques lessives pour les riches Urbini, mais cela n'expliquait pas tout. En règle générale, comme dans toute société bien organisée, et la nôtre l'était ! chacun restait à la place qui lui était assignée une fois pour toutes, et personne ne cherchait à bouleverser l'ordre social établi.

Mais le Destin qui gouverne le sort des hommes avait sans doute décidé de faire une exception pour une fois ! Tout ce que je peux vous dire, dans le cas de ces deux êtres qui se sont aimés en dépit des conventions sociales, c'est qu'eux-mêmes furent les premières victimes de cet amour impossible. Vous savez, l'amour, malgré ses bonnes intentions, ne réussit pas toujours à faire le bonheur des humains et dans le cas présent il sema plutôt le malheur. C'est bien connu, l'amour est un sentiment plus fragile qu'un flocon de neige au mois de mars mais il a la force d'un ouragan. C'est lui, en tout cas, qui déjoua tous les plans que u Sgio Ghianni-Maria avait dressés pour assurer l'avenir de son unique héritière.

Tous les espoirs du riche propriétaire s'envolèrent en fumée et tous les leviers qu'il actionnait avec tant de vigueur pour faire plier les autres devant sa volonté s'avérèrent complètement inefficaces devant la détermination des amoureux qui s'étaient juré un amour éternel.

Inutile de vous dire que Maria-Franscesca était belle comme le jour car, dans toutes les histoires d'amour, vous l'avez sans doute remarqué ? les héroïnes sont toujours belles. Mais, pour ce qui concerne celle dont je vous parle aujourd'hui, je peux vous affirmer qu'il n'y en avait pas de plus belle dans toute la Corse.

Lorsque ses parents apprirent la funeste passion de leur fille, il se fit un grand bruit dans la maison des Urbini. Le Sgio Ghianni-Maria jura par tous les saints que, lui vivant, aucun Panasciuttu ne franchirait le seuil de sa maison et qu'il préférait voir Maria-Franscesca couchée dans un cercueil plutôt que dans la couche nuptiale de Lisandru.

Les choses en étaient à ce point quand, un beau matin, le bruit se répandit dans le village que Maria-Franscesca avait disparu.

On ne la voyait plus en promenade avec sa mère, ni à la messe du dimanche, ni penchée à la fenêtre de sa chambre dont les volets étaient clos nuit et jour. Certains disaient qu'elle était entrée au couvent, d'autres qu'elle avait pris le bateau pour le continent.

En fait, u Sgio Ghianni-Maria et a Signora Concetta, dont le cœur était plus sec que le nom patronymique des Panasciuttu, avaient employé les grands moyens pour empêcher leur fille de revoir Lisandru. Ils avaient enfermé Maria-Franscesca dans une chambre avec interdiction formelle d'en sortir et donné l'ordre à leurs servantes d'exercer sur elle une garde permanente. Pendant des mois et des mois personne ne la vit et seuls les bruits colportés par les domestiques finirent par faire connaître aux habitants du village les conditions dans lesquelles vivait la jeune recluse. Elle ne manquait paraît-il de rien mais elle passait tout son temps dans la solitude la plus complète. Elle était devenue triste et lasse et elle ne parlait plus à personne, refusant même de répondre aux questions de ses parents.

Lisandru était très triste lui aussi. Il accomplissait du mieux qu'il pouvait les tâches qui lui incombaient et aidait ses parents dans la garde du troupeau et les travaux de la terre, mais son caractère s'était assombri. Lui si enjoué avant cette passion insensée, ne parlait plus qu'à ses brebis et à ses chiens.

Ses parents faisaient tout leur possible pour lui faire oublier Maria-Franscesca. À mots couverts ils lui laissaient entendre qu'une autre jeune fille du village, fort jolie d'ailleurs, était toute disposée à l'épouser s'il en manifestait l'intention. Mais il avait juré dans le fond de son cœur une fidélité éternelle à son premier amour. Dès qu'il avait un instant de libre, il se rendait dans son petit enclos et là, il passait des heures entières immobile et silencieux, le regard fixé sur les volets clos de la chambre de sa bien-aimée. Malgré les jours et les jours qui passaient, indifférents à sa peine, malgré la dureté de cœur des parents de Maria-Franscesca, il gardait l'espoir de la revoir et de la conduire un jour en robe blanche, à l'autel de l'église du village.

C'est sur ces entrefaites que le mariage de Maria-Franscesca fut annoncé. L'heureux élu était paraît-il un jeune homme de Belgodère, fils de riches propriétaires terriens, dont la fortune était équivalente à celle des Urbini.

On était au printemps. De grands préparatifs furent entrepris pour donner tout l'éclat qui convenait à ce grand mariage. Des salons d'apparat furent aménagés dans la belle demeure des Urbini pour recevoir les gens de la haute société et la grande cour fut débarrassée des instruments aratoires et autres objets agricoles pour accueillir le bon peuple du village, comme cela se pratiquait à cette époque où on ne mélangeait pas les gens de condition différente.

Il paraît que Maria-Franscesca était revenue à de meilleurs sentiments. Les volets de sa chambre étaient toujours clos mais elle allait et venait maintenant librement dans la maison et recevait comme il se doit son fiancé, qui venait tous les soirs de Belgodère dans une belle calèche, pour lui faire sa cour selon l'usage. Lisandru était toujours aussi triste. Il se disait que Maria-Franscesca l'avait oublié et qu'elle avait été reprise par les ambitions de sa famille. Les jours heureux pendant lesquels sa bien-aimée avait partagé ses sentiments semblaient appartenir à un monde disparu et de son cœur brisé montait une plainte silencieuse qui allait se perdre avec ses rêves dans le bleu de l'azur infini.

Le grand jour arriva. Tout le village était en effervescence. La foule, indifférente au chagrin de l'un des siens, ne pensait égoïstement qu'à la fête et beaucoup avaient oublié la belle histoire d'amour de Lisandru et Maria-Franscesca.

U Sgio Ghianni-Maria et à Signora Concetta, bouffis d'orgueil, certains maintenant de garder leur fortune intacte et même de l'augmenter, paradaient dans le village en vainqueurs, tout fiers d'avoir, par leur intransigeance et leur fermeté, empêché deux êtres de vivre un grand amour.

Ils n'avaient pas lésiné sur les dépenses et toutes les ménagères du pays avaient préparé les pâtisseries les plus fines pendant qu'on s'apprêtait à mettre en perce les tonneaux du meilleur vin des vignes de la famille Urbini.

La toilette de à Signorina Maria-Franscesca avait été commandée chez la plus grande couturière de l'Île-Rousse qui était venue plusieurs fois au village pour les essayages. Les servantes de la famille Urbini, gonflées de suffisance, laissaient entendre que la robe blanche de leur jeune maîtresse était la plus chère et la plus belle que l'on ait pu voir depuis que le monde existait. Et la robe est en soie naturelle ! le voile en dentelle travaillée au fuseau ! la couronne en fleurs de taffetas ! le corsage en organdi ! le manteau en brocart ! les bottines en chevreau ! Et patati et patata, des heures durant ! Elles n'en finissaient pas, ces pimbêches, de raconter les fastes de la famille Urbini comme si, à force d'en parler, une partie de cette gloire allait rejaillir sur elles et leur donner l'importance qu'elles n'avaient pas dans leur médiocre existence.

Le jour du mariage se leva dans une grande splendeur. Un beau soleil apparut par-dessus la montagne et illumina notre petit village niché dans les vertes frondaisons. Sur le parcours que le cortège devait emprunter, des pétales de roses avaient été semés et des arcs de verdure avaient été dressés par la population.

Dès le matin, les cloches se mirent à sonner à la volée. Maniées de main de maître par *Dumenicu u campa-*

naru [3], dont la réputation de sonneur avait volé de clocher en clocher jusqu'aux limites de notre piève, on les entendait à plusieurs lieues à la ronde et leur voix emplissait de joie les vallons des alentours.

Devant la maison de la mariée, une animation intense régnait. C'était un va-et-vient incessant de chevaux, de calèches, de charrettes et autres voitures attelées qui déposaient devant la grande porte des Urbini des invités de marque en habits de gala, de belles dames en grande toilette et des enfants parés de leurs plus beaux vêtements.

Les villageois s'étaient massés en foule pour assister à la sortie de la mariée prévue pour dix heures précises.

À l'heure dite, tous les regards se portèrent vers l'escalier monumental qui conduit à l'étage de la maison Urbini. Mais de mariée point ! À un moment donné quelqu'un dans l'assistance cria : " La voilà ! " Dans le même temps des bras se tendirent vers la grande terrasse du deuxième étage de la maison et tout le monde la vit. Beaucoup de personnes pensèrent qu'elle venait se montrer à la foule en liesse afin que chacun puisse l'admirer.

Elle était très belle en effet dans sa robe blanche. Un peu pâle peut-être ? mais très belle. Des cris de joie et des applaudissements montèrent de la foule. Maria-Franscesca sourit à tous et ouvrit les bras, dans un geste amical et accueillant.

Ensuite il se passa une chose étrange dont le souvenir est resté gravé à jamais dans la mémoire des personnes présentes. Maria-Franscesca se dirigea en courant vers le bord de la terrasse, elle enjamba la balustrade et sauta dans le vide. Elle tomba comme une grande fleur

3. *Dumenicu u campanaru* : Dominique le sonneur de cloches.

blanche dans le champ de Lisandru Panasciuttu et sa robe s'étala comme une corolle claire dans l'herbe verte du printemps. Un cri de stupeur monta de l'assistance sidérée, puis il se fit un grand silence angoissant.

Un prêtre qui se trouvait chez les Urbini courut jusqu'à l'endroit du drame. De loin, on le vit faire un grand signe de croix avant de s'agenouiller aux pieds de la forme blanche.

Je ne vous raconterai pas la suite de cette journée tragique. On enterra Maria-Franscesca, vêtue de sa robe de mariée, dans le beau caveau familial où elle repose depuis en paix.

U Sgio Ghianni-Maria et à Signora Concetta finirent leurs jours tristement. Après leur mort, les différentes propriétés de leur grand domaine furent vendues par leurs neveux et nièces qui avaient hérité de tous les biens. Seule la maison du malheur ne trouva pas acquéreur et encore aujourd'hui elle appartient à des descendants éloignés de cette famille qui n'ont jamais voulu l'habiter.

Le jeune Lisandru s'engagea dans l'armée et il mourut en héros lors de la conquête de l'Algérie.

À l'endroit où Maria-Franscesca était morte, la famille Panasciuttu fit planter une haie de cyprès en signe de respect pour la mémoire de celle qu'aucune force humaine n'avait jamais pu détourner de son premier serment.

Pendant les dernières années de leur vie, u Sgio Ghianni-Maria et sa femme à Signora Concetta eurent sous leurs yeux, comme un vivant reproche, cette haie symbolisant la mort.

De tout temps, les descendants de la famille Panasciuttu ont eu à cœur d'entretenir cette haie, taillant les branches folles, remplaçant un cyprès mort et retournant la terre au pied des arbres chaque fois que le besoin s'en faisait sentir.

C'est pour cette raison que cette haie existe encore », dit Natale en terminant son récit dans un soupir.

Pendant de longues minutes notre petite assemblée garda le silence comme si elle voulait, par un moment de recueillement, honorer le souvenir des héros de cette belle mais tragique histoire d'amour.

Puis chacun regagna sa demeure en écoutant le vent qui, ce soir, en soufflant dans la haie de Lisandru Panasciuttu, semblait souligner le destin de deux êtres hors du commun, morts d'avoir trop aimé.

Les gouttières

« C'EST au pied du mur que l'on voit le maçon », disait, sans grande originalité, mais avec beaucoup de conviction, Carlu-Maria qui exerçait justement ce métier, depuis sa prime jeunesse, dans notre petit village caché dans la montagne bleue.

D'ailleurs, personne, chez nous, ne se serait permis de mettre en doute les capacités de notre artisan dont la vertu cardinale était constituée par une foi à toute épreuve en son métier, une haute conscience professionnelle et un savoir-faire incontestable dans tous les domaines de son art. Allié à une parfaite maîtrise des matériaux locaux, le tour de main de Carlu-Maria constituait un véritable spectacle en soi et beaucoup de passants s'arrêtaient rien que pour le voir travailler et admirer ses gestes efficaces et précis.

Homme sobre, honnête et travailleur, bon père et bon époux de surcroît, Carlu-Maria jouissait d'une notoriété non usurpée dans tout le pays, où tout le monde, pour lui manifester sa considération et son respect, lui donnait le titre de « Maestru [1] », suivi de

1. *Maestru* : maître. Titre donné communément aux artisans jouissant d'une grande réputation.

son prénom et, vous pouvez me croire, cette distinction décernée par un peuple aux mains calleuses était une grande marque d'estime.

Sa réputation avait d'ailleurs franchi les murs de notre petite vallée, ce qui, étant donné la spécialité du héros de cette histoire, ne manque pas d'une certaine logique.

Car la branche, si l'on peut dire, dans laquelle excellait Maestru Carlu-Maria était, sans conteste possible, la construction de murs.

En effet, il n'avait pas son pareil pour édifier ces murs en pierre sèche qui, dans ce temps-là, dans notre région, couraient dans les champs à perte de vue, soutenaient des pièces de terre pour les cultures en terrasse, escaladaient des collines du pied au sommet, les ceinturaient à leurs courbes de niveau, dessinant un ensemble de lignes irrégulières du plus bel effet dans ce paysage montueux.

Carlu-Maria ne chômait guère car le travail ne manquait pas à cette époque bénie où tout se faisait manuellement, au rythme des jours et des saisons, et sans agitation inutile.

Oui, le travail ne manquait pas dans notre village. En plus des murs à construire, à remonter ou à consolider, il y avait les maisons à entretenir, des portes, des portails et des fenêtres à placer, des chambres à carreler, des rues et des aires à paver et des bergeries, des soues et des paillers à bâtir ou à réparer.

Inutile de vous dire que Carlu-Maria n'avait suivi aucune école pour apprendre tout ce qu'il savait. Tout simplement, il avait commencé, tout enfant, à travailler avec son père, maçon lui aussi de son état, suivant ainsi une tradition familiale solidement établie.

En ce temps-là, je crois qu'il est bon de vous le signaler, il y avait dans nos villages de véritables dynasties professionnelles dont les origines se perdaient dans la nuit des temps.

Ainsi la famille de Carlu-Maria avait toujours compté des maçons dans ses rangs car il était de coutume, pour les fils, d'embrasser la carrière de leur père.

Carlu-Maria n'avait fait, par conséquent, que suivre la trace de ses aînés. Son père l'avait d'abord affecté aux tâches les plus humbles, comme celle d'éteindre la chaux vive pour les badigeons, ou de la gâcher pour en faire du mortier, puis, au fur et à mesure qu'il avançait en âge et en sagesse, il lui avait confié tous les secrets de son art et les finesses de son métier.

Le réputation de cette race de bâtisseurs n'était plus à faire. Encore aujourd'hui je pourrais vous montrer des travaux importants réalisés par ces hommes, et des ouvrages d'art qui ont bravé les rigueurs du temps pour parvenir jusqu'à nous dans un tel état de conservation et de beauté qu'ils feraient pâlir de jalousie des architectes sortis des grandes écoles.

Carlu-Maria n'était qu'un modeste maillon dans cette chaîne d'artisans émérites, mais il était fier d'appartenir à cette longue lignée d'hommes talentueux, que nous nommions, pour les distinguer des autres : « *Quelli chi sanù manighia à pétra* », c'est-à-dire « ceux qui savent travailler la pierre ».

Cette activité était d'ailleurs considérée comme une tâche noble, d'où la considération qui rejaillissait sur ces artisans qui étaient bien trop modestes pour se rendre compte qu'ils faisaient de l'art sans le savoir.

Carlu-Maria faisait vivre, grâce à son labeur, toute sa belle et grande famille composée de sa femme Maria-Madalena dite « Lèlè », et de ses six enfants dont l'aîné, fort heureusement de sexe mâle, commençait à apprendre les rudiments du métier en vue d'assurer la relève de son père.

Chaque saison apportait son lot de tâches. En hiver, il y avait les chemins à empierrer et à paver. Au printemps, et notamment avant les fêtes de Pâques, les pièces des maisons à badigeonner. En été, les murs des jardins et des champs à remonter ou à consolider et, enfin, en automne, les toitures des maisons à réviser en prévision des pluies de *a rinfriscàta* [2].

Car les infiltrations d'eau de pluie posaient toujours des problèmes aux occupants et propriétaires de nos maisons solides mais anciennes et vétustes. En particulier, les toits devaient être surveillés en permanence car les vieilles tuiles romaines, facilement disjointes par le *Libecciu* [3] et autres intempéries, étaient promptes à laisser passer l'eau venue du ciel.

Je me souviens encore que ma mère, aujourd'hui disparue (Dieu ait son âme !), se levait dans la nuit, au premier orage, pour placer au-dessus de nos têtes d'enfants un grand parapluie de berger ouvert pour nous abriter de ces ondées intempestives. Elle allait

2. *Rinfriscàta* : rafraîchissement de la température intervenant à la fin de l'été après les premières pluies ; en principe au début de septembre.

3. *Libecciu* : vent d'ouest, soufflant plus particulièrement sur le nord de l'île.

ensuite dans notre grenier, en s'éclairant d'une lampe à huile, pour faire la chasse aux gouttières sous lesquelles elle plaçait des vieux récipients en fer. J'entends encore la musique scandée des gouttes tombant dans les vieilles casseroles avec un bruit métallique. Leur rythme, s'accélérant ou ralentissant en fonction de l'importance des précipitations, me berçait comme une étrange symphonie, alors que j'étais dans un état situé entre veille et sommeil, blotti dans la douce chaleur de mon lit entre mon frère et ma sœur.

Mais souvent les averses déjouaient les parades les plus rapides et il n'était pas rare de recevoir, en pleine nuit et en pleine figure, une de ces cataractes désagréables que le ciel nous offrait au plus mauvais moment.

D'où la nécessité, pour éviter tous ces désagréments, de faire appel, en temps opportun, à Carlu-Maria.

Maigre comme un lézard, vif comme un cabri, léger comme un chat, Carlu-Maria venait chez nous et, en un tour de main, en marchant sur le toit d'une façon particulière pour éviter de briser des tuiles, il remettait en place celles qui étaient dérangées, pendant que du grenier nous donnions de grands coups sonores dans les planches et les solives pour indiquer au maître-couvreur l'endroit exact des infiltrations.

À midi, comme cela se pratiquait à cette époque de grande simplicité, Carlu-Maria prenait son repas à notre table et nous le regardions avec admiration quand il rompait le pain de froment avec ses mains durcies par la chaux et les arêtes coupantes des pierres et des tuiles qu'il savait assembler avec tant de talent.

Le soir il repartait chez lui avec le fruit de son travail sous la forme de quelques piécettes, lorsque nous avions de l'argent liquide, ce qui était plutôt rare, mais le plus souvent avec un salaire en nature représenté par un agneau de lait provenant de notre élevage, ou de quelques fromages de notre fabrication.

Après le passage de Carlu-Maria, nous attendions toujours la pluie avec une certaine impatience. Il nous tardait en effet de nous rendre compte si les gouttières, dont les emplacements sur le plancher du grenier étaient toujours matérialisés par les vieux récipients, avaient été ou non jugulées.

En règle générale il n'y avait plus aucune infiltration d'eau aux endroits réparés, car Carlu-Maria, je vous l'ai dit, était la conscience professionnelle même, mais il n'était malheureusement pas rare d'en découvrir de nouvelles (en plus petit nombre il est vrai) en d'autres points des combles. Alors il ne nous restait plus qu'à changer de place les vieilles marmites, les vieux seaux, pots et autres récipients qui, jusqu'à l'année suivante, joueraient leur rôle de réservoir d'eau de pluie et de boîtes à musique.

Quand mon père allait dire à Carlu-Maria que l'étanchéité de notre toit laissait à désirer malgré les réparations, l'homme de l'art lui répondait que le *libecciu* avait été particulièrement violent au cours des mois écoulés. Il ajoutait qu'il fallait aussi se méfier des souris qui, en faisant leur nid n'importe où, avec des peaux de châtaignes, déplaçaient souvent les tuiles et bouchaient les chéneaux. Il faisait aussi remarquer qu'il convenait de tenir compte de l'âge de notre toit dont la construction devait remonter à l'époque de l'occupation de la Corse par les Génois [4] et peut-être même à une ère antérieure si bien que les infiltrations qui se produisaient maintenant étaient, somme toute, normales. Et mon père, qui était un homme coléreux mais raisonnable, finissait toujours par admettre le bien-fondé des explications fournies par Maestru Carlu-Maria dont la bonne foi, l'expérience et le bon sens ne pouvaient être mis en doute.

Le village coulait (c'est bien le cas de le dire !) des jours heureux entre les révisions annuelles des toits et autres occupations utiles.

Le temps qui passait ajoutait des années aux maisons mais aussi aux habitants du village et notre couvreur émérite, lui-même, commençait, comme on dit dans le peuple, à se faire vieux. Il continuait, tous les ans, à se promener sur les toits de notre village mais, à son allure de plus en plus ralentie, on sentait que la fin de son règne approchait.

Enfin vint le moment où, à notre grand regret, Carlu-Maria fut dans l'obligation de s'arrêter définitivement de travailler.

Heureusement que son fils Ghiuvan-Pàulu était là et que de ce fait la relève était assurée.

Cette année-là, l'été avait été particulièrement sec et chaud. Il n'était pas tombé une seule goutte d'eau depuis le mois de mai et, aux environs du mois d'octobre, tout le monde scrutait le ciel avec une certaine inquiétude, redoutant la chute de pluies abondantes après cette période de sécheresse.

---

4. La Corse fut occupée par la République de Gênes jusqu'en 1768, date du rattachement de l'île à la France.

Ghiuvan-Pàulu, qui avait pris l'affaire en main, avait revu à temps toutes les toitures du village. Très consciencieux lui aussi, il avait travaillé d'arrache-pied pendant des semaines pour mener à bien sa tâche avant l'arrivée des premières ondées.

Passant d'un toit à l'autre (car presque toutes les maisons se touchent dans notre pays), agile, rapide et svelte comme l'était son père, et certainement tous les hommes de sa famille des générations passées, il avait entrepris avec cœur la chasse aux gouttières et il ne s'était arrêté qu'à la dernière tuile déplacée ou fendue.

Conformément aux prévisions les plus pessimistes (ou les plus optimistes suivant le point de vue où l'on se place), les pluies furent d'une extrême abondance dès l'entrée du mois d'octobre.

Chacun avait repris ses activités automnales dans les champs. Quant aux maîtresses de maison, aidées de toute la marmaille disponible, elles montèrent une garde vigilante pour dépister les nouvelles gouttières et procéder à temps au déplacement annuel des vieux pots et récipients en tout genre comme cela se faisait tous les ans.

Or, cette année-là ! divine surprise ! pas une gouttière ! Vous m'entendez ? Pas la moindre poussière d'eau ! Pas la plus petite gouttelette ! Pas le plus léger suintement ! La plus imperceptible trace d'humidité. Rien ! Rien ! Rien !.... Malgré les précipitations que chacun s'accorda à qualifier d'abondantes, les planchers des greniers restèrent aussi secs qu'une sole de four.

Ghiuvan-Pàulu fut couvert d'éloges par tout le village. Tous les occupants, locataires ou propriétaires de maisons, allaient répétant à qui mieux mieux que le fils était encore plus fort que le père ; ce qui n'était pas peu dire.

D'un commun accord il fut décidé d'accorder sur-le-champ le titre de Maestru à Giuvan-Pàulu dont l'habileté était à citer en exemple et qui malgré son jeune âge avait bien mérité de la communauté.

Notre artisan ne pouvait plus sortir de chez lui, passer dans la rue, aller au café ou à l'église, sans se faire accoster par un concitoyen qui, ravi d'être désormais à l'abri des caprices du ciel, tenait à complimenter publiquement l'auteur de ce prodige.

Cependant Carlu-Maria, lui, faisait grise mine. On le voyait bougonner au coin du feu, tisonnant avec colère les grosses bûches d'olivier qui lançaient des étincelles d'or dans l'âtre noirci.

Il morigénait sans raison apparente sa femme Maria-Madalena qui commençait à regretter le temps où son mari travaillait et était dehors toute la journée.

« L'imbécile ! L'imbécile ! » répétait Carlu-Maria à tout propos et Lèlè, qui ne savait à qui s'adressait l'épithète, baissait à tout hasard la tête pour donner moins de prise à la mauvaise humeur de son mari.

Tout le monde avait d'ailleurs remarqué le changement intervenu dans le caractère, jusque-là agréable, de Carlu-Maria.

– C'est l'inactivité ! disaient les plus clairvoyants.

– C'est l'âge ! disaient les plus compatissants.

– Il est froissé par le savoir-faire de son fils, disaient enfin les autres qui ne pouvaient expliquer autrement les réactions du vieux maçon.

Mais Carlu-Maria, qui était un homme d'expérience, savait à quoi s'en tenir en matière de gouttières.

Après avoir bien marmonné dans sa barbe, après avoir

bien fourragé son feu, après avoir bien grondé sa femme, après avoir traité on-ne-sait-qui de tous les noms, il se dit que le temps était venu de prendre une décision.

Un soir il fit appeler son fils qui, jeune marié, vivait sous un autre toit, et, comme le laboureur de la fable, lui parla sans témoin.

– Écoute-moi bien, lui dit-il, après avoir relevé la visière de sa vieille casquette et l'avoir regardé droit dans les yeux, je voudrais te parler dans ton propre intérêt, et même dans celui de tes clients, mais dis-moi d'abord une chose : est-ce que tu te considères comme meilleur maçon que moi ?

– Père, lui répondit Ghiuvan-Pàulu, avec tout le respect que je vous dois et sans vouloir vous offenser, je voudrais vous faire remarquer que depuis mon passage sur les toits il n'y a plus aucune gouttière dans le village. Tout le monde s'accorde à le dire et les gens ne tarissent pas d'éloges sur ma façon de travailler.

– C'est entendu ! lui répliqua son père, en baissant un peu la voix, tout le monde est là pour te tresser des couronnes de lauriers, mais si tu continues comme tu le fais, tu vas mourir de faim.

– Comment ? rétorqua un peu vivement Ghiuvan-Pàulu, en gardant néanmoins un ton respectueux, je suis en train de me bâtir une solide réputation et grâce à elle tous les habitants du village feront appel à moi l'année prochaine et si Dieu me prête vie...

– Laisse Dieu où il est et ne le mêle pas à nos affaires ! reprit Carlu-Maria en lui coupant sèchement la parole, l'année prochaine, mon fils, l'année prochaine... personne ne t'appellera car il n'y aura plus aucune gouttière.

Carlu-Maria bourra sa pipe de tabac corse, posa sur

le fourneau un petit charbon incandescent qu'il sortit du feu de cheminée à main nue, sans paraître nullement incommodé par la chaleur, et tira quelques bouffées odorantes en fermant à demi les yeux comme s'il réfléchissait profondément.

Lorsqu'il reprit la parole, sa voix avait encore baissé d'intensité et c'est sur le ton de la confidence qu'il s'adressa de nouveau à Ghiuvan-Pàulu.

– Dans la vie, tout est question d'équilibre, lui dit-il. Si tu n'as plus de travail tu ne pourras pas nourrir ta famille et tu seras soit obligé d'abandonner ton métier, soit contraint de quitter le village pour aller travailler ailleurs. Moralité ! toi, tu ne pourras plus gagner ton pain et les gens du pays n'auront plus de maçon. Conviens-en ! Tout le monde sera perdant dans l'affaire. Alors, suis mes conseils. À l'avenir, supprime les vieilles gouttières pour faire voir à tes clients que tu as bonne main, mais aussi déplace quelques tuiles, en d'autres endroits, pour en créer de nouvelles. Ainsi tu seras sûr d'avoir du travail, tous les ans, à la même époque. N'exagère pas cependant. Il faut rester dans les limites de l'honnêteté et il ne faut pas ruiner tous ces braves gens qui ont déjà assez de mal à faire vivre leurs familles.

Dans la mémoire collective du village cette année-là fut une année tout à fait exceptionnelle ! Tout le monde se souvient encore de cette période durant laquelle les greniers restèrent insensibles au mauvais temps.

L'année suivante quelques gouttières firent une timide apparition mais Ghiuvan-Pàulu, qui poursuivait dignement la lutte engagée par son père, sut faire face à la situation comme il se doit.

Durant toute sa vie, qui fut fort longue, notre artisan traqua sans merci les moindres infiltrations d'eau mais, lorsqu'il quitta le métier, en raison de son grand âge, personne ne le remplaça.

Comme tous ceux des autres familles de notre petite vallée, les enfants de Ghiuvan-Pàulu étaient partis s'installer sous d'autres cieux, réputés pour être plus cléments, et ils ne revinrent plus jamais vivre au pays natal.

De nouveaux procédés furent inventés et ils rendirent les toits imperméables.

Aujourd'hui toutes les maisons sont bien protégées mais il n'y a plus de maçon et de moins en moins d'habitants dans notre petit village caché dans la montagne bleue.

Il n'existe plus qu'une vieille maison, presque abandonnée dans un hameau perdu au milieu des châtaigniers, dont le toit laisse passer l'eau de pluie. C'est la maison de Ghiuvan-Pàulu dont l'âme vient rôder, dans les greniers déserts, les nuits de *libecciu* et d'orage, soulevant au passage des vieilles tuiles que l'on trouve brisées le lendemain au pied des vieux murs de pierre.

Le miracle de saint Pancrace

– L'ENNUI, c'est qu'il est muet, disaient ceux qui ne le comprenaient pas, en parlant de mon ami Pasquale, « U Mutu [1] ».

Mais moi, je communiquais avec lui tout naturellement et sans faire aucun effort particulier.

Je passais presque toutes mes journées de jeune berger avec lui, l'hiver, sur le littoral ourlé par l'écume blanche de la mer, et l'été, dans la grande montagne bleue, dorée par le soleil couchant. Et, la force de l'habitude aidant, nous devisions tranquillement, tous deux, à perte de vue, des heures durant, abordant tous les sujets qui se présentaient à notre esprit, après avoir épuisé les considérations habituelles sur la pluie et le beau temps.

Je saisissais en effet sans aucune difficulté ses moindres gestes et toutes les expressions de son visage, lorsqu'il me contait les belles histoires, engrangées au fil des ans par sa mémoire fidèle, ou les événements qui avaient jalonné son existence de berger, au sein de cette petite communauté rurale qui était la nôtre.

J'étais là à l'écouter, si je peux m'exprimer ainsi, et

---

1. *Pasquale u Mutu* : Pascal le Sourd-Muet.

le temps passait avec cette douceur infinie et un peu nostalgique des jours heureux.

Alors, dans une nature stupéfiante de beauté, mon imagination s'envolait au gré du ballet gestuel de Pasquale qui savait donner à son récit toute l'intensité dramatique quand il s'agissait de choses tristes, ou un ton léger et badin quand il me relatait, par le menu, tous les faits anodins qui émaillaient la vie du village.

Je passais, entre un livre, que je lisais en gardant mon troupeau, et les « causeries » de Pasquale, des heures merveilleuses dont je garde un souvenir attendri malgré le temps qui, depuis, a fui comme l'eau limpide d'une source sur la pente trop rapide de la vie.

Pasquale avait atteint une soixantaine d'années au moment dont je vous parle mais il me semblait très vieux parce que j'étais très jeune.

Il était illettré mais ses connaissances étaient plus étendues que celles des gens instruits. Il n'était passé par aucune école spécialisée (je pense qu'il n'en existait pas à cette époque !), mais il parvenait à se faire comprendre à la perfection et toujours d'une manière claire et concise à la fois.

Il avait, en effet, inventé une expression corporelle, ou un geste précis, pour désigner toute chose. Rien n'avait de secret pour lui. Les gens, les animaux, les arbres, les objets, les oiseaux, l'état du ciel ou celui du temps et même ses propres sentiments ou ceux des autres, tout figurait dans son répertoire imagé qui lui permettait de s'exprimer, si l'on peut dire, avec une aisance tout à fait naturelle.

Quant aux habitants du village, il avait noté, avec un sens aigu de l'observation, toutes les attitudes, les tics, les défauts, les travers et les particularités de chacun.

D'un geste, d'un seul, il savait vous dire s'il voulait vous parler de celui qui était grand ou petit, gros ou mince, jeune ou vieux, et même avare ou prodigue, courageux ou couard, paresseux ou travailleur, instruit ou ignorant.

Sans compter la profession exercée par la personne concernée qui venait, à point nommé, au secours du conteur. Et, là aussi, un seul geste venait renforcer sa démonstration, ne laissant aucune place au doute. Il fallait alors voir Pasquale mimer avec précision, avec l'index et le majeur de sa main droite, le cliquetis léger des ciseaux du coiffeur de notre village, le souple maniement de la truelle par le maçon, la pelletée désinvolte du cantonnier, la pression, légère mais ferme, de la main du laboureur sur le mancheron de la charrue, ou les grands coups de marteau du forgeron, battant son fer rougi sur l'enclume. Le poids imaginaire de l'outil semblait alourdir son bras et on s'attendait presque à le voir s'éponger le front tant il mettait de réalisme pour symboliser l'effort de tous ces travailleurs manuels.

Ainsi passaient les jours au temps béni de mon enfance ! Avec Pasquale nous suivions nos brebis dociles et nous les guidions, lui et moi, du bercail au pâtis et vice versa, du geste et de la voix et surtout du geste pour ce qui concerne Pasquale qui, en plus de celles de conteur, avait toutes les qualités d'un bon berger.

Il connaissait ses bêtes à fond et celles-ci connaissaient bien leur maître. À tel point que je me demandais s'il n'existait pas entre elles et lui un langage secret qui aurait échappé au commun des mortels.

Pasquale était conscient de son infirmité mais il assumait son handicap avec beaucoup de courage et de dignité. Bon chrétien, il avait avec Dieu un dialogue privilégié puisque sa prière allait directement de son cœur à son créateur sans passer par l'intermédiaire de la parole qui trahit si souvent la pensée de l'homme, si l'on en croit un vieux proverbe de chez nous.

Comme tous les chrétiens de notre pays, il vénérait aussi quantité de saints dont certains, comme saint Roch, patron de notre paroisse, avaient leur chapelle perdue dans les vertes frondaisons de notre petite vallée.

Inutile de vous dire que Pasquale s'était adressé souvent à eux, comme il l'avait fait avec Dieu, pour leur demander la faveur insigne d'entendre, ne serait-ce qu'une fois dans sa vie, les clarines de son troupeau, le chant des oiseaux et le son des cloches de notre vieille église, dont le fin clocher pisan semblait surveiller les maisons du village, agglutinées contre lui comme des brebis autour de leur pasteur.

Mais les voies de Dieu sont impénétrables et les prières de notre berger au cœur pur n'avaient pas été exaucées.

Pourtant Pasquale, qui ne se plaignait jamais de son sort, n'était ni aigri ni révolté et la foi de son enfance lui était restée chevillée au corps, simple et naïve mais ferme et solide, comme celle du charbonnier.

À part ses proches, j'étais certainement l'un des seuls à savoir qu'il avait gardé, dans le secret de son cœur, le ferme espoir de voir son rêve se réaliser un jour.

Il se confiait à moi, en effet, au cours de nos conversations muettes et je joignais mes supplications aux siennes pour tenter de fléchir la volonté divine. Mais ma voix, sans doute trop modeste, semblait se perdre dans l'éther bleu d'un ciel sans nuages, car aucun résultat tangible n'était jamais venu couronner nos efforts.

Nous étions au mois de mai et la nature resplendissait de beauté sous la lumière d'un de ces printemps grandioses comme notre île sait en dispenser à ceux qui l'aiment.

C'est alors que Pasquale, en désespoir de cause, pensa à saint Pancrace.

Ce bienheureux, fêté le 12 mai de chaque année, dont j'avais entendu parler comme d'un saint prodigue en miracles, avait sa chapelle perdue dans une haute vallée du beau pays d'Olmi-Capella [2] par-delà la grande montagne bleue qui domine notre village. Tous les ans, beaucoup de pèlerins, venant parfois de fort loin, se rendaient à pied jusqu'au sanctuaire contenant ses reliques pour lui demander de multiples faveurs, notamment la guérison de certaines malformations, déformations et autres infirmités physiques très communes en ces temps de misère. La chapelle était, paraît-il, véritablement tapissée d'ex-voto, qui étaient autant d'actions de grâce émanant de pèlerins dont les vœux avaient été exaucés. On disait que ses quatre murs étaient recouverts de cannes, béquilles, gouttières, attelles et bâtons, laissés là en témoignage de reconnaissance par des impotents repartis ingambes après une ou plusieurs visites et quelques prières de circonstance adressées à l'occupant des lieux.

Mais, jusque-là, les pouvoirs de saint Pancrace ne s'étaient pas étendus au-delà de miracles raisonnables et, à ma connaissance, il n'avait jamais fait recouvrer la vue à un aveugle ni, à plus forte raison, l'ouïe et la parole à un sourd-muet.

---

2. Olmi-Capella : village de la région montagneuse du Chiunssani, dite aussi Haute-Balagne.

« Qui ne tente rien n'a rien ! » m'avait laissé entendre Pasquale qui avait pris la ferme décision d'aller demander à saint Pancrace en personne ce que jusque-là tous les saints du paradis réunis n'avaient pu lui accorder. Chaque jour qui passait, et qui nous rapprochait de la date du pèlerinage, voyait sa détermination se renforcer et son idée d'entreprendre, tout seul, l'escalade de la grande montagne prendre une forme de plus en plus précise. C'est à ce prix, ne cessait-il de me dire à sa façon, que j'aurai une chance d'entendre, au moins une fois avant ma mort, les sonnailles du troupeau, le chant des oiseaux et le son des cloches d'une église.

J'avais essayé de le dissuader de tenter cette dure expérience, car je savais, malgré mon jeune âge, que ce voyage était extrêmement difficile et fort périlleux, mais, malgré tous les arguments que j'avais pu avancer, je n'étais pas parvenu à faire entendre raison à mon ami silencieux.

La veille du pèlerinage, ayant bourré sa musette de provisions, après m'avoir fait jurer de garder le secret sur son escapade et de m'occuper de son troupeau en son absence, Pasquale était parti à la tombée de la nuit. J'avais compris qu'il voulait être le premier, le lendemain, à se jeter aux pieds de la statue de l'élu de Dieu, afin de bénéficier d'un droit prioritaire au moment de la distribution des grâces.

Il avait marché toute la nuit. Il avait franchi le col de San-Partheo, alors qu'il faisait encore très sombre, en passant au pied de la grande croix plantée là par nos ancêtres pour guider les voyageurs égarés. Il avait ensuite commencé à dévaler la pente en se guidant sur les faibles lumières d'Olmi-Capella qui, de loin, ressemblaient à de petites étoiles perdues dans l'immensité de la nuit. Il était épuisé mais sa foi le portait plus fort que ne l'aurait fait aucun sentiment humain. De temps en temps, il s'arrêtait et tendait machinalement l'oreille comme s'il s'attendait à voir son vœu exaucé avant le terme du voyage. Mais le silence le plus profond régnait toujours en maître sur les choses et sur les lieux.

Il marchait... marchait... marchait..., malgré sa fatigue et son angoisse. Il marchait porté par son élan, les yeux fixés sur un seul but, avec au bord des lèvres, desséchées par l'effort, la même prière et le même vœu. Il sentait ses forces décliner mais, toujours soutenu par un espoir insensé, il continuait d'avancer d'un pas ferme et décidé.

Arrivé au lieu-dit Castagnètu [3] il s'arrêta, but à la source qui coulait, en ce lieu, fraîche et limpide, au pied d'un grand châtaignier, et regarda le jour étendre son emprise sur la terre.

Tout était splendeur et beauté. Le soleil levant frappait de ses premiers rayons les pitons rocheux, dressés fièrement dans le bleu du ciel, la cime des arbres de la forêt de Melaghia et les premières maisons d'Olmi-Capella.

De grands tapis de fleurs odorantes recouvraient le flanc des collines jusqu'à l'horizon infini. On apercevait au loin, sur les plus hauts sommets, de grandes plaques de neige éternelle qui scintillaient au soleil. En bas, le fond de la vallée, resté dans l'ombre, formait un contraste apaisant avec les zones de vive lumière.

La chapelle de Saint-Pancrace était, sans conteste, le sujet principal de cette composition divine.

Sans style particulier, de dimensions plutôt modestes, mais bien proportionnée, elle s'intégrait à la perfection

3. *Castagnètu* : châtaigneraie.

au paysage montagneux environnant, comme si elle avait été édifiée à cette même place au moment de la création du monde. Ses murs ocre, percés de baies, garnis de vitraux irradiés par le soleil, étaient dominés par un toit de tuiles romanes patinées par le temps. Une corniche blanche ceinturait l'édifice d'une couronne immaculée. Le fronton, blanc lui aussi, au-dessous duquel s'ouvrait une grande porte encadrée de granit, faisait face au couchant, c'est-à-dire à la direction d'où venait Pasquale.

Mais le plus beau, c'était le clocher ! En pierre apparente, droit, fin, élancé, il se dressait au-dessus de la chapelle comme s'il voulait toucher le ciel. On voyait nettement la panse des cloches, faisant face aux quatre points cardinaux. Le soleil, qui le transperçait de ses rayons en forme de glaives entrecroisés, passant au travers des jours, éclairait l'intérieur des arches d'une fine lumière chargée de particules d'argent.

À la vue de tant de beauté sublime, Pasquale fit le signe de la croix, tomba à genoux et pria.

Alors, il se passa une chose prodigieuse, Pasquale vit les cloches s'ébranler et se soulever comme si elles sonnaient à la volée. Et il entendit leur voix. Oui, il entendit pour la première fois de sa vie et cette sensation, nouvelle pour lui, le fit éclater en sanglots.

Des larmes de joie bien sûr ! Celles qui apportent une délivrance définitive et un espoir incommensurable.

Il resta pendant de longues minutes abîmé dans la contemplation et les prières puis tomba dans un état second et presque irréel. Il ne reprit tout à fait ses esprits qu'au moment où les cloches cessèrent de faire monter vers le ciel leur divine musique.

Dans le silence qui suivit, Pasquale entendit un autre

son harmonieux et, levant les yeux, il vit un nid de tourterelles sur une branche du grand châtaignier de la fontaine.

Non loin de là un troupeau paissait et notre pèlerin écouta, étonné et ravi, le chant des sonnailles qui montait dans l'air pur et limpide de la montagne.

Pasquale sentit alors une grande harmonie le pénétrer et une grande paix s'étendre sur lui. Il respira profondément, fit de nouveau le signe de la croix, admira derechef le tableau féerique qu'il avait sous les yeux, balbutia une prière et, après avoir jeté un dernier regard vers le ciel, perdit connaissance.

Les habitants d'Olmi-Capella furent réveillés de bonne heure par les cloches de la chapelle de Saint-Pancrace. Leur étonnement fut grand car Dumenicu, *u campanaru,* sonneur attitré de la paroisse, ne devait sonner le premier coup qu'à dix heures environ, en prévision de la grand-messe du pèlerinage qui devait être célébrée à onze heures, par l'archiprêtre de Corte.

Ils coururent chez le sonneur et le trouvèrent tout autant étonné qu'eux-mêmes.

Personne n'avait touché aux cloches ce matin-là, puisque Dumenicu était le seul à détenir les clés du clocher. Force fut de convenir que les cloches s'étaient mues toutes seules.

Certains criaient déjà au miracle mais les esprits forts, sceptiques comme à l'accoutumée, laissèrent entendre que Dumenicu, dont le penchant pour la boisson était connu, avait dû abuser du vin de messe. Et Dieu sait, ajoutèrent les moins charitables, que le vin de Balagne ne pardonne pas !

On retrouva Pasquale, qui s'était endormi pour l'éternité, au pied du grand châtaignier, non loin de la chapelle de Saint-Pancrace.

Ceux qui ne le connaissaient pas comme moi dirent qu'il n'aurait jamais dû entreprendre un tel voyage, tout seul dans la montagne, à son âge.

Ceux qui veulent trouver une explication logique à tout émirent l'hypothèse que Pasquale s'était laissé entraîner par son goût des chimères et qu'il était mort pour rien sans avoir réalisé son rêve et abouti à quelque chose de concret. Mais moi, je savais que mon ami avait été exaucé et qu'il était désormais au pays de la lumière et de la vérité, assis au milieu du chœur céleste des anges.

Pasquale fut enterré dans le petit cimetière de la chapelle de Saint-Pancrace.

Lorsque je reviens là aujourd'hui, je vais m'incliner pendant quelques instants sur la tombe de mon ami et je lui parle tout doucement.

Eh bien ! vous me croirez si vous le voulez, dès que je baisse le front et que je ferme les yeux, j'entends la voix des cloches, la chanson des tourterelles et la musique des sonnailles du troupeau, paissant paisiblement dans les champs alentour.

Mais peut-être n'est-ce qu'une illusion car la petite vallée est bien silencieuse depuis que tous ses enfants l'ont désertée pour aller vivre sous d'autres cieux !

L'homme au fusil

En ce temps-là, dans notre pays, si mes souvenirs sont bons, tous les vieux bergers étaient plus ou moins illettrés. Quant à Natale, il l'était plus que moins et, pour ne pas faire exception à la règle, il ne savait ni lire ni écrire. Cela ne l'empêchait pas d'être un homme de savoir si l'on veut donner à ce terme le sens de ce qui s'apprend dans la vie plutôt que dans les livres.

Comme toujours dans pareil cas, l'usage de la chose parlée, pratiqué avec une modération toute relative, lui avait concédé un grand talent de conteur et une richesse d'expression dont on ne trouvait pas d'équivalent à plusieurs dizaines de lieues à la ronde.

Ajoutez à ces qualités une voix au timbre particulier, un accent du terroir plus vrai que nature, une imagination débordante, un visage ouvert et avenant, le geste précis soulignant le discours à la perfection, une mémoire sans faille et vous aurez une idée assez précise du personnage.

Le costume était à l'avenant. Complet de velours côtelé, été comme hiver, chemise à carreaux, grosses chaussures ferrées, feutre informe et délavé par les intempéries et, enfin, la grande *fàscia* rouge, ceinture d'étoffe enroulée autour de la taille, que Natale, comme tout bon berger qui se respectait, portait comme un panache.

Moi je ne portais pas encore la *fàscia,* réservée aux adultes, mais, tout en gardant mon troupeau, je recherchais la compagnie de Natale qui m'enchantait avec les histoires, plus belles les unes que les autres, qu'il me racontait à chacune de nos rencontres. Toutes avaient un parfum d'authenticité mais, en vérité, je n'ai jamais su si elles reposaient sur des faits réels et des personnes ayant existé ou si elles sortaient de son imagination fertile.

Il ne me manque aujourd'hui que l'odeur du foin, doré par le soleil de juin, le chant des grillons, et la musique des sonnailles du troupeau, pour donner à ce tableau champêtre l'ambiance, en grandeur réelle, qui a présidé à la naissance d'un certain conte (mais était-ce un conte ?...) que Natale m'a transmis, comme un héritage, un beau jour d'été.

Nous nous tenions, comme d'habitude, avec nos bêtes, à l'ombre des oliviers qui tapissaient à cette époque la petite vallée du Régino [1], à une demi-heure de marche de notre village, dont on apercevait, à flanc de coteau, les maisons paisibles, immobiles et silencieuses, autour du vieux clocher pisan, au pied de la grande montagne bleue et à l'abri du pic de la Falconaghia qui, comme chacun sait, veut dire « nid de rapaces ».

Assis sur une pierre plate, le dos appuyé au tronc d'un olivier centenaire, Natale, après avoir haché menu, dans

1. Régino : torrent côtier du nord-est de la Corse (vallée du même nom).

le creux de ses mains, des feuilles brunes de tabac corse, à l'aide de petits ciseaux pointus, avait bourré et allumé sa pipe et il en tirait des bouffées, âcres et odorantes à la fois, qui l'entouraient d'un nuage bleu.

De temps en temps il écrasait, avec son pouce droit, sans paraître aucunement incommodé par la chaleur, les brindilles grésillantes du tabac qui, en se tordant, avaient tendance à vouloir s'échapper du fourneau de la pipe.

Tout en fumant, il fermait à demi les yeux, laissant filtrer, sous ses épais sourcils en broussailles, son regard malicieux qu'il posait sur moi avec bienveillance. Son visage, mal rasé, se creusait alors des rides pleines de bonté et de sagesse et son front semblait se plisser sous l'effort d'une intense réflexion. Accroupi à ses côtés, je sentais que le moment propice était venu et je demandais au vieux berger :

– Ô Nata [2], racontez-moi une histoire comme celle que vous m'avez racontée la dernière fois, vous savez celle qui parlait de....

Et là, je lui rappelais un récit qu'il m'avait fait quelques jours auparavant.

Alors Natale commençait, lentement d'abord, mais en allant crescendo, la narration d'un fait qui avait marqué sa vie déjà longue et j'étais là, bouche bée, à l'écouter comme on écoute un oracle.

Ô puissance du souvenir ! Malgré le temps qui a fui inexorablement depuis, Natale est devant moi, j'entends sa voix et je recueille tous ces mots qui tombent de ses

2. « Ô Nata ! » : interpellation, « Ô Noël ! ». À noter qu'en langue corse la dernière syllabe du prénom est élidée lorsqu'on interpelle quelqu'un (apocope).

lèvres et viennent s'imprimer dans la cire molle de ma mémoire d'enfant, avec la même netteté et la même rigueur que le trait dessiné par la main d'un graveur sur cuivre !

Je vois le sourire du narrateur qui semble partager, en quantité égale, son plaisir de parler avec celui que j'éprouve en l'écoutant.

« Lorsque j'étais un très jeune enfant, et que j'avais l'âge que tu as aujourd'hui, commence Natale, nous campions avec mon père et d'autres bergers, au *piazzile* [3] de Falconaghia, et nous dormions dans cette *casetta* [4], aujourd'hui en ruine, dont le toit était formé par l'aplomb d'un grand rocher.

Nos troupeaux de brebis dormaient alentour, en pleine nature. C'était le printemps et le temps était superbe même si les nuits étaient un peu fraîches en raison de l'altitude.

Un soir, alors que nous étions couchés, à six ou à sept dans la pièce commune, nous avons entendu nos chiens aboyer « à l'homme » comme on dit chez nous. Tu dois savoir qu'un chien donne de la voix après un animal, un être humain, ou pour autre cause, de façon différente lorsqu'il veut signaler à son maître l'approche d'un danger.

Mon père est sorti. Il a apaisé les chiens en leur parlant doucement dans le noir. C'est alors qu'un homme s'est présenté et lui a demandé l'hospitalité pour la nuit.

À cette époque, les passants étaient rares, surtout en

3. *Piazzile* : bergerie.
4. *Casetta* : maisonnette en murs maçonnés.

pleine montagne, et l'homme fut le bienvenu. De toute façon, étant donné nos traditions, la question de l'accueil d'un étranger ne se posait pas : tout voyageur était reçu avec les règles d'usage dont la principale était une discrétion absolue sur son identité, l'endroit d'où il venait, le but de son voyage et les raisons qui l'avaient conduit jusqu'à vous.

L'entrée de notre invité dans la pièce où nous nous trouvions me causa, je m'en souviens parfaitement, une profonde émotion. Pendant quelques instants, je n'ai pu détacher mes yeux de cette silhouette qui dansait à la lueur des flammes de notre foyer que quelqu'un avait ranimé.

C'était un homme âgé d'une trentaine d'années, de taille moyenne, svelte et mince. Brun de cheveux et de poil il avait le visage rasé mais sa barbe devait être tellement foncée que sa peau était teintée et comme incrustée de sombre.

Ses traits, fins et délicats, alliés à une apparente douceur, formaient un contraste étrange avec son regard noir, profond et un peu farouche.

Il était coiffé d'une *beretta misgia* en velours brun dont la pointe, terminée par un gland de tissu, était rabattue sur son épaule gauche.

Il était habillé d'un beau costume trois pièces en velours côtelé, de couleur foncée, bien taillé, rehaussé par des boutons en métal argenté ornés de têtes de canidés en leur centre. Sa chemise de lin, à gros carreaux de différentes couleurs, était maintenue au col par un ruban de soie violette, noué comme une cravate.

Il était chaussé d'une paire de bottes montantes en cuir, cirées et brillantes comme si elles venaient de sortir de la boutique d'un bottier. Son costume était complété par un grand *pelone* [5] en poil de chèvre qu'il portait, avec beaucoup d'élégance, jeté sur ses épaules, comme une cape de grand prix.

Il était armé d'un fusil, à crosse damasquinée, visiblement de grande marque, qu'il portait « à la bretelle », les doigts de la main droite repliés sur la large lanière de cuir fauve à hauteur de l'anneau-grenadière.

À la place de la *fàscia* rouge, sa taille était entourée par une superbe cartouchière en cuir, garnie d'un nombre impressionnant de cartouches à balle, à laquelle était suspendu un étui cachant la lame d'un stylet à manche de nacre.

Pourtant ce n'étaient pas les armes qui m'avaient impressionné, car à cette époque tout le monde circulait plus ou moins armé chez nous, mais la grande prestance de l'inconnu qui dégageait une impression de force et un parfum de mystère.

– *Salute a tutti*, dit l'homme sobrement en s'asseyant sur une grosse pierre, après avoir posé son fusil à côté de lui.

– *Salute,* répondîmes-nous d'une même voix, sans avoir l'air de manifester la moindre curiosité.

Puis l'homme mangea du pain et du fromage, que mon père lui offrit, but une grande lampée d'eau de source au *fiascu* commun, parla avec nous de la pluie et du beau temps, fuma une pipe, s'enroula dans son *pelone,* et s'endormit d'un profond sommeil, l'arme toujours à portée de sa main.

Troublé par cette visite, je restai éveillé pendant quelques instants, les yeux écarquillés dans le noir, puis

5. *Pelone* ou *pilone* : sorte de cape en poil de chèvre.

je sombrai, à mon tour, dans le sommeil insouciant de l'enfance.

Le lendemain, à la pointe du jour, tout le monde fut sur pied de bonne heure.

Nous avons partagé, avec notre hôte, le pain bis et le café noir, dans des quarts métalliques noircis par l'usage, puis tout le monde s'est préparé pour rejoindre le lieu de ses occupations coutumières. C'est-à-dire la traite des brebis d'abord, puis, suivant l'âge et les compétences de chacun, la fabrication du fromage et du *brocciu* pour les uns et la conduite des troupeaux dans les pâturages verdoyants de la grande montagne, qui dominait notre campement, pour les autres, les plus jeunes notamment.

Bien qu'aucun lien de famille ou de subordination n'existât entre mon père et les autres bergers du campement, ceux-ci le considéraient comme le responsable de notre groupe et tous lui reconnaissaient cet ascendant et cette autorité que conféraient, à cette époque, l'âge et l'expérience de la vie.

L'inconnu avait, de toute évidence, saisi tout le sens de cette subtile hiérarchie car, au moment où nous étions tous réunis pour le café, il s'était approché de mon père et il lui avait demandé, d'un ton respectueux, s'il pouvait rester quelques jours parmi nous.

Mon père lui avait répondu que cela ne posait aucun problème puis il avait ajouté, sans doute pour mettre notre invité à son aise, qu'il nous faisait beaucoup d'honneur en prolongeant son séjour sous notre modeste toit.

Ensuite chacun s'en est allé vaquer à ses affaires.

Tous les soirs, pendant les jours qui suivirent, l'homme fut au rendez-vous. Il arrivait, partageait notre frugal repas, puis se couchait avec son fusil, sans nous fournir la moindre explication sur ses activités.

Dans la journée on ne le voyait jamais et cela ne manquait pas de nous intriguer. Cependant personne ne disait rien sauf Franscescu, l'un de nos bergers, que nous appelions entre nous « Sette Lingue » (« Sept Langues ») parce qu'il en avait une qu'il ne savait pas tenir.

Mon père l'avait mis en garde et invité à plus de discrétion envers notre hôte mais Sette Lingue, ne pouvant se retenir, cherchait par des questions insidieuses à percer le secret de l'inconnu. Celui-ci, qui répondait la plupart du temps par des monosyllabes, avait cependant réussi à préserver son incognito.

Un soir l'homme arriva un peu plus de bonne heure que d'habitude. Il paraissait soucieux et, pendant un long moment, il se tint debout sur le pas de la porte regardant en direction du chemin muletier venant de la vallée, dont on apercevait la ligne claire qui serpentait dans le maquis verdoyant.

Nous étions tous là sauf Franscescu qui était descendu au village pour rendre visite à sa famille et ramener notre ravitaillement, comme nous le faisions chacun à tour de rôle toutes les semaines.

Nous avons attendu, pendant plus d'une heure, le retour de Franscescu et l'arrivée de provisions fraîches mais, à la nuit tombée, il avait bien fallu se faire une raison et se dire que notre compagnon nous avait fait faux bond.

Mon père ne disait rien mais à sa façon de fourrager le feu et de pincer les lèvres on voyait qu'il était en colère.

Quant à nous, connaissant le penchant de Franscescu

pour le bon vin de Balagne, nous ne disions rien pour ne pas aggraver son cas, mais nous étions tous en train de penser que notre énergumène s'était laissé aller, encore une fois, à des libations excessives et qu'il ne rentrerait que le lendemain, la tête basse, honteux et confus de sa conduite, comme il le faisait d'habitude en pareil cas.

L'atmosphère n'était pas nette, ce soir-là, dans notre campement, mais personne ne soufflait mot ; sans doute pour ne pas augmenter la tension déjà existante.

Enfin, comme il nous restait des provisions pour tenir le coup pendant quelques jours encore, nous avons partagé notre repas puis chacun est allé se coucher dans son coin comme à l'accoutumée.

L'homme au fusil a fait de même et au bout de quelques instants le silence le plus total a régné dans notre humble demeure.

Fatigué par une journée de plein air et de course en montagne je n'ai pas tardé à sombrer dans un profond sommeil.

Le jour n'était pas encore levé lorsque j'ai été réveillé par les voix furieuses des chiens qui aboyaient “ à l'homme ” en faisant un raffût de tous les diables.

J'ai tout de suite senti qu'il se passait quelque chose d'anormal.

Quelqu'un avait ranimé le feu et j'ai constaté que l'inconnu et mon père étaient absents.

Les autres bergers semblaient soucieux et sur le qui-vive mais personne ne parlait. De temps en temps, l'un d'eux sortait sur la petite plate-forme devant notre *casetta* puis revenait en hochant la tête, toujours sans dire un seul mot.

Je sortis à mon tour. Le jour commençait à poindre.

Il faisait un temps incertain et l'air, épais et moite comme avant une période de *sciloccu*[6], semblait mettre tout le monde mal à l'aise. Dans un ciel hostile et pâlissant, les étoiles s'éteignaient une à une. On commençait à distinguer les contours des collines environnantes et, du fond de la combe, les grands châtaigniers émergeaient de l'ombre, l'un après l'autre, comme des géants de feuillage.

Les chiens continuaient leur sarabande désordonnée et discordante.

À l'est, la grande montagne commença à dessiner ses dents de scie dans l'azur trouble et le premier rayon de soleil frappa un objet métallique là-haut sur un chemin de chèvre dont on commençait à deviner le tracé à flanc de coteau.

C'est alors que je les vis ! Les gendarmes !... il y en avait partout !... Sur les pitons rocheux, dans les creux de terrain. Sur les paillers et sur les murs en pierre sèche. Sur les collines et dans les fougères vertes. Au pied des grands châtaigniers et dans les buissons.

Des dizaines et des centaines de gendarmes !... Armés jusqu'aux dents de pistolets, de fusils et de grands sabres. Je n'avais jamais vu autant d'hommes en uniforme et autant d'armes de toute ma vie !

Ils se tenaient immobiles dans un silence angoissant. Les chiens, calmés par la voix de leurs maîtres, s'étaient tus.

Tout à coup un ordre sec claqua dans le silence et les gendarmes se mirent en marche. En ligne, le fusil épaulé, prêts à tirer. Les bergers me dirent de rentrer mais j'étais là, hébété, pétrifié, raide comme une statue,

6. *Sciloccu* : vent du sud (sirocco).

dans l'impossibilité de faire le moindre geste ou de prononcer une parole, regardant avec terreur la troupe faire un mouvement tournant pour nous encercler.

Les premiers militaires arrivèrent sur la plate-forme de notre abri. L'un d'eux, un bel homme grand et droit, qui paraissait être le plus gradé de tous (plus tard j'ai su qu'il s'agissait d'un capitaine), s'avança vers nous et demanda en français à parler au responsable des bergers. Ce fut Antone, un berger d'une trentaine d'années, qui, étant le plus ancien en l'absence de mon père, se présenta comme chef de notre groupe, réduit à cinq ce jour-là.

Le gradé parla de nouveau et, pour être sûr d'être bien compris, se fit assister d'un subordonné qui traduisait les questions en langue corse. La scène est restée gravée dans ma mémoire.

Le capitaine s'adressant à Antone lui dit d'un ton sec :

– Nous savons de source sûre que vous hébergez sous votre toit le bandit Spada [7]. Au nom de la Loi, je vous somme de nous remettre cet individu ; sinon il sera fait usage de la force.

Antone pâlit mais il répondit, sans se décontenancer :

– Je ne connais pas l'homme dont vous parlez et je ne l'ai jamais vu. Il n'y a ici que quatre bergers et un enfant, comme vous pouvez le constater.

– Dis-le, toi, Cadoudal, continua Antone, en s'adressant, cette fois, à un gendarme de la brigade locale qui se trouvait dans la troupe, que tu nous connais et que nous n'avons rien à nous reprocher.

Et Cadoudal, un homme à cheveux blancs, qui

7. Spada : célèbre bandit corse.

paraissait un peu gêné, dit en s'adressant respectueusement au capitaine qu'il n'y avait pas de bandit parmi nous puisqu'il nous connaissait tous comme étant de bons et braves bergers du pays.

En dépit de ce témoignage favorable, l'officier ordonna notre arrestation immédiate et nous fûmes enchaînés les uns aux autres. Il fit entreprendre ensuite, par ses hommes, la fouille approfondie de notre *casetta* et des bergeries. Tous les pitons rocheux environnants, les moindres failles et les plus petits recoins, furent sondés. Mais, malgré les coups de crosse de fusil contre les murs et les rochers, aucune cache ne fut découverte.

Les recherches durèrent toute la journée et toute la nuit qui suivit mais elles ne donnèrent aucun résultat. Des parents vinrent pour nous porter à manger et s'occuper des brebis qui, les mamelles trop pleines, bêlaient à fendre l'âme.

Nous fûmes conduits *manu militari* jusqu'à la brigade du chef-lieu et interrogés sans relâche durant des heures mais personne ne souffla mot de l'homme au fusil.

Quand on me demanda les raisons de l'absence de mon père, je répondis qu'il était allé au village pour y chercher notre ravitaillement, comme il le faisait tous les quinze jours. La chance voulut que mon père, arrêté dans la journée dans notre maison, fît la même déclaration et que celle-ci fût corroborée par des témoignages favorables.

Faute de preuves contre nous, les gendarmes nous relâchèrent, après une garde à vue de quarante-huit heures, dans les geôles de leur caserne.

Nous revînmes chez nous la tête haute et nous reprîmes nos activités pastorales sans faire de commentaires.

Dans les jours qui suivirent, nous parlâmes en effet très peu de cette affaire. Nous nous doutions que l'un de nous avait failli à l'honneur et une sorte de honte collective donnait un goût amer à nos relations.

Plus tard j'ai su que les gendarmes avaient manqué de peu celui qu'ils recherchaient. Ils s'étaient mis en place la veille et notre campement avait été assiégé durant toute la nuit jusqu'à l'heure légale du matin qui avait permis leur intervention en force.

Ni moi, ni les autres bergers n'avons jamais compris comment mon père et Spada (car c'était bien lui !) avaient pu sortir du piège sans être arrêtés. Quelqu'un a parlé d'un souterrain qui existerait encore aujourd'hui, mais nul n'a jamais découvert ce passage secret. Mon père est mort bien des années après cette affaire mais il ne m'a jamais fait aucune confidence sur la façon dont il s'était tiré de ce mauvais pas.

Le corps de Franscescu “ Sette Lingue ” fut découvert, criblé de balles, dans un chemin creux, quelques mois après les événements dramatiques dont je t'ai parlé, mais le “ justicier ” qui avait fait passer ce bavard de vie à trépas ne fut jamais identifié.

– Maintenant tu sais pourquoi on appelle les ruines de la *casetta* de la Falconaghia “ La Maison du Bandit ” », dit Natale pour achever son récit.

Il vida ensuite sa pipe, en tapant le bord du fourneau contre le talon de sa chaussure puis il s'allongea au pied du grand olivier et ferma les yeux, me laissant la tête pleine de rêves.

Le pont de la mariée

– CET ouvrage contient toute l'histoire de notre communauté, me dit le père Bonavita, supérieur du couvent de Marcassu, après avoir posé un incunable d'une rare beauté sur une table en châtaignier que la patine des ans avait rendue aussi douce au toucher qu'au regard.

Nous nous tenions tous deux dans la sacristie du vieux couvent que je venais de visiter sous la conduite éclairée du religieux. Son brillant commentaire sur les peintures, les fresques, les bas-reliefs et les tapisseries ornant la chapelle romane, le déambulatoire, le cloître, le parloir, le réfectoire et les autres pièces du monastère, et les subtiles observations faites au sujet de l'architecture des bâtiments m'avaient placé sous ce charme particulier que certains lieux font naître dans le cœur du croyant lorsqu'ils sont chargés de beaucoup d'Histoire et d'un peu de mystère comme celui dans lequel je me trouvais.

Le couvent, fondé en l'an de grâce 15.., par le père Jean de Santa-Réparata-de-Balagna, aujourd'hui presque désert, a connu des jours fastes dans le passé.

Construits face à la mer, sur le territoire de la

commune de Catteri, ses grands bâtiments en pierre qui dominent la vallée d'Aregno, dite « Conca d'Oru [1] » en raison de sa fertilité, abritaient, en d'autres temps, une communauté de franciscains forte d'une vingtaine de membres.

L'influence spirituelle et culturelle du monastère rayonnait sur toute la région et s'étendait même jusqu'à la France continentale et l'Italie. Des penseurs réputés, des peintres de grand talent étaient venus, dans le passé, se recueillir ou travailler dans ses murs où régnaient la paix et la concorde.

J'avais pu admirer une fresque de l'école italienne non signée, découverte, sous une couche de plusieurs badigeons, par un frère convers, à l'occasion de travaux de réfection effectués dans la salle capitulaire, et restaurée par la suite par un homme de l'art avec beaucoup de soin. Cette œuvre, de facture plutôt classique, représente la Cène telle qu'on peut la voir sur beaucoup de tableaux du XVIe siècle, mais le cadre formé par l'austère salle du couvent de Marcassu et une lumière divine, venue des collines environnantes, lui confèrent cette dimension surnaturelle qui paraît rattacher la vie éphémère de l'homme à une forme d'éternité.

On y voit le Christ, au milieu de ses apôtres, rompant le pain dans un geste qui allait se perpétuer à travers les siècles pour symboliser ce don fait par Dieu à sa chétive créature.

J'étais là, abîmé dans mes pensées, dans la douce quiétude de la sacristie, loin du bruit de la foule, du

1. Conca d'oru : conque d'or. Vallée très fertile de la Balagne, où étaient cultivés, en abondance, du blé, du seigle, des amandiers, des orangers, des oliviers, etc.

fracas du monde et de l'agitation des hommes et mon âme s'accordait parfaitement à cette atmosphère, faite du calme et de la sérénité qui imprègne ces endroits privilégiés où l'humble main de l'homme semble avoir réussi à relier le ciel à la terre par une sorte de magie difficile à définir.

Le père Bonavita, appelé par la prière, m'avait laissé tête à tête avec la mémoire du couvent, représentée par le gros livre qu'il m'avait autorisé à compulser. C'est alors que je détaillai, avec un peu plus d'attention, l'ouvrage qui m'avait été confié.

C'était un gros volume, au format impressionnant, mesurant environ soixante centimètres de haut, sur quarante de large et quinze d'épaisseur. Son épaisse couverture, en cuir fauve repoussé, était maintenue par des ferrures noircies par l'âge formant charnières et se terminant sur la tranche par une serrure dont la grosse clé était portée en permanence, à la ceinture, par le père supérieur qui avait eu la bonté de me la remettre.

J'ouvris le livre avec un sentiment de respect. Le texte, imprimé en partie puis manuscrit, d'une belle écriture comme il n'en existe plus aujourd'hui, était rédigé en latin au début, en italien ensuite et enfin en corse, seule langue que j'étais capable de déchiffrer sans trop de difficulté.

L'historique du couvent y figurait en bonne place depuis sa construction jusqu'au rattachement de la Corse à la France en 1768.

Je découvris dans cet ouvrage remarquable une grande quantité de détails très intéressants sur la vie quotidienne des villages alentour, les mœurs, les coutumes, les joies et les peines des habitants d'une partie importante de la Corse et la preuve que les communautés religieuses de ce temps-là vivaient en parfaite symbiose avec les populations locales.

Les différents chroniqueurs, débordant largement le cadre de leur vie monastique, avaient, fort heureusement, pris le soin de noter tous les petits faits intéressant le peuple qui les entourait et ces menus détails, assemblés avec bonheur, constituaient une monographie parfaite de cette région côtière de l'île.

Mais l'histoire la plus étonnante, la plus incroyable, la plus stupéfiante, la plus inattendue, la plus touchante, la plus merveilleuse, la plus prodigieuse, qui figure, sous forme de récit, dans ce livre vénérable, est une histoire d'amour.

Non pas une histoire scabreuse comme pourraient se le figurer certains esprits malintentionnés, mais une histoire tendre, pure, limpide, simple, claire, lumineuse et transparente, comme celles que nous racontait ma mère les soirs d'hiver à la veillée dans la douce tiédeur familiale de notre cuisine aux murs noircis par la fumée de l'âtre.

Mais écoutez plutôt ! Je n'ai pas changé un seul mot, une seule phrase du texte, écrit en corse, et je me suis borné à le traduire pour vous qui n'avez pas la chance d'entendre cette belle langue :

« Don Ghiuvanni était le fils unique de Don Camellu Castellani, chef de l'une des plus illustres familles de Lavatoggio.

Son père, riche propriétaire terrien, était un homme de bien, au sens noble du terme. C'est-à-dire qu'il ne profitait pas de la position dominante qu'il occupait pour exploiter les bergers et les paysans formant la plus grande partie du monde laborieux de ce temps-là.

Sa mère, Núnzia-Maria, était une sainte femme, très charitable, attentive à la misère des autres, qui ne manquait jamais une occasion de rendre service à son prochain et de se montrer généreuse envers ceux qui étaient moins favorisés qu'elle sur le plan matériel.

Inutile de vous dire que cette famille jouissait de l'estime et de la considération générale.

À l'époque dont je vous parle, Don Ghiuvanni Castellani était âgé de vingt-cinq ans environ. Il avait fait de bonnes études à Gênes, était très cultivé, parlait plusieurs langues et sa bibliothèque regorgeait, paraît-il, de livres savants.

Grand, brun, mince et de bonne constitution, il avait le regard profond, les traits fins et délicats et le teint hâlé des hommes d'origine latine vivant en plein air.

C'était de plus un cavalier émérite et chacun pouvait le voir passer, tous les jours, monté sur un fougueux cheval corse, sur le domaine bien entretenu de son père, dont le vœu le plus cher était de voir son fils prendre sa suite, maintenant qu'il commençait à être âgé et fatigué.

Tous les métayers, bergers, journaliers, etc., qui dépendaient de la famille Castellani étaient bien aise de voir Don Ghiuvanni, dont les qualités morales étaient aussi hautes que celles de ses parents, s'intéresser aux choses de la terre et ils espéraient l'avoir pour maître dans un proche avenir.

Don Ghiuvanni était beau garçon et ses belles manières faisaient tourner bien des têtes mais, très respectueux des mœurs et traditions locales, il avait une conduite au-dessus de tout reproche. Sur ce plan, comme sur bien d'autres, son comportement était, comme il se doit, exemplaire. On ne lui connaissait aucune aventure féminine malgré sa prestance qui attirait tous les regards des jeunes filles riches ou pauvres de la région.

Les jours suivaient leur cours tranquille dans la belle vallée de la " conca d'Oru " et rien ne serait venu déranger la vie paisible de ce petit peuple si l'Amour n'avait décidé de frapper au cœur le jeune Don Ghiuvanni au moment où il s'y attendait le moins.

C'est au cours d'une randonnée à cheval, alors qu'il était allé surveiller une de ses propriétés dans la grande montagne verdoyante, que notre jeune homme rencontra, un beau jour de printemps, celle qui devait influencer son destin.

Maria-Agata était bergère (il n'y a pas que dans les contes de fées que les princes charmants rencontrent des bergères !). Son père Dumenicu, et sa mère Restituta Guidoni, qui formaient une honorable famille à Monte Grosso, village situé dans la montagne, étaient propriétaires d'un beau troupeau de trois cents brebis et la jeune fille, selon l'usage assez répandu en ce temps-là, en assurait la garde, pendant que son père et ses frères étaient occupés à d'autres travaux agricoles sur les quelques terres qu'ils possédaient en propre et celles prises en métayage.

Maria-Agata, âgée de seize ans, était le charme et la beauté mêmes. Brune, les cheveux bouclés naturellement, elle avait un visage à l'ovale parfait, le teint plutôt pâle, des yeux sombres et profonds, des dents blanches bien plantées et régulières et des lèvres nacarat au dessin délicat. De taille élancée, elle avait le pied petit, léger, et une démarche souple et harmonieuse.

De maintien réservé, elle avait rougi quand le beau cavalier lui avait adressé la parole ce matin-là, alors qu'elle suivait son troupeau dans une propriété que son père louait à Don Camellu, puis elle était devenue écarlate quand Don Ghiuvanni s'était présenté et lui avait dit qui il était.

Les jours suivants, à peu près à la même heure, le beau jeune homme s'était trouvé sur son chemin et avait, chaque fois, poursuivi la conversation engagée avec elle le premier jour.

Dans le secret de son cœur Maria-Agata était tombée amoureuse de lui mais, connaissant la différence de condition qui séparait leurs deux familles, elle n'avait rien fait pour retenir l'attention de l'héritier des Castellani. Au contraire, au bout de quelques jours, elle avait pris son courage à deux mains et elle lui avait demandé de ne plus venir la voir car elle craignait que des gens à l'esprit mal tourné ne répandent toute sorte de ragots sur elle et ne s'autorisent à blâmer sa conduite.

C'est alors que Don Ghiuvanni lui avait dit que ses intentions étaient pures et lui avait déclaré son amour. Tout simplement Maria-Agata lui avait répondu qu'elle l'aimait depuis le premier instant puis elle avait ajouté, en baissant les yeux, qu'elle n'aimerait jamais que lui.

Tous deux s'étaient juré solennellement, sur la croix, de s'aimer jusqu'à la fin des temps et de se marier dès que le consentement de leurs parents respectifs leur serait accordé.

Il restait en effet à convaincre les deux familles. À cette époque, dans cette société aux règles strictes, les mariages entre un garçon et une fille de condition différente étaient plutôt rares pour ne pas dire inexistants. Les parents de Maria-Agata ne firent, bien évidemment, aucune difficulté, car cette union était inespérée pour leur fille, mais ceux de Don Ghiuvanni, qui auraient préféré que leur fils épouse une fille de leur milieu et de leur rang, s'opposèrent tout d'abord à ce mariage qui constituerait, selon les critères du temps, une mésalliance pour leur fils. Une telle union risquait, en effet, de les discréditer aux yeux des notables de la région, dont certains, parents de filles à marier, avaient déjà dressé des plans en vue d'attirer le jeune homme riche dans leur famille pour agrandir leurs propriétés et assurer leur descendance.

Cependant la détermination de leur unique héritier, qui leur déclara sur l'honneur qu'il s'inclinait avec respect devant leur décision, mais qu'il ne se marierait jamais s'il ne pouvait conduire à l'autel celle qu'il aimait passionnément, modifia peu à peu leur attitude.

L'amour qu'ils portaient à Don Ghiuvanni, la bonne réputation de la famille de Maria-Agata, et surtout le sérieux, la beauté, et la douceur de la jeune fille, qui d'emblée les avait conquis, eurent raison de leurs dernières réticences.

Avec leur bénédiction, Don Ghiuvanni, en grande tenue, alla demander la main de la jeune fille aux parents de celle-ci et, à partir de ce moment-là, fut autorisé à lui rendre visite tous les soirs mais uniquement en présence d'une tierce personne présentant toutes les garanties morales.

Le mariage fut fixé au mois d'octobre. Comme la maison du marié était plus spacieuse, il fut décidé, d'un commun accord, que les invités, c'est-à-dire, selon la coutume, tous les habitants des deux villages, celui du jeune homme et celui de la jeune fille, plus les parents et alliés jusqu'au plus petit cousin, seraient reçus à Lavatoggio après la cérémonie religieuse en l'église de Monte-Grosso.

Les préparatifs allèrent bon train. Déjà les parents de Don Ghiuvanni lançaient les invitations, faisaient moudre leur meilleur blé, charrier le bois pour chauffer les fours et mettaient tout en œuvre en prévision de la préparation des repas et des gâteaux pour le grand jour. Pendant ce temps Maria-Agata, qui n'allait plus garder ses brebis, et sa mère, qui n'en revenait pas de la bonne fortune qui allait échoir à sa famille, s'activaient à préparer le trousseau de la jeune fille.

La robe de la mariée avait été commandée à une couturière réputée de Calvi et Maria-Agata s'était soumise à plusieurs essayages assez fatigants. Elle s'était rendue, en effet, à plusieurs reprises dans cette ville, avec sa mère, à dos de mulet, par la route qui reliait son village à la petite cité, car ses parents, qui ne disposaient d'aucun autre moyen de locomotion, ne voulaient aucunement obliger leur futur gendre, dont la famille possédait toute sorte de véhicules hippomobiles allant de la fine calèche à la simple carriole.

Cependant comme les premières pluies de l'automne menaçaient de tomber, Don Ghiuvanni avait particulièrement insisté pour faire conduire sa fiancée à Calvi dans sa plus belle voiture, pour les dernières retouches, la veille du mariage.

Par respect des convenances et pour se plier à une coutume locale qui interdit au jeune marié de voir sa future femme en robe blanche avant la cérémonie, il avait confié une calèche neuve et les rênes de deux de ses plus beaux chevaux au père de Maria-Agata qui avait pris la route de Calvi avec son épouse et sa fille, superbe dans son rôle de cocher occasionnel et ravi de se voir en un si bel équipage.

Lorsque Maria-Agata revêtit sa belle robe blanche,

enfin terminée, et qu'elle se vit dans la grande glace de la couturière, une grande émotion s'empara d'elle et des larmes lui vinrent aux yeux. Le blanc rehaussait l'éclat de son teint, soulignait la beauté de ses traits, accentuait la profondeur de son regard et son visage, plein de charme, d'innocence et de candeur atteignait la perfection de celui d'une Madone de la Renaissance.

La finesse de sa taille, mise en valeur par la coupe de la robe et le drapé vaporeux de son grand voile, ses souliers assortis, l'élégance de sa démarche, le port simple et noble à la fois, qu'elle avait adopté d'instinct, donnaient à sa silhouette une distinction naturelle et des gestes pleins de grâce.

Maria-Agata avait envie de pleurer de se voir si belle mais elle réussit à se contrôler à force de volonté. Elle tomba alors dans une sorte de rêverie et se mit à murmurer tout bas le nom de l'être aimé comme une douce litanie.

Alors pour ne pas rompre l'enchantement qui l'avait saisie elle décida de garder sa robe de mariée jusqu'à sa maison et de rester habillée ainsi, éveillée et en prières, jusqu'au moment où l'homme qu'elle aimait aurait le droit de la voir ainsi parée.

Ses parents et la couturière essayèrent de l'en dissuader, en lui faisant remarquer qu'elle allait froisser sa belle toilette et surtout qu'elle ne pourrait jamais tenir sans dormir jusqu'au mariage, qui serait aussi un jour de fatigues, car il fallait recevoir beaucoup de monde et se montrer aimable avec chacun.

Mais rien n'y fit ! Maria-Agata s'en tint à sa décision et elle monta dans la calèche habillée en mariée comme elle en avait manifesté le désir.

Heureusement que la nuit était tombée et personne

ne la vit, sous la capote baissée du véhicule, au moment où elle et ses parents quittèrent Calvi dans l'intention de regagner le village.

Cependant le temps était devenu menaçant et tout à coup l'orage éclata. Quoique trempé jusqu'aux os, assis en plein air à la place du cocher, Dumenicu se réjouissait de voir cette eau tomber en abondance après la grande sécheresse de l'été. " C'est de bon augure pour le mariage et très bon pour la campagne, l'herbe va repousser et mes brebis, qui commencent à mettre bas, auront de beaux pâturages ", pensa-t-il, tout en encourageant ses bêtes de la voix.

La maigre lanterne de la calèche éclairait chichement la route mais les chevaux qui connaissaient bien les lieux marchaient d'un pas sûr malgré la pluie qui noyait le paysage et faisait fumer leur échine.

Alors que la voiture arrivait au pied de la montagne, l'orage redoubla de violence. La pluie qui dévalait des grandes pentes rocheuses avait transformé tous les ruisseaux en torrents impétueux et on entendait le grondement de l'eau qui courait vers la vallée à une vitesse fantastique lorsque la voiture franchissait les petits ponts de pierre qui enjambaient les eaux en colère.

Dumenicu gardait son sang-froid tout en guidant prudemment ses vaillantes bêtes. À l'abri de la capote, Restituta s'était endormie. À côté d'elle, Maria-Agata continuait à murmurer le nom de Don Ghiuvanni et à prier comme elle en avait fait le serment.

C'est alors que le drame se produisit. Arrivé au bord d'un ruisseau grossi par l'orage, les deux chevaux, qui commençaient à être fatigués, ne virent pas que le flot violent avait emporté l'arche du pont qui l'enjambait et ils tombèrent, poitrail en avant, dans la vague écumante qui les submergea. La calèche suivit et fut emportée comme un fétu de paille. Aucun des trois passagers ne vit la mort venir. La robe blanche de Maria-Agata flotta un moment à la surface de l'eau comme une grande fleur puis disparut subitement dans un remous.

Les cadavres des chevaux, encore attelés à la calèche, restèrent accrochés au tronc d'un gros olivier, non loin des lieux de l'accident, ce qui déclencha l'alerte dès le lever du jour. Les corps de Dumenicu et de Restituta furent découverts dans un champ sur une rive du ruisseau redevenu calme. Quant à celui de Maria-Agata il ne fut jamais retrouvé malgré les recherches entreprises. Certaines personnes, à l'esprit terre à terre, émirent l'hypothèse que la mer l'avait englouti à jamais. D'autres plus romantiques allèrent jusqu'à penser que la jeune fille était montée directement au ciel dans sa belle robe blanche.

Le matin du jour fixé pour le mariage, le soleil était revenu et la nature resplendissait de beauté, comme si elle avait été lavée de tous les péchés du monde. Mais les deux villages, celui de Maria-Agata et celui de Don Ghiuvanni, étaient bien tristes. Au lieu de sonner l'allégresse de l'hyménée les cloches sonnèrent le glas toute la journée et chacun pleurait la fin de cette belle histoire d'amour.

Peu de temps après le drame, M. et Mme Castellani s'éteignirent, usés par le travail et le chagrin.

Après leur disparition Don Ghiuvanni, dont la foi en Dieu était profonde, prononça ses vœux, entra dans les ordres au couvent de Marcassu et légua tous ses biens à la communauté des franciscains. Après quelques années exemplaires comme simple religieux il fut nommé supérieur du couvent. Il mourut à un âge avancé en laissant le souvenir d'un homme pétri de vertu dont la vie fut un modèle de foi, d'espérance et de charité.

C'est pour cette raison que le récit qui retrace la plus grande partie de son existence a été consigné dans ce livre qui renferme l'histoire de toute une communauté vouée au service de Dieu. »

Je restai quelques instants songeur. Le jour de juillet qui tombait sur les collines immobiles nimbait de mystère la lumière qui pénétrait à travers les vitraux de la sacristie. Je rêvais à cette histoire qui avait tissé des liens entre deux êtres exceptionnels que l'amour avait marqués de son sceau, quand j'entendis les pas du père Bonavita qui venait m'arracher aux puissances du rêve et des sortilèges.

– Avez-vous trouvé des choses intéressantes sur l'histoire de notre couvent ? me demanda le père abbé d'un ton affable.

– Oui, lui répondis-je poliment, cet ouvrage est très émouvant à plus d'un titre.

Mais, par une sorte de pudeur, je ne lui parlai point de l'idylle de Maria-Agata et de Don Ghiuvanni, préférant la garder enfermée dans mon cœur comme un trésor fragile et délicat.

Alors il referma le livre vénérable, accrocha la grosse clé à sa ceinture puis me raccompagna jusqu'à la porte du couvent.

Je ne sais si d'autres personnes que moi connaissent cette histoire d'amour mais, désormais, quand je passe au lieu dit « Ponte di a Sposata » (« Pont de la Mariée ») je me dis que les lieux, qui ont souvent la mémoire plus fidèle que celle des hommes, ont gardé le souvenir d'une belle mais tragique aventure humaine.

Le maître d'école

– VOUS devriez aller visiter la Castagniccia, si vous voulez connaître la Corse authentique et profonde ! me dit un jour mon ami le docteur Weber, cet amoureux inconditionnel de notre île.

Et me voilà parti, un beau matin de juin, pour cette superbe contrée, située dans la vallée du Golo [1] à une quarantaine de kilomètres au sud de Bastia.

La Castagniccia, qui veut dire « pays des châtaigniers », est en effet une des plus belles régions de Corse. Située à l'écart des grands axes routiers et des grands mouvements estivaux de foule, elle a gardé intacts les trésors dont la nature l'a si généreusement dotée. Épargnée jusqu'à présent par les incendies qui dévastent périodiquement les autres parties de l'île, elle a conservé sa parure végétale somptueuse et elle semble s'être assoupie, depuis toute éternité, dans un océan de verdure qui la protège de toute attaque extérieure.

Une mer de châtaigniers ! Non pas une mer étale mais une mer dont le niveau suivrait les courbes des collines, épouserait le flanc des coteaux, ceinturerait les

1. Golo : Nom de l'un des principaux fleuves de Corse.

pitons rocheux, s'enroulerait autour des côtes, flânerait sur les petits plateaux, s'adosserait aux grandes buttes arrondies, dormirait dans les vallons, les creux et les combes, cacherait les inégalités du terrain et grimperait jusqu'à la grande montagne dont le pic acéré semble émerger, comme à regret, du flot calme et apaisant des arbres.

Une mer qui a ses vagues comme une vraie mer. Une étendue verte frémissant sous le souffle de la brise, comme un champ de blé sur lequel les lignes du vent d'été se dessinent et avancent à toute allure dans une course sans fin.

Une mer dont on entend la voix faite de milliers de feuilles, bruissant dans un concert harmonieux qui s'élève, avec la légèreté d'un vol de papillons, dans la lumière d'une journée éblouissante de soleil.

Une mer parsemée d'îles. Ce sont des villages, des couvents, des forts, des châteaux, des chapelles, des hameaux, nichés dans les frondaisons de milliers et de milliers de châtaigniers centenaires.

Des villages sublimes de beauté. De cette beauté douce et grave, immobile et un peu mélancolique, née de la pureté des lignes, de l'isolement et du silence.

Des maisons. Certaines massives et imposantes, d'autres plus humbles, mêlées les unes aux autres comme si elles voulaient, de cette façon, lutter contre les intempéries et l'adversité. Des murs montés en pierres gris ardoise, assemblées au mortier de terre, avec un art atteignant la perfection. Des façades un peu sombres et austères dans lesquelles les portes et les fenêtres – sans volets extérieurs pour ces dernières – sont soulignées par des encadrements blancs, peints à la chaux vive. Des toits recouverts de pierres plates (lauzes), de la même teinte que celle des murs, épaisses et brutes qui doivent faire un poids phénoménal et nécessiter des charpentes énormes et colossales.

Dans chaque agglomération, l'église et le clocher dépassent en importance les maisons qui les entourent. Mais, construits dans le même style et avec les mêmes matériaux ils sont parfaitement intégrés à l'ensemble avec lequel ils forment, le plus souvent, une masse harmonieuse à dimension humaine.

Quand les édifices du culte sont bâtis à part, comme à La Porta-d'Ampugnani, par exemple, l'harmonie des lieux n'en est pas pour autant détruite. Bien au contraire. Les deux ou trois hameaux qui forment le village semblent se donner la main et le beau campanile, détaché de sa superbe église baroque, semble surveiller les lieux du haut de sa splendeur.

Des couvents que la ruine menace se dressent à la croisée des grands chemins de montagne. Ils ont vu, dans le passé, tant de moines, de pèlerins, de chemineaux et de fidèles qu'ils semblent aujourd'hui tout étonnés d'être déserts et silencieux.

Des pans de murs d'une beauté tragique, ceinturés par le lierre parasite et vorace, découpent leur silhouette dans l'azur infini pour témoigner de cette humanité qui regardait vers le ciel. Au pied, quelques tombes abandonnées, surmontées d'humbles croix et de plaques rouillées, plus qu'à demi effacées, s'obstinent à demander au passant d'avoir une pensée pour ceux qui avaient choisi de vivre et de mourir, en ces hauts lieux, dans l'amour du prochain, l'humilité, la prière et le silence.

Ces vestiges d'un temps révolu, ces œuvres d'art en voie de disparition, ces pierres qui ne seraient que des pierres si la main de l'homme ne les avait ennoblies, inspirent un profond respect. Il règne, dans ces endroits magiques, cette atmosphère étrange née des choses d'autrefois appelées à sombrer dans la mer de l'indifférence d'un monde sans foi et d'une société furieusement matérialiste.

Devant tous ces chefs-d'œuvre chargés d'histoire et marqués par l'empreinte des générations passées, l'homme d'aujourd'hui, même s'il se sent mélancolique et coupable d'abandon, passe rapidement, pressé par la civilisation des loisirs, et il poursuit son chemin sans même incliner la tête.

Des chemins il y en a !... Et des routes invisibles et cachées, enfouies dans la masse verte des châtaigniers qui semblent vouloir les protéger des ardeurs du soleil et de la curiosité des étrangers.

Des routes qui conduisent à des villages perdus dans l'immensité verdoyante du flot incessant des châtaigniers. Des chemins et des sentiers propices à la méditation et à la découverte de lieux inconnus et un peu mystérieux.

D'humbles voies, sans aucune indication, qui semblent aller nulle part comme celle que j'ai empruntée et qui m'a conduit dans un hameau du bout du monde.

Un hameau... ? Un village plutôt ! Avec sa grande rue pavée de pierres grises, sa petite place ombragée par un grand châtaignier. Sa fontaine qui fredonne sa chanson cristalline dans un bassin en pierre dans lequel sont fixées, à fleur d'eau, deux barres métalliques parallèles, destinées à maintenir, sous la petite cascade naturelle, les seilles, les seaux et les cruches des ménagères du pays.

Et enfin l'église !

Oh ! pas une cathédrale, ni une basilique, ni un

temple monumental ! Non ! simplement une petite église de village. Bâtie sur un promontoire rocheux, elle semble surveiller la vallée étincelante de lumière et de verdure.

Une chapelle si bien fondue dans l'harmonie du paysage, si douce à regarder que l'on s'attend, à tout instant, à entendre sonner l'angélus, cette prière des âmes simples qui, au temps jadis, faisait monter vers le ciel, plusieurs fois par jour, ce chant de paix et de sérénité qui réglait la vie des hommes de la terre.

Mais justement ! Où sont donc les cloches ? Il semble bien qu'il n'y ait pas de clocher ? Une chapelle sans clocher ? Mais ça n'existe pas ! me dis-je en moi-même, tout en cherchant à percer ce mystère.

Et tout à coup je les aperçois ! Elles sont là en effet ! la panse rebondie et verdâtre. Au nombre de deux. Montées sur une espèce de charpente verticale, construite avec des troncs énormes de châtaignier, à quelques pas de la chapelle. Sur une placette de toute beauté, entourée de banquettes en pierre où viennent sans doute s'asseoir les fidèles, surtout les hommes, suivant la coutume du pays, au moment de l'office divin.

Mais aujourd'hui il n'y a pas de fidèles ! L'église est fermée et, chose curieuse, toutes les maisons du village sont également fermées. Les portes sont verrouillées et les fenêtres closes malgré le beau temps. Les portails sont cadenassés et les rues silencieuses.

Il n'y a âme qui vive dans ce village fantôme ! Les habitants sont-ils aux champs ? À la montagne ? À la ville ?

Le village est inhabité. J'ai beau en faire le tour, je ne vois personne. Pourtant les maisons sont toutes en bon état. Des rideaux aux fenêtres, des tas de bois bien rangés devant les seuils, un petit cimetière bien entretenu, situé non loin de la chapelle ; tout laisse supposer que des gens vivent et meurent dans ce pays.

Mais un examen plus attentif des lieux me donne à penser qu'il y a déjà quelque temps que le village est désert. De l'herbe verte pousse entre les pavés de la rue, la mousse couvre les marches des escaliers extérieurs qui permettent l'accès aux maisons, les heurtoirs des portes sont rouillés et la place principale est en partie recouverte, selon toute vraisemblance depuis le dernier automne, par les bogues et les feuilles mortes du châtaignier.

Le village est mort. Pourtant, on sent qu'il y a eu une grande activité ici au temps jadis. Dans le maquis proche courent des murettes en pierres sèches qui, autrefois, séparaient les propriétés ou soutenaient la terre des jardins en terrasse. Dans les anciennes terres cultivées quelques arbres fruitiers tendent leurs branches rabougries vers le ciel pour tenter d'échapper à l'emprise des plantes sauvages, plus vivaces et plus résistantes. En bordure des grands sentiers qui vont vers les collines, on remarque encore de grands murs en ruine qui devaient enclore des bergeries et des porcheries ou entourer des aires à blé.

Dans le centre du village un grand four à pain montre ses pierres noircies par la fumée et, bien qu'il soit encore en bon état, on se rend compte qu'il n'a pas servi depuis longtemps.

Tout paraît à l'abandon, sauf les maisons qui, comme je l'ai dit, sont bien entretenues et de belle apparence.

Un grand silence, légèrement angoissant et plein de mystère, règne sur tout le pays.

En haut, dans le ciel bleu, un grand épervier plane

en décrivant des cercles concentriques comme s'il était chargé de surveiller le village inhabité.

Il doit être dans les environs de midi. Les cloches ne sonneront pas l'angélus aujourd'hui ! Pour qui sonneraient-elles d'ailleurs puisqu'il n'y a personne ?

Alors je décide de le sonner, moi, cet angélus que nul n'entendra ! Je m'approche et saisissant à pleines mains la courte lanière en cuir qui termine les battants, j'actionne ceux-ci avec ardeur et je fais monter, dans l'air pur et limpide, le plus bel angélus de tous les temps.

Lorsque j'arrête ma symphonie, je m'aperçois que le son des cloches a réveillé les hirondelles qui dormaient sous la corniche blanche de la chapelle. Elles s'envolent à tire-d'aile, vont et viennent, désemparées par le vacarme, et ne savent où se poser. Pendant ce temps les grillons ont recommencé leur stridulation et l'épervier, tout là-haut, a pris une direction précise, comme s'il avait, maintenant, un but à atteindre.

On dirait que la vie reprend au village ! En effet ! Que vois-je, venant par la grand-rue ? Quelqu'un qui s'avance vers moi !

C'est un homme, très âgé, petit et sec comme une racine de bruyère. Il est habillé d'un pantalon de velours et d'une chemisette bleue. Il est coiffé d'un panama. Très droit, il marche en s'appuyant sur une canne à pommeau d'argent. Très soigné, il porte des lunettes cerclées d'or qui lui donnent l'allure d'un professeur de rhétorique. Une chaîne de montre de gousset en argent, qui lui barre le ventre, termine sa toilette.

Il me salue fort poliment en ôtant son chapeau et me dit bonjour en français, puis en corse, sans doute pour m'inviter à dévoiler mes origines.

Je lui réponds dans cette dernière langue et je lui

demande de m'excuser de l'avoir dérangé avec le son des cloches.

Il me dit que c'est une bien belle façon d'annoncer sa visite au village et qu'il est très heureux de me recevoir dans ses murs car il est le seul habitant des lieux.

Nous engageons la conversation. Parlons d'abord, pendant quelques instants, de choses et d'autres, suivant l'usage corse qui veut que l'on n'aborde pas de questions importantes de prime abord.

Enfin, nous entrons dans le vif du sujet : le village bien sûr. Je me permets de poser des questions qui me brûlent les lèvres. Que fait mon compatriote, à son âge, dans ce pays du bout du monde ? Où sont les autres habitants du village ? Pourquoi les maisons sont-elles entretenues alors qu'il n'y a personne ?

Alors l'homme parle. Sur un ton de confidence d'abord, avec un débit mesuré, puis avec passion, emporté par son récit, donnant des renseignements, des dates, des noms, des précisions, comme quelqu'un qui connaît bien son sujet et qui a beaucoup vécu.

Il s'exprime avec aisance, tantôt en corse, tantôt en français, passant d'une langue à l'autre comme le font les gens d'un peuple aujourd'hui naturellement bilingue. Souvent sans même sans rendre compte, mais parfois à dessein, avec la délectation que donne la possibilité de s'exprimer dans deux langues différentes et de pouvoir choisir, dans l'une ou dans l'autre, un mot, une expression, un dicton, un proverbe, qui vous semblent plus justes, plus imagés, plus chargés de sens, plus aptes enfin, à traduire votre pensée du moment.

L'homme raconte son existence qui se confond avec celle du village. Il me semble entendre celui-ci parler. Les maisons, la place, la rue, la fontaine, la chapelle, le four me disent une vie humble et laborieuse. La lutte de tous les jours, les joies et les peines de tout un peuple isolé mais solidaire. Les épreuves supportées en commun. La neige, l'hiver, dans cette contrée rude. La maladie, la pauvreté, la perte d'un être cher. Mais aussi, les plaisirs simples partagés. Les fêtes religieuses, les mariages, les naissances, les baptêmes, les communions solennelles, les veillées au coin du feu, l'hiver, et les réunions sur la place du village, par les beaux soirs d'été. Le labeur collectif, l'entraide, la récolte des châtaignes et leur préparation pour le moulin, les moissons, les coupes de bois de chauffage et de charpente et le son des clochettes des fiers mulets qui tiraient les gros troncs d'arbre du fond de la vallée.

« Je suis né là, poursuit mon cicérone, dans cette maison que j'habite encore aujourd'hui, il y a près de quatre-vingt-dix ans. Mon père, natif du Niolu, était gendarme à Morosaglia, mais ma mère, issue du village, a voulu que je voie le jour dans la maison de nos ancêtres, où elle-même était née.

Nous avons ensuite suivi mon père dans ses différentes affectations et j'ai fréquenté l'école primaire de plusieurs villages de Corse. Pour répondre au vœu de mes parents, qui voulaient faire de moi un homme instruit, j'ai poursuivi mes études au lycée de Bastia.

Je ne vous parlerai pas des mois et des mois d'internat, sans retour à la maison, car à cette époque les moyens de locomotion étaient rares et nous n'étions pas riches. Ma seule joie était de revenir ici passer les grandes vacances chez ma grand-mère maternelle qui n'avait jamais quitté le pays. Elle ne savait ni lire ni écrire mais sa mémoire était riche de toute une vie laborieuse, passée au contact de la nature avec des femmes et des hommes imprégnés de traditions et de coutumes remontant à la nuit des temps.

Elle me racontait, à longueur de journée, des histoires, des fables, des légendes et des contes plus merveilleux les uns que les autres dont le souvenir est resté vivace au fond de moi.

Elle était intarissable sur son enfance et sa jeunesse qui s'étaient déroulées dans ce lieu que nous aimions tous deux d'un amour profond.

C'est vous dire si je connais bien le pays, ajoute, avec une sorte de fierté, le vieil homme en me regardant avec bienveillance.

À la fin de mes études, j'ai été nommé instituteur ici même et j'y ai exercé mes fonctions pendant près de cinquante ans.

Oui, monsieur, il y avait une école et bien d'autres choses dans ce village aujourd'hui abandonné ! J'avais une quarantaine d'élèves que je connaissais bien. Je les avais vus naître et pendant toutes ces années, au fur et à mesure du renouvellement des générations, je leur ai dispensé mon savoir comme s'il s'était agi de mes propres enfants.

Il y avait du monde au village et beaucoup d'animation ! Des veillées les soirs d'hiver, des rencontres sur la place du village. Tiens ! vous avez vu ces banquettes de pierre qui entourent la place du châtaignier ? Eh bien ! les soirs d'été, elles étaient occupées en totalité par des hommes et des femmes qui bavardaient dans l'air tiède du début de la nuit. Au moins cinquante personnes, sans compter les enfants qui se poursuivaient dans les ruelles, en poussant des cris joyeux, et les jeunes gens et jeunes filles qui se promenaient sur la route jusqu'à l'embranchement de La Porta-d'Ampugnani.

Puis les gens ont commencé à partir, surtout après la guerre 39-45. Les vieux d'abord, définitivement, pour prendre leur place dans notre petit cimetière. Ensuite les jeunes, pour le continent, comme nous disons pour désigner la France métropolitaine, mais surtout pour les colonies : l'Indochine, l'Afrique noire, la Tunisie, l'Algérie, le Maroc.

Peu à peu le village s'est vidé. Le dernier curé n'a pas été remplacé, la poste, la mairie ont fermé leurs portes. Lorsque j'ai été mis à la retraite il n'y avait plus d'enfants et l'école a été supprimée. Mes propres enfants sont partis eux aussi pour aller vivre sous d'autres cieux. Mon épouse, qui m'avait accompagné tout au long de ma vie, est décédée et aujourd'hui je suis le seul habitant de ce village. »

À ce point de son récit, comme s'il estimait en avoir trop dit, l'ancien maître d'école, s'arrêta de parler et tomba dans une profonde réflexion.

Nous étions, à ce moment-là, sur la petite place de l'église, assis côte à côte, sur la banquette en pierre du porche.

L'instituteur avait appuyé son menton sur ses mains, déjà croisées sur le pommeau de sa canne et, les yeux clos, il semblait poursuivre un rêve intérieur.

Je respectai sa méditation pendant un long moment. Il me semblait que toutes les images fugitives, émanant d'un passé révolu, que le vieil homme avait évoqué devant moi, prenaient, une à une, leur place et se rendormaient, paisiblement, dans un oubli définitif, à l'endroit même où elles étaient nées et où elles venaient de mourir.

Je ne rompis le silence qu'au bout d'un grand laps de temps, lorsque je vis que mon interlocuteur avait repris pied avec la réalité et qu'il dessinait des ronds dans la terre de la placette, avec le bout de sa canne.

– Comment se fait-il que toutes les maisons du village soient en aussi bon état ? demandai-je, avec douceur, à l'ancien maître d'école.

L'homme cligna les yeux et jeta sur moi un regard clair et lucide puis, comme s'il avait préparé sa réponse à l'avance, il me répondit d'un ton grave :

– Vous êtes corse et vous devriez le comprendre. Vous savez, les Corses sont des gens à l'esprit curieux. Ils rêvent d'être ici et en même temps ailleurs. Ils sont tous très attachés à leur terre et à leur maison familiale, mais ils vivent autre part, retenus par des liens nouveaux : la belle-famille, le travail, les études des enfants et des petits-enfants. Ils espèrent, à tout instant, revenir habiter à l'endroit où ils sont nés, mais, hélas ! la plupart du temps, ils n'y reviennent que pour occuper leur place au cimetière. Cependant les Corses restent toute leur vie soudés à leurs racines. Alors, ils font restaurer la *casa paterna* [2], l'entretiennent avec soin et viennent tous les ans passer leurs vacances au village avec des amis, tout heureux de leur montrer le berceau de leur famille. Pendant l'été une vie un peu superficielle vient réveiller le village. Chacun ouvre sa porte et durant deux ou trois mois la joie et la gaieté règnent dans les maisons et dans les cœurs. À l'automne, le village se vide et le silence reprend ses droits jusqu'à l'année suivante.

2. *Casa paterna* : maison paternelle.

– Mais, demandai-je respectueusement au vieux maître d'école, pourquoi ont-ils tous quitté ce beau pays ?

– Voyez-vous, me répondit le vieil homme, sur le ton de la confidence, c'est moi qui leur ai appris à lire et à écrire. Alors, quand ils ont eu « les yeux ouverts » (comme on dit chez nous), ils n'ont plus voulu rester au village où la vie était rude. C'est sans doute un peu de ma faute si tout le monde est parti, ajouta-t-il en terminant sa phrase dans un soupir.

Mais je vis, au même moment, dans le fond de ses yeux, pleins de bonté et de sagesse, que son regard malicieux démentait les propos qu'il me tenait.

Après être tombé dans une sorte de rêverie silencieuse, comme le font souvent les vieilles personnes, l'homme se leva, me dit adieu, et s'en alla, sans se retourner une seule fois, marchant avec beaucoup de dignité vers sa maison, appuyé sur sa canne à pommeau d'argent.

Je le suivis du regard et le vis disparaître au bout de la grand-rue déserte. Sa frêle silhouette mit longtemps à s'estomper de mes yeux et de mon esprit.

Je restai encore un long moment, à l'ombre des murs de l'antique chapelle, à me remémorer les paroles du vieux maître d'école. Ce que je venais d'apprendre était tellement émouvant, que je me demandais si je n'avais pas rêvé ou si mon imagination n'avait pas inventé, de toutes pièces, ce personnage un peu mythique. Mais la vue des courbes que celui-ci avait tracées sur le sol, du bout de sa canne, me ramena à la réalité.

Ces quelques ronds dans le sable, que la brise du soir effacerait bientôt, me plongèrent dans une profonde réflexion sur la destinée humaine.

Il ne me restait qu'eux, en effet, pour témoigner de l'existence d'un homme simple et véritable, dont le destin individuel banal, et en même temps hors du commun, se confondait avec celui de son village appelé à disparaître sous le souffle impitoyable du vent de l'Histoire.

Alors je repris ma route vers la côte ensoleillée de Bastia, où la cohue des voitures et la horde des touristes et des vacanciers, de cet été naissant, me ramenèrent dans une Corse totalement différente de celle du maître d'école d'autrefois.

Le vieux coiffeur

– Si ça continue, je ne vais plus reconnaître mon pays ! Les choses ont tellement changé, les habitudes se sont tellement modifiées, les mœurs ont tellement évolué qu'il m'arrive de ne plus me retrouver dans mes propres limites, me disait le vieux Pétru-Antone, coiffeur de son état, tout en s'occupant de ma personne.

Tenez ! Ce matin je suis allé à la pharmacie et j'ai été tout étonné d'y voir Mattéu Colonna, le vieux berger de Corbara que je connais pourtant depuis toujours comme un être résolu et déterminé, dans une situation inconfortable, pour ne pas dire embarrassante.

La pharmacie était pleine de touristes, rouges comme des tomates, presque nus, qui venaient certainement chercher des pommades contre les coups de soleil et des pilules pour garder la forme. La pharmacienne, une jeune femme blonde, vêtue d'une blouse blanche immaculée, ne savait plus où donner de la tête, entre cette horde de gens pressés, sa caisse enregistreuse et son ordinateur. On se serait cru dans un magasin de la Côte-d'Azur. Tout ça entrait, sortait, jacassait, gesticulait, commandait, exigeait, critiquait, à qui mieux mieux, comme si la boutique, la cité, le monde, la Corse leur appartenaient.

Le seul qui paraissait étranger au pays c'était Mattéu Colonna le berger. Habillé d'un pantalon bleu, d'une chemise à carreaux, chaussé de souliers noirs montants, la casquette vissée sur la tête et la canne rustique à la main, il paraissait déplacé, détonnait un peu dans ce milieu frelaté et superficiel. On le sentait gêné, mal à l'aise et un peu désemparé. Il a tendu discrètement son ordonnance à la pharmacienne et lui a parlé en corse pour lui préciser un point de son traitement. Celle-ci a paru un peu surprise, pour ne pas dire choquée, par l'emploi de cette langue dans son officine distinguée. Le ton qu'elle a pris pour répondre « en français » à ce client attardé m'a fait comprendre sa réprobation à l'égard de ce genre de personnes qui refusent de s'intégrer dans un monde plus moderne. Aussi pour me venger, lorsque mon tour est venu, au moment de me faire servir, je lui ai parlé en corse, alors que d'habitude je m'adresse à elle en français, et, dans la conversation, je lui ai demandé si son père, le vieux maçon, avait enfin appris à lire son journal.

C'est qu'elle est bouffie d'orgueil, cette femme-là ! Figurez-vous que, comme beaucoup de personnes de son temps, son père est illettré. Lui ne s'en formalise pas mais elle, pour garder son rang, elle lui achète tous les jours le journal et elle le lui met dans les mains quand il se tient sur sa terrasse, pour faire croire aux passants qu'il sait lire.

Oui, répéta Pétru-Antone, il y a des jours où je ne reconnais plus mon pays ni ses habitants.

Tenez ! En ce qui me concerne, je n'arrive pas à me faire à l'idée que les générations montantes ont abandonné, pour se soumettre à certaines fantaisies du moment, les coutumes et les traditions que nos parents nous ont transmises avec tant d'amour.

Inutile de vous le dire, Pétru-Antone ne fait pas mentir la réputation de tous les coiffeurs de la terre ! Il est bavard et un peu philosophe. Bavard mais intéressant ! Des facultés naturelles indéniables, alliées à une longue pratique de son métier et le contact quotidien avec des marins, des bergers, des pêcheurs, et des clients de toutes origines, ont développé son sens de l'observation et fait de lui, au fil des ans, un homme au jugement sûr qui peut se permettre de jeter sur les choses et sur les gens un regard bienveillant mais lucide.

Ce matin-là, après m'avoir raconté l'incident du berger, il m'avait entrepris sur les difficultés qu'il rencontrait pour assurer sa succession et transmettre les finesses de son art à quelqu'un de compétent.

J'étais là dans son vieil atelier, situé au cœur de la petite cité balnéaire, et je me laissais bercer par son discours empreint de cette poésie qui me rattachait à mon passé et me ramenait bien des années en arrière.

J'avais perdu Pétru-Antone de vue depuis des lustres.

Le temps d'aller faire carrière et un tour dans le vaste monde, j'étais revenu sur les lieux de mes amours d'antan. C'est vrai que les choses avaient terriblement changé ! Dans l'ancienne cité de Pascal Paoli [1], où mes plus vieux souvenirs erraient à la recherche de mon enfance, dans des ruelles aux murs lépreux, à la chaussée

---

1. Station balnéaire de L'Île-Rousse, ville fondée par Pascal Paoli pour résister à l'occupant génois qui détenait Calvi.

recouverte de pavés inégaux, tout avait été aménagé. Chaque porte, chaque entrée, chaque remise avait été transformée en magasin regorgeant de bimbeloteries destinées aux vacanciers, estivants et touristes de passage. Les façades avaient été reprises, repeintes, bariolées, rafistolées, rénovées et, pour employer un terme à la mode : restaurées, c'est-à-dire mises au goût du jour qui consiste à faire du moderne avec de l'ancien ; à moins que ce ne soit le contraire !

La seule devanture à avoir gardé son aspect vétuste et démodé était celle de notre coiffeur Pétru-Antone. En lettres noires sur fond ocre, on devinait encore l'inscription COIFFEUR HOMMES. Mais c'était tout juste ! Les murs décrépis, la porte à la peinture écaillée, les rideaux défraîchis de l'unique fenêtre à barreaux donnaient à l'ensemble cette impression d'abandon et de délaissement, mais aussi cette sorte de noblesse qui se dégage des vieux bâtiments qui ont subi les outrages du temps.

Alentour fleurissaient des vitrines alléchantes, offrant au passant la panoplie du parfait touriste allant de la carte postale, sur laquelle la mention « Souvenir de... » est imprimée à l'avance pour éviter tout effort intellectuel au rédacteur du message, jusqu'au bas-relief – « Made in Hong Kong » – sur lequel l'âne emblématique qui symbolise la Corse profonde aux yeux des étrangers laisse entendre, par une inscription en lettres d'or et en caractères italiques, que la couleur de sa queue, sensible aux changements atmosphériques, annonce avec une précision toute scientifique le temps qu'il va faire le lendemain.

C'est grâce à l'intervention d'un habitant de mon village natal que j'avais revu Pétru-Antone, mon coiffeur de jadis. Il avait pris sa retraite et n'exerçait plus officiellement depuis de nombreuses années mais il avait fait une exception pour moi en rouvrant sa boutique.

Par ces temps de canicule et de tourisme effréné, il était très difficile de se faire couper les cheveux à la mode ancienne, c'est-à-dire « courts par-devant et très dégagés derrière ». Pour aller dans un salon mixte surchauffé, toujours bondé de vacancières pressées, auprès desquelles s'affairent des ouvrières surmenées, tentant de donner un pli correct à des chevelures brûlées par le soleil des plages, il fallait prendre rendez-vous à l'avance et se soumettre au supplice de passer plus d'une heure dans un endroit déshumanisé pour sortir, en fin de compte, assourdi par une musique tonitruante, avec des cheveux à peine un peu plus courts qu'à l'entrée et après avoir déboursé une somme d'argent exorbitante.

– Si tu veux, on va chez Pétru-Antone, je me charge de le prévenir si tu es d'accord ? m'avait dit mon voisin lorsque je lui avais fait part de mes problèmes capillaires au cours d'une conversation à bâtons rompus.

Inutile de vous dire que j'avais sauté sur l'occasion, heureux de revoir Pétru-Antone et de renouer ainsi avec les choses d'autrefois.

Nous étions partis un beau matin, mon ami et moi, « par la fraîcheur » comme on dit pour se distinguer des gens qui se lèvent après dix heures et, de conserve, nous avions toqué à la porte branlante de Pétru-Antone.

– *Salute O Pétr'Anto,* lui ai-je dit en entrant dans sa boutique qui, à première vue, m'a semblé encore plus archaïque que dans mes souvenirs. Comment allez-vous ?

– Ça va, m'a-t-il répondu d'une voix égale, comme s'il m'avait vu la veille. Il fait chaud.

Tout en abondant dans son sens, je me suis installé dans le vieux fauteuil fatigué, face au vieux miroir rectangulaire, pailleté de chiures de mouches, qui m'a renvoyé illico l'image incertaine (la mienne !) d'un homme à l'automne de sa vie.

Observant tout à loisir Pétru-Antone, que je voyais aller et venir dans la glace, j'ai remarqué avec plaisir que l'artisan avait moins changé que sa boutique et qu'il avait gardé sa vivacité d'antan. Certes il était légèrement voûté et un peu moins mince qu'autrefois et son pas était moins rapide, mais il avait gardé au fond des yeux cette douceur des hommes qui ont travaillé de leurs mains et passé leur vie au service de leurs semblables. Certes sa faconde s'était émoussée, mais son expression était toujours aussi claire et sa voix toujours aussi chaleureuse. Certes ses cheveux étaient blancs, mais ils encadraient un visage ouvert et sympathique où le burin de l'âge avait tracé les sillons d'une vie d'honnêteté et de labeur.

En définitive l'image de Pétru-Antone que j'avais conservée en bonne place dans ma mémoire différait peu de celle de l'homme qui me parlait aujourd'hui. Nous avions pris de l'âge tous les deux et le même nombre d'années qui nous séparait depuis toujours ne nous empêchait pas d'appartenir à la même forme de pensée.

Au premier coup de peigne dans mes rares cheveux grisonnants, Pétru-Antone s'est mis à parler. En corse bien sûr, comme autrefois, adaptant son discours, au fur et à mesure que l'opération avançait, au cliquetis des ciseaux, à la pression calculée de la tondeuse et à la caresse du rasoir, comme si sa parole était reliée, par un fil invisible, à ses gestes et au mouvement de ses outils qu'il maniait avec une grande dextérité depuis tant d'années.

Usant de ce tutoiement affectueux que donne le privilège de l'âge, il s'est enquis d'abord de ma santé puis il a passé en revue les menus faits que je lui rapportais sur la vie de mon village et la destinée de ses habitants, faisant, avec son bon sens habituel, les commentaires appropriés à chaque cas d'espèce.

Ce sujet étant épuisé, disant vous cette fois, comme s'il prenait à témoin une assistance plus nombreuse que celle qui occupait sa boutique ce jour-là, Pétru-Antone s'est vite lancé dans des considérations plus étendues portant sur l'évolution de la société en général et sur son propre destin en particulier. Toujours aussi disert, il était capable, je m'en rendais compte, d'aller tout seul au bout de son raisonnement mais il éprouvait malgré tout, la force de l'habitude aidant, le besoin de se trouver devant un interlocuteur intéressé pour donner libre cours à sa pensée et souligner certains passages importants de son exposé. Prenant par conséquent mon rôle de confident au sérieux, j'acquiesçais à toutes ses propositions, alimentant simplement la conversation de quelques mots appropriés pour lui faire comprendre que je partageais entièrement son point de vue, que je comprenais ses ennuis et que j'étais de tout cœur avec lui.

– Oui, poursuivit-il, d'un ton sentencieux, je ne reconnais presque plus mon pays et je ne comprends plus ses habitants ; ou du moins ce qu'il en reste. Tenez ! reprit-il avec fermeté, comme s'il cherchait à convaincre un auditoire imaginaire. Tenez ! (il employait souvent ce terme comme s'il voulait faire une offre générale et désintéressée de ses propos !). Oui, tenez ! je n'arrive pas à trouver quelqu'un qui veuille assurer ma relève. Pourtant le travail ne manque pas et je suis sûr que mon atelier ferait vivre un artisan et sa famille s'il voulait s'en donner la peine. Mais personne ne veut plus travailler comme avant à n'importe quelle heure et avec seulement une paire de ciseaux, une tondeuse, un blaireau et un rasoir. Maintenant il faut un cadre somptueux, des machines, des produits coûteux, de la musique moderne, des lumières, du clinquant et du tape-à-l'œil. Moi, j'ai pris la suite de mon père, qui lui-même avait pris celle du sien, c'est dire si la réputation de notre famille remonte loin dans le temps ! Vous le savez, je n'ai pas eu d'enfants et je n'ai pas pu transmettre mon savoir-faire à mes héritiers mais j'aurais aimé que quelqu'un des miens prenne ma suite. Alors, à défaut, j'ai pris comme apprenti un jeune homme du pays avec l'intention de lui offrir ma boutique et ma clientèle à la fin de sa formation. Savez-vous ce qu'il a fait, une fois son diplôme en poche ?

Profitant d'un instant d'immobilité de l'homme de l'art qui tenait son rasoir en l'air comme un point d'exclamation, je fis un signe énergique de dénégation donnant ainsi un nouvel élan à l'envolée du discours de Pétru-Antone qui continua avec une colère non feinte :

– Eh bien, dès qu'il a su voler de ses propres ailes, mon apprenti est allé travailler dans le salon mixte, je devrais dire dans cette usine où on coiffe indistinctement les hommes, les femmes et les enfants, et depuis il ne me dit même plus bonjour.

Avec un simple hochement de tête j'ai fait comprendre au vieil artisan combien je compatissais à sa peine, mais je l'ai laissé néanmoins continuer sur sa belle lancée, pénétré du sentiment que nous touchions au cœur du problème.

– Il y a belle lurette de cela, a-t-il poursuivi dans un soupir qui en disait long sur le nombre d'années qui s'étaient écoulées depuis ce fâcheux événement. J'ai eu le temps de prendre ma retraite mais mon magasin est resté tel qu'il était et jusqu'à ma mort personne n'y touchera. Ce ne sont pas les offres d'achat ou de location qui ont manqué, vous pouvez me croire. J'aurais pu faire des affaires en or si j'avais voulu. Ah non ! pour qu'on en fasse un commerce d'articles de plage, de maillots de bain, de glaces et bonbons ou une pizzeria ! Jamais de la vie ! Je vous le dis, tant que je serai là rien ne sera changé ! Sauf si quelqu'un voulait prendre la suite de mon art, bien entendu. Mais je pense que ce temps-là est révolu a-t-il énoncé d'un ton résigné, tout en me donnant le dernier coup de ciseaux.

– Combien vous dois-je ? ai-je demandé au vieux coiffeur en mettant la main à la poche.

– Rien ! Absolument rien ! m'a-t-il répondu en souriant. Depuis ma mise à la retraite je ne fais plus payer mes clients mais je continue à les coiffer car ils sont devenus mes amis.

Puis, s'adressant à mon camarade resté jusque-là attentif mais silencieux, il a lancé, d'un ton enjoué, comme au plus beau temps de sa gloire :

– Au suivant de ces messieurs, SVP.

– Revenez quand vous le voulez, nous a-t-il dit à l'oreille en nous raccompagnant à la porte de son modeste atelier, après nous avoir serré la main.

J'ai senti dans le ton affectueux du vieux coiffeur que toute sa vie avait été guidée par l'amour d'un métier humble mais exercé sans esprit de servitude. J'ai lu dans son regard teinté de tristesse que le contact humain lui était plus que jamais indispensable pour justifier son existence et surtout qu'il éprouvait le besoin de se sentir encore utile pour poursuivre et terminer dignement son chemin sur cette terre.

Nous avons quitté la boutique accueillante de Pétru-Antone et nous sommes repartis, mon ami et moi, dans l'intention de regagner, le plus rapidement possible, notre village natal où il n'y a plus de coiffeur depuis longtemps.

Nous avons traversé les vieux quartiers de L'Île-Rousse, encombrés d'une foule disparate, bariolée et bruyante, qui se hâtait de vivre, en s'agitant dans les petites ruelles inondées de lumière, où flottait encore, dans l'air chargé des senteurs marines venues du large, le parfum des jours enfuis, mêlé aux souvenirs et aux regrets de tout un monde aujourd'hui disparu ou en voie de l'être.

Quand le vin est tiré !...

– BONJOUR, madame Rutâââli, lui disions-nous, tous en chœur, lorsqu'elle passait à notre hauteur, en prononçant son nom à la mode corse au lieu de placer l'accent tonique sur la dernière syllabe, comme elle le faisait, en parlant d'elle-même en français, parce qu'elle était persuadée que cela faisait plus distingué.

Mme Rutali était institutrice à la retraite. C'était une femme grande et sèche, toujours habillée de sombre, dont la peau, déjà brune à la naissance, ne s'était pas éclaircie sous le soleil d'Algérie où elle avait fait toute sa carrière dans l'Enseignement public que l'on n'appelait pas encore l'Éducation nationale.

Après une vie bien remplie, elle s'était retirée dans sa maison natale, qu'elle avait fait restaurer dans le style mauresque avec moult arcades et arabesques en façade, et une somptuosité intérieure peu en rapport avec la simplicité de l'époque qui n'aimait pas encore le clinquant ni le tape-à-l'œil.

Son mari, un petit homme, replet, effacé, terne et falot, qui n'avait jamais dû jouer un rôle important dans le ménage, vivait dans l'ombre de son épouse qu'il considérait comme une femme pétrie de toutes les qualités pour la seule et unique raison qu'elle était plus instruite que lui.

Le couple aurait pu couler des jours heureux dans notre petit village, au pied de la grande montagne bleue si Mme Rutali ne s'était mis dans la tête d'éduquer la population du cru avec les méthodes qu'elle avait employées, des années durant, dans les douars, les bleds et les djebels où elle avait servi l'État français, pour apprendre aux petits Algériens que nos ancêtres les Gaulois étaient grands et blonds.

Mais les vieux bergers du village, qui en connaissaient davantage qu'elle et sur beaucoup plus de sujets, faisaient souvent semblant de ne pas la comprendre quand elle se mettait à les abreuver de conseils pour améliorer leur façon de vivre.

De plus elle parlait français et elle portait en permanence un chapeau, ce qui pour ces braves gens aux mains calleuses constituait deux activités parfaitement inutiles et au demeurant dénuées de tout intérêt.

– Bonjour, madame Rutâââli, lui disions-nous donc lorsque, assis sur la place de la fontaine, nous frottions nos mollets nus au mur rugueux du parapet du petit pont qui nous servait de siège, en balançant négligemment nos pieds au-dessus du mince ruisseau, où coulait une eau rendue grise par les nombreuses lessives des ménagères du pays.

– Bonjour, mes enfants, nous répondait-elle, mettant dans le possessif la grande autorité qu'elle avait acquise sur des classes rétives de garnements bruns aux cheveux bouclés. Que faites-vous ? ajoutait-elle invariablement en nous jetant un regard sévère à travers ses lunettes.

– Rien ! répondions-nous avec un ensemble parfait

qui aurait dû la combler d'aise en sa qualité de pédagogue.

– Quand on ne fait rien on ne pense qu'à mal faire. « L'oisiveté est mère de tous les vices », proférait-elle en appuyant sa belle démonstration, puisée aux meilleures sources des livres scolaires, d'un geste de l'index de la main droite, tendu dans notre direction et agité, à plusieurs reprises, de bas en haut comme une baguette menaçante.

Puis elle poursuivait son chemin, d'un pas ferme et décidé, raide comme la justice, avec la ferme conviction qu'elle avait fait œuvre utile en nous débitant sa liste de proverbes accordés à la situation du moment, sans jamais se douter que dès qu'elle avait le dos tourné, les plus intrépides d'entre nous couraient derrière elle pour lui tirer la langue.

Il est vrai que les leçons prodiguées par les deux instituteurs de notre école nous suffisaient amplement pour parachever notre formation morale. D'autant plus qu'ils avaient, eux, tendance à employer la manière forte, mieux adaptée à notre tempérament dissipé que la méthode doucereuse de Mme Rutali dont l'effet sur les galopins que nous étions était sans portée aucune.

Comme s'ils étaient faits à notre image, nos parents ne prêtaient qu'une oreille distraite aux recommandations de l'ancienne enseignante. Cependant, dans leur grande majorité, tous lui témoignaient de la déférence par respect pour les fonctions qu'elle avait exercées et surtout parce qu'elle était instruite et qu'à cette époque l'instruction était considérée comme une vertu cardinale au même titre que l'intelligence ou l'honnêteté.

La sollicitude de Mme Rutali pour les habitants du village s'étendait bien au-delà du domaine scolaire et elle qui n'avait jamais touché une pioche de sa vie s'était mis en tête d'apprendre aux vieux paysans de chez nous des méthodes modernes pour tirer un plus grand profit de la terre.

Ainsi, sous le prétexte qu'elle avait servi dans une région viticole de l'Oranais, elle avait pris la décision d'adapter la culture de la vigne de ces contrées fertiles à notre sol ingrat et caillouteux qui se prêtait davantage à l'élevage des moutons qu'à une agriculture intensive.

Pour mettre ses idées en pratique et faire montre de ses talents à ce peuple de bergers incrédules, Mme Rutali avait entrepris de grands travaux sur un coteau aride qui lui appartenait, au lieu dit Curbino, dont le nom, qui veut dire « pays des corbeaux », donne déjà une idée assez précise de la configuration du terrain et de la fertilité des lieux.

Son mari s'était échiné à l'ouvrage, au risque d'y laisser ses dernières forces, aidé, il est vrai, par une armée de Lucquois [1] rétribués à la journée. Des tonnes de pierres avaient été remuées, des murs, soutenant la terre pour la culture en terrasse, avaient été édifiés, des chemins tracés, des clôtures élevées. Rien ne manquait à la future vigne, sinon un peu plus de terre, mais Mme Rutali, hantée par son idée fixe, ne voyait ni l'état d'épuisement de son mari, ni la pauvreté du sol de ses rêves.

Dédaignant les variétés locales comme le Niellùcciu et le Sciaccaréllu, adaptées au terroir, elle fit venir des plants d'Algérie, planta, greffa, tailla, traita, mais ne vendangea guère.

---

1. Ouvriers de la région de Lucques (Italie) qui en ce temps-là venaient nombreux faire des travaux pénibles en Corse.

Heureusement qu'elle avait un petit jardin, situé dans une partie ombreuse de notre vallée, où les treilles, profitant de la bonne eau dispensée aux légumes, donnaient un vin léger légèrement acidulé qui mélangé au peu de vin tiré de la vigne du Curbinu parvenait à faire bonne figure sur la table plutôt frugale de M. et Mme Rutali.

Mme Rutali n'avoua jamais qu'elle cueillait peu de raisin dans sa vigne. Au contraire, elle se vantait de faire des récoltes mirifiques et d'avoir du vin à revendre.

C'est sans doute pour cette dernière raison qu'elle en proposa un beau jour à mon père, dont la propre récolte, faite dans notre petit jardin de la montagne, n'avait pas résisté longtemps à ses assauts répétés et à ceux de ses compagnons de libations, toujours prêts à rendre service dans tous les domaines et notamment quand il s'agissait de célébrer le culte de Bacchus.

Poussé par la nécessité, mon père, qui était peu connaisseur mais très méfiant en matière de boisson, avait répondu par l'affirmative aux offres de Mme Rutali. Mais attention ! avait-il tenu à préciser, en regardant Mme Rutali droit dans les yeux, j'espère que vous ne venez pas avec « un renard sous le bras [2] ». Je ne veux que du vin de votre vigne sans aucun mélange ni coupage quelconque avec celui de votre jardin.

Mme Rutali engagea sa parole et pour prouver sa bonne foi offrit, à titre d'échantillon, une bouteille du vin de sa vigne à son client, qui après avoir apprécié

---

2. *Venè cun à volpe sottu l'ascélla* : littéralement, « se présenter avec un renard sous le bras », dont le sens exact est : « venir avec l'intention de tromper quelqu'un » (allusion à la duplicité du renard).

le breuvage à sa juste valeur, passa commande ferme de deux cent trente litres de ce nectar et en remplit sa propre bordelaise, qui sonnait creux depuis plusieurs semaines déjà.

Après un repos forcé de quelques jours, comme il se doit, la mise en perce du tonneau revêtit une solennité qui n'eut d'égale que la déception de mon père et celle de ses camarades, conviés pour la circonstance. En effet, malgré les bonnes dispositions dans lesquelles ils se trouvaient à la fin de l'opération, tous les membres de cette confrérie improvisée du taste-vin furent bien obligés de convenir que, dans cette affaire, les fruits n'avaient pas tenu la promesse des fleurs.

De l'avis général, il en fut déduit que le vin de Mme Rutali, sans être imbuvable, était loin de ressembler à celui de la bonne bouteille offerte pour la dégustation. Ni la robe, ni la limpidité du liquide n'étaient à mettre en cause mais son goût laissait, comme on dit, un air de déception dans la bouche. Le vin était plutôt léger et piquait un tantinet ou, si vous voulez, comme on dit en langue corse, il était un peu « haut ».

De l'estimation faite en commun, il en fut déduit que le vin de Mme Rutali était à quatre-vingts pour cent jardin et à vingt pour cent vigne.

Haut ou bas, l'auteur de mes jours le but quand même jusqu'à la lie, mais il fit, en termes fermes mais polis, les représentations qui s'imposaient à Mme Rutali qui prétendit que le vin s'était gâté par suite de la mauvaise qualité de notre futaille, plus faite d'après elle pour contenir de la piquette que le divin breuvage de sa vigne du Curbinu.

L'estime que mon père avait toujours portée à

Mme Rutali, et sa conviction que quelqu'un d'aussi instruit ne saurait mentir, s'en trouvèrent fortement ébranlées à la mesure de la déconvenue qu'il avait éprouvée en se rendant compte qu'il avait été berné.

L'affaire en resta là malgré tout mais l'auteur de mes jours, qui était fait du même bois que la mule du pape, s'était promis, dans son for intérieur, de prendre sa revanche si l'occasion se présentait.

Et voici qu'elle se présenta de belle façon et à propos de bois justement !

Mon père qui, comme tous les cultivateurs du pays, était un peu berger, un peu jardinier, un peu laboureur, faisait de tout et notamment du bois de chauffage, dont il vendait une partie.

M. et Mme Rutali, qui avaient assez de travail avec leur vigne du Curbinu, achetaient leur bois à l'année et, au cours de celle qui suivit l'affaire du vin, ils demandèrent à mon père s'il pouvait leur fournir toute leur provision pour l'hiver à venir.

Sitôt dit sitôt fait ! Mon père se mit immédiatement en chantier, il abattit un gros olivier et offrit, à titre gracieux, la première charge de bois de son âne « Rampinu » à M. et Mme Rutali, en attendant de leur livrer le reste de la commande.

– C'est du bois d'olivier provenant d'une oliveraie exposée au levant, dit mon père. C'est le meilleur que l'on puisse trouver dans le pays, il a été coupé, comme il se doit, à la vieille lune, il brûle bien, ne fait pas de fumée et produit des braises incomparables.

Il brûla bien, en effet, celui-là ! Mais le gros de la livraison ! allez savoir pourquoi ! s'avéra défectueux. Les bûches brûlaient mal, ne tenaient pas dans la cheminée, donnaient plus de cendres que de braises et dégageaient une fumée nauséabonde qui empesta la maison des Rutali durant tout l'hiver.

Un beau jour de printemps, Mme Rutali, ayant mis son beau chapeau et ses lunettes, fit irruption dans notre modeste demeure et dit à mon père ce qu'elle pensait du bois qui lui avait été fourni.

Mon père la laissa s'épancher puis lui dit d'un ton malicieux :

– Avec tout le respect que je vous dois, madame Rutali, je crois que ce n'est pas la qualité de mon bois qui est en cause mais plutôt votre cheminée qui tire mal.

– Comment ! ma cheminée ? répliqua vertement Mme Rutali, mais elle a toujours fonctionné de façon parfaite ; elle a été construite par le meilleur des artisans du pays et jusqu'à présent je n'ai jamais eu aucun problème de tirage ni de combustion.

– Vous savez, lui dit mon père en corse, tandis qu'elle continuait à s'exprimer en français, les cheminées, c'est comme les barriques, il y a des bois et des vins qui leur conviennent et d'autres pas.

– Vous avez sans doute raison, poursuivit d'un ton pointu Mme Rutali qui avait compris l'allusion, je crois que nous ne ferons plus d'affaires ensemble.

Puis elle tourna les talons et repartit raide comme un piquet de vigne, tandis que mon père, connaissant son penchant pour les dictons, lui disait, en l'accompagnant respectueusement jusqu'au portail de notre cour : « Quand le vin est tiré il faut le boire », et « Quand on invite ses amis il ne faut pas faire cuire de la viande de chèvre avec du bois de figuier [3] ». Malgré son amour des proverbes, Mme Rutali, rouge de confusion, jugea que la conversation avait assez duré et, sans faire de plus amples commentaires, marcha d'un pas résolu vers sa maison en faisant claquer ses talons sur le pavé en pierres brutes de la principale rue du village, avec la même énergie qu'elle aurait mise pour fouler le raisin de sa vigne du Curbinu.

Si la qualité du vin de Mme Rutali ne s'améliora pas à la suite de cette aventure, celle du bois de figuier ne fit pas autrement. Sa mauvaise réputation était connue depuis la nuit des temps par ce peuple laborieux qui racontait que la croix du Christ avait été faite avec des branches de cet arbre peu recommandable.

N'étant pas assez instruit pour faire la différence entre un vin d'appellation contrôlée et un vin de jardin, mon père savait toutefois faire la distinction entre le bois d'olivier et celui de figuier, rien qu'en regardant l'écorce des bûches et en humant leur aubier.

– Dans certaines circonstances *« A pratica battè à grammatica »* (« L'expérience prend le pas sur la grammaire »), dit mon père pour mettre un point final à l'incident par un proverbe qui n'aurait pas déplu à Mme Rutali, eu égard à son ancienne activité d'enseignante.

Mme Rutali quitta cette terre quelques années après

---

3. *Lègna di figa è carnè di cabra* : expression proverbiale en langue corse (« bois de figuier et viande de chèvre »). Faire cuire une viande dure avec du mauvais bois. Au figuré, chose difficile à réaliser par suite de l'ignorance des tenants et aboutissants d'une affaire. Allusion aux difficultés qui s'ajoutent les unes aux autres lorsqu'on s'obstine dans l'erreur.

cette transaction historique. Elle repose en paix avec son époux dans un modeste tombeau qu'elle avait fait construire, selon la coutume locale, en plein champ, dans son petit vignoble aujourd'hui à l'abandon.

Si elle n'a pas changé, elle doit être en train de donner des conseils éclairés au Seigneur pour cultiver la vigne du Père éternel, tandis que les ouvriers de la dernière heure attendent sagement leur tour pour faire l'ultime vendange au cours de laquelle les récoltes et les mérites de chacun seront pesés sur la balance de la destinée humaine.

Les fumées de l'au-delà

– BONJOUR, monsieur, dit l'homme en m'abordant courtoisement, après avoir garé sa superbe voiture sur le bord de la route de Bastia.

Je me tenais, comme à l'accoutumée, assis dans l'encoignure formée par le mur de soutènement et l'angle du tombeau de la famille Randelli, bâti à flanc de coteau. En face de moi, au pied de la grande montagne bleue couronnée de blanc, de l'autre côté de la petite vallée qui me séparait de lui, à quelques centaines de mètres seulement, je voyais les humbles toits de mon village dont les tuiles romaines, patinées par les ans, tentaient timidement de se réchauffer aux pâles rayons du soleil de ce bel après-midi d'hiver.

Je fumais tranquillement ma pipe, admirant le paysage tout en regardant, sans les voir, les rares véhicules qui allaient et venaient sur la route desservant le village. La plupart des chauffeurs et des passagers, indifférents à la fuite du temps, me faisaient un petit bonjour de la main en passant mais, suivant la détestable habitude qui s'est installée dans le pays depuis l'avènement de l'automobile, personne ne s'arrêtait plus pour faire un brin de causette avec moi.

En cette période de l'année il n'y avait pas grand monde dans la région et, comme les nouveaux moyens de locomotion ne favorisent guère les contacts humains, est-ce avec plaisir que j'accueillis ce voyageur amène mais un peu étrange qui m'adressait gentiment la parole, et que je lui rendis son salut.

L'homme, âgé d'une soixantaine d'années, grand et maigre, le front dégarni et les rares cheveux en bataille, était de toute évidence étranger. Il parlait avec un accent anglo-saxon très prononcé et arborait ce teint rouge brique des anciens coloniaux de l'Empire britannique. Il était vêtu d'un costume sobre, portait de grosses lunettes de myope et fumait la pipe, dégageant autour de lui un nuage odorant de tabac blond.

– Vous êtes aussi fumeur de pipe, remarqua-t-il comme s'il était heureux de sentir une espèce de complicité s'établir entre lui et moi. Puis, après quelques considérations sur le temps qu'il faisait et sur le soleil bienfaisant de notre île bénie des dieux, il s'assit à mes côtés tout en tirant de calmes bouffées de son brûle-gueule, dont la fumée venait se mélanger avec celles de ma pipe d'Orezza [1], à tuyau recourbé que je tenais entre mes paumes par le fourneau, pour me réchauffer.

– Vous êtes amateur de tabac corse à ce que je vois, ajouta l'homme. Il est très fort, je n'y ai goûté qu'une fois et j'en ai gardé un très bon et un très mauvais souvenir à la fois, dit-il en terminant avec un sourire entendu.

Il resta quelques instants sans parler, continuant à fumer, savourant avec moi ce silence privilégié qui n'ap-

1. Orezza : Région de Corse qui fournissait des racines de bruyère de qualité servant à la fabrication de pipes réputées.

partient qu'aux fumeurs de pipe, puis, voyant que je trouvais de l'intérêt à sa compagnie, il me raconta dans quelles conditions il avait goûté au tabac local dont il convient de souligner ici l'âcre violence, sans pitié pour les fumeurs non avertis.

« Il y a quelques années, commença l'étranger avec son accent du pays des brumes, je me suis trouvé à passer en ce lieu et je me suis arrêté pour lier conversation avec un fumeur de pipe qui était assis à cette même place que vous occupez aujourd'hui. Nous avons sympathisé. C'était un homme d'un certain âge, assez corpulent, jovial et disert. Il était ancien militaire et, ayant servi " aux colonies ", il avait fumé toutes sortes de tabacs mais, c'est du moins ce qu'il m'a affirmé, il n'avait jamais trouvé, dans toutes ces mixtures, le goût du tabac corse pour lequel il avait gardé une prédilection. Il s'est alors étendu, avec un zèle de prophète, sur les vertus de cette herbe qu'il m'a proposé de goûter.

Tout en parlant, il a sorti un petit sac en peau de sa poche, en a extrait quelques feuilles d'un brun foncé tirant sur le bronze, les a hachées menu dans le creux de sa main à l'aide de petits ciseaux pointus et m'en a donné de quoi bourrer ma pipe.

Confiant dans mes capacités de fumeur invétéré, j'ai tiré d'amples bouffées de ce tabac au goût sauvage mais il semble que j'avais présumé de mes forces car au bout d'un moment la tête m'a tourné et mon estomac, contracté, s'est manifesté de la plus mauvaise façon. Je crois même que je me suis évanoui.

Quand je suis revenu à moi, mon compagnon de rencontre était en train de me prodiguer des soins énergiques, dont l'essentiel était constitué par des gifles administrées d'une main de laboureur qui laissait la trace cuisante de cinq doigts rugueux sur mon visage.

Ce traitement sommaire s'est avéré toutefois efficace car j'ai repris rapidement une grande partie de mes esprits. Cependant, comme je n'étais pas en état de conduire ma voiture, mon ami m'a fait monter sur son âne et m'a conduit jusqu'à sa petite maison. Située à peu près par là, ajouta l'homme en me montrant le bas du village de son bras tendu. Nous avons traversé la campagne par des chemins détournés pour me soustraire, je suppose, à la vue des villageois dont les regards et les propos n'auraient pas manqué d'être ironiques à mon égard, étant donné mon état. C'était, je dois le dire, la première fois de ma vie que j'enfourchais une telle monture, moi qui avais monté les plus beaux chevaux du monde. Mes pieds traînaient presque par terre et je devais avoir une drôle d'allure dans cet équipage.

Mon voyage était bouleversé par quelques brins de tabac et je dois avouer que j'en étais un peu marri. Pourtant la qualité de l'hospitalité et la chaleur de l'accueil qui me furent offertes avec beaucoup de naturel, et le piquant de cette aventure insolite dans laquelle je m'étais embarqué, me permirent de faire passer au second plan toutes sortes de considérations sur les attitudes mondaines qui avaient été jusque-là les miennes dans une société plus sophistiquée.

Je mis deux bonnes journées à me remettre. Mon ami, qui vivait seul, me soigna comme un frère. Il me fit boire de son vin rosé au goût de pierre, manger du fromage qui était presque aussi fort que son tabac et déguster de la charcuterie locale au goût incomparable. À la fin de mon séjour forcé, mais, somme toute, agréable, je repris ma route avec une certaine tristesse car, mes affaires m'appelant, je ne pouvais m'attarder plus longtemps sous ce toit bienveillant. En partant je promis à mon hôte de revenir un jour avec du tabac anglais de grande qualité pour lui permettre de faire la comparaison avec le sien.

Hélas la vie en a disposé autrement ! dit, en conclusion, l'Anglais avec une nuance de regret dans la voix, j'ai rejoint le régiment que je commandais à cette époque aux Malouines et depuis, je n'ai plus remis les pieds en Corse. J'aimerais bien savoir ce qu'il est devenu, ajouta-t-il à mi-voix, quelques instants après, en inclinant un peu la tête, comme s'il se parlait à lui-même. »

À la description faite par mon voyageur j'avais compris que le héros de cette histoire était vraisemblablement Ambruggione, aujourd'hui disparu, dont je connaissais les talents de conteur, les habitudes de vie et surtout son goût pour le tabac corse dont il ne manquait jamais de prôner les vertus à tout fumeur de pipe passant à sa portée.

Les quelques détails que l'Anglais me fournit sur ma demande confirmèrent mes déductions. Je lui fis part sans aucune réticence de l'identité de son fumeur mais c'est avec ménagement que je lui appris sa mort, survenue il y avait déjà quelques années.

Il parut sincèrement affecté et me demanda d'une voix étranglée si je connaissais l'endroit où il était enterré.

Je le conduisis dans le petit cimetière du village tout proche, où, dans les derniers rayons du soleil couchant, les humbles sépultures étaient en harmonie parfaite avec les quelques cyprès austères plantés en bordure de l'enclos. Le temps était paisible, l'air était transparent et, sous l'effet du vent léger du soir, les arbres semblaient murmurer une prière pour le repos de l'âme des habitants de ce lieu que nous appelons *U campusàntu* [2] en langue corse.

L'Anglais s'inclina avec beaucoup de dignité devant la tombe du pauvre [3] Ambruggione. Je ne sais s'il pria. Il resta quelques instants silencieux, immobile et recueilli, puis il sortit de sa poche un paquet de tabac blond, un briquet de valeur orné d'un blason, sa propre pipe encore tiède et posa le tout sur la pierre tombale où ne figurait aucune inscription.

Ensuite, sans avoir prononcé un seul mot, il sortit du cimetière en s'essuyant les yeux, me serra la main, monta dans sa belle auto, fit demi-tour sur la route et s'en alla, à allure lente, en direction de Bastia.

Juste à ce moment-là j'entendis l'angélus qui faisait monter sa voix sereine dans le calme du soir, liant, dans un tendre accord, la nature, les êtres et les choses au mystère insondable de la fuite du temps.

Je restai quelques instants songeur, puis, comme la nuit allait tomber, je repris le chemin de mon village en imprégnant ma mémoire de ce geste d'amitié aussi beau que fragile.

Au couchant, à la limite de la grande montagne que le soir incendiait, deux petits nuages s'en allaient, à allure paisible, vers l'horizon infini, pareils à des volutes de fumée, s'emmêlant jusqu'à se confondre dans l'immensité du ciel, comme un symbole de fraternité unissant la pensée des hommes de bonne volonté.

---

2. *U campusàntu* : Le cimetière. Littéralement le champ saint.
3. En Corse, on place toujours l'adjectif pauvre devant le nom ou le prénom lorsqu'on parle d'un mort.

Le trou du Diable

CETTE histoire, je l'ai entendue raconter une bonne centaine de fois durant mon enfance mais je dois avouer qu'elle ne m'a jamais laissé indifférent ! Elle revenait souvent, comme un fantôme familier, le soir à la veillée, alors que toutes les familles du quartier se tenaient autour du feu de bois qui fredonnait son antique chanson dans l'âtre noirci, ou bien l'été sur les places de notre petit village où tout le monde se réunissait après une rude journée de labeur.

Je savais bien que les faits remontaient à la nuit des temps et qu'ils avaient perdu de leur acuité au fil des ans, mais leur souvenir était resté si vivace, au sein de notre petite communauté rurale, que l'on pouvait penser qu'ils venaient de se dérouler à une époque plus récente.

Il faut dire que ces événements tragiques ont marqué nos ancêtres d'une empreinte tellement profonde que les comportements individuels et collectifs des hommes des générations qui ont suivi, fondus dans le moule unique de la Destinée, ont été affectés par ce passé lourd de conséquences dont le poids s'est toujours fait sentir sur notre façon de vivre.

C'était tantôt l'un, tantôt l'autre, de ces vieux paysans, laboureurs ou bergers, qui relatait ce qui s'était passé en ces temps reculés, et l'histoire, étoffée chaque fois de quelques traits supplémentaires, en était arrivée à former une de ces légendes fantastiques dans laquelle toutes les composantes de notre petite société se reconnaissaient et s'identifiaient dans une pensée commune.

Moi, c'est surtout la version de Natale le vieux berger que j'aimais écouter et savourer bien qu'elle me fît frissonner de peur.

Outre une excellente mémoire, Natale avait un grand talent de conteur. Sans s'en rendre compte d'ailleurs, avec un sens inné de la communication, il plaçait d'emblée son auditoire dans une espèce de rêverie et ouvrait, par la seule magie du verbe, les esprits de toute l'assistance aux choses surnaturelles les plus incroyables. Il avait cette faculté de prendre tous ces événements prodigieux, de les mettre en bouquet et de les rendre aussi concrets et aussi tangibles que s'il s'était agi de faits matériels réels. Comme ceux qui parsemaient nos existences quotidiennes confrontées aux dures réalités de cette terre aimée mais rude qui nous avait vus naître et nous faisait vivre tant bien que mal.

Il faut par conséquent rendre à César ce qui appartient à César et vous avouer que c'est réellement Natale que vous entendez, par ma bouche, vous conter cette histoire dont les péripéties ont modifié en grande partie l'aspect de cette région insulaire, jadis prospère mais réduite maintenant à un état semi-désertique que l'on appelle d'ailleurs le désert des Agriates.

À cette époque nos petites vallées, qui prennent naissance au pied d'une grande montagne et se terminent à la mer en s'évasant en petites plaines sur le littoral, étaient verdoyantes, bien cultivées, fertiles et d'un très bon rapport. Chose difficile à croire à l'heure actuelle, il n'y avait que des cultures vivrières de toutes sortes, des pâturages riches, de grands arbres vigoureux et pas de maquis. Non pas parce que les travaux d'entretien des diffférentes cultures l'empêchaient de pousser mais parce qu'on ne connaissait même pas la graine de tous ces mauvais végétaux qui depuis ont envahi et ruiné toute la Corse. Il y avait aussi, dans cette contrée riante et ensoleillée, plusieurs villages, des châteaux et même des monuments, comme le prouvent les nombreux vestiges que l'on aperçoit çà et là aujourd'hui dans la campagne déserte.

C'est un soir au coin du feu, dans ma propre maison, que j'ai entendu la version complète de cette histoire que je vous rapporte aujourd'hui avec une pensée émue et reconnaissante, et surtout un profond respect pour cet illustre aîné, grand et fidèle mainteneur de la culture et des traditions populaires, qui savait si bien nous parler de notre passé.

« En ce temps-là, comme il est écrit dans l'Évangile, commença, ce soir-là, Natale, après avoir bourré sa pipe de tabac corse et tiré quelques bouffées odorantes, vivait dans les Agriates, au lieu dit Scolca, un jeune et pauvre berger du nom de Moretti Ghiacumu. On l'avait surnommé Ghiacumu Pettirossu [1] en raison de son caractère enjoué et de sa gaieté naturelle qui le poussaient à

1. Ghiacumu : Jacques. Pettirossu : rouge-gorge.

siffloter toute la journée comme un rouge-gorge. Ce n'était pourtant pas l'état de sa fortune qui le mettait dans d'aussi bonnes dispositions car notre homme était fort pauvre. Il n'avait pour tout bien qu'une cinquantaine de brebis, habitait un humble pailler [2] et mangeait plus souvent de la polenta de farine de châtaignes que du pain blanc.

Il possédait deux ou trois petits lopins de terre, situés au plus mauvais endroit de la petite vallée, pratiquement impropres à toute culture maraîchère, en l'absence d'eau d'arrosage. Seuls quelques maigres oliviers et chênes verts, arbres sobres et peu exigeants, arrivaient à subsister sur cette terre aride et desséchée.

Vaille que vaille les produits tirés de ce sol ingrat et le lait de son petit troupeau permettaient à Ghiacumu Pettirossu de vivre pauvrement mais honnêtement. Mais les récoltes étaient maigres et, bien souvent, notre berger implorait le ciel, trop limpide à son gré, surtout quand il n'avait pas plu depuis plusieurs mois sur ses champs brûlés par le soleil.

À l'époque dont je vous parle, il était âgé d'une vingtaine d'années, en pleine santé, solidement bâti, et, ce qui ne gâtait rien, beau garçon. Il avait des traits fins, des cheveux bruns et bouclés et des yeux noirs aussi noirs et aussi profonds que le gouffre dit du “ Diable ” situé en plein cœur de la grande montagne.

Je pense, ajouta Natale en baissant un peu la voix à cet endroit du récit, que tout le monde connaît ce haut

2. Paillers : cabanes de berger, construites en pierre sèche, à l'intérieur voûté et au toit couvert de terre, dont certaines sont encore debout aujourd'hui.

lieu qui domine notre vallée avec les *stantare* [3] qui, vous le savez, ont joué un grand rôle dans cette histoire affligeante.

Mais, pour la clarté du récit, il vaut mieux à mon avis ne pas anticiper et laisser chaque chose venir sur scène au moment voulu.

Ghiacumu Pettirossu ne s'ennuyait pas entre la surveillance de son petit troupeau et la culture de ses terres. Mais la solitude lui était parfois pesante. Il rêvait d'une âme sœur qui aurait partagé ses jours et ses nuits dans la douceur d'un foyer harmonieux. Il avait bien son idée là-dessus mais la modestie de sa condition ne lui permettait pas de faire des projets plus précis pour se rapprocher de celle qui, depuis quelque temps, tenait une grande place dans son cœur.

C'est au cours d'une veillée traditionnelle que son regard s'était posé sur Mariuccia, la fille, fort jolie, d'un riche berger du pays et qu'il était tombé amoureux fou d'elle. Mais Ghiacumu avait gardé pour lui seul ce grand secret car il savait pertinemment que les parents de Mariuccia n'auraient jamais voulu d'un gendre aussi pauvre que lui.

Seuls des regards avaient été échangés mais Ghiacumu était sûr que ses sentiments étaient partagés. Mariuccia avait baissé les yeux et elle avait été visiblement troublée par cet aveu muet mais éloquent. Quoique bref, le souvenir de cet instant unique et merveilleux avait allumé un feu intense dans le cœur du jeune homme qui, à partir de ce jour-là, avait

3. *Stantare* : Statues naturelles de pierre d'origine volcanique ou travaillées par l'homme comme celles découvertes dans certains sites préhistoriques de l'île.

commencé à souffrir de cette maladie universelle que l'on appelle : l'Amour. Il continuait cependant à chanter et à siffler car il était dans sa nature d'être gai mais le cœur parfois lui manquait. Il gardait de longs moments de silence, les mains appuyées sur son bâton de berger, le regard perdu dans le vide, ne voyant même plus le magnifique paysage et la verdure argentée des champs d'oliviers dont les vagues allaient se confondre avec celles de la mer aussi bleue que les yeux de l'élue de son cœur.

Comme le héros d'une chanson populaire, Ghiacumu Pettirossu était en train de se dire que son idylle impossible était à l'image des fleurs de bruyère qui tombent sans donner de la graine, lorsque des événements extraordinaires se produisirent et jouèrent en sa faveur.

À quelque temps de là intervint, en effet, le début d'une aventure mystérieuse qui allait changer complètement le cours de son destin et, par la même occasion, bouleverser de fond en comble non seulement la vie d'un homme mais également celle de toute une région.

C'est par une longue nuit d'hiver que tout arriva !

Le temps avait été maussade toute la journée. Le *libecciu* avait soufflé en fortes rafales bruyantes depuis le matin. Sur le soir, en moins de temps qu'il n'en faut pour le dire, de sales nuées venues de la mer avaient envahi la petite vallée et l'avaient recouverte d'un linceul épais, gris et froid, rendant le paysage familier triste et lugubre.

Après avoir trait ses quelques brebis laitières, Ghiacumu Pettirossu avait regagné rapidement son pailler pour se mettre à l'abri. Juste à ce moment-là les éléments s'étaient déchaînés avec fureur, mêlant l'eau, la grêle et le vent dans une sarabande désordonnée et discordante.

La nuit était bien avancée, profonde et noire, lorsque quelqu'un appela dans la nuit avant de toquer à la porte de la pauvre masure. Ghiacumu, qui se tenait accroupi devant son feu de bois, perçut nettement, malgré le vacarme de la tempête, une voix forte et claire qui disait :

– *Ô di casa*[4] *! E un poveru pelégrinu qui cerca' alloghiu*[5].

– *Entràte*[6], dit Ghiacumu, tout heureux d'avoir de la visite, et il se leva pour accueillir la personne qui faisait appel à lui.

De toute façon il était hors de question, étant donné les traditions hospitalières, toujours respectées à cette époque dans notre île, de refuser l'entrée de sa maison à quelqu'un de passage et de ne pas le recevoir avec tous les égards dus à sa condition de *furesteru.*

Après avoir poussé la porte, qui n'était d'ailleurs pas fermée à clé, l'homme entra et, le saluant, remercia vivement Ghiacumu de l'avoir accueilli.

C'était un homme de haute taille au corps sec et noueux. Ses traits étaient assez irréguliers mais un teint

---

4. « Ô di casa » ! : interjection pour interpeller quelqu'un qui se trouve dans sa maison. Littéralement : « Ho ! de la maison. » C'est aussi un signe de politesse naturelle du visiteur qui, avant de frapper à la porte de quelqu'un, prévient d'assez loin les habitants de son arrivée pour leur éviter d'être surpris.

5. *E un povèru pelégrinu qui cerca' alloghiu* : « C'est un pauvre pèlerin qui vous demande l'hospitalité. » À noter qu'en langue corse le mot pèlerin a parfois le sens de vagabond.

6. *Entràte !* : Entrez ! On dit aussi *« In drentu »* (dedans) de façon neutre pour répondre à quelqu'un qui frappe à la porte.

clair, un visage ouvert et un regard ferme et serein à la fois lui donnaient un air de bienveillance. Il s'exprimait aisément et sans accent particulier. Des mains blanches et soignées soulignaient, par des gestes assurés, un discours mesuré, tandis que les termes employés et une voix bien posée dénotaient une très bonne éducation. Un costume de velours, un grand manteau brun, de bonne coupe, des bottes en cuir et un chapeau de feutre noir sur une belle chevelure brune achevaient de donner fière tournure au visiteur dont l'allure générale laissait percer une personnalité attachante, généreuse et communicative.

Chose curieuse, étant donné la violence des éléments, les vêtements de l'homme avaient conservé une certaine élégance. Son costume n'était même pas mouillé, ses bottes étaient restées nettes et brillantes et son chapeau avait gardé sa forme originale.

Après s'être débarrassé de son long manteau et avoir posé à ses pieds une superbe gibecière en cuir noir, l'homme s'était assis sur un banc en bois devant le feu et tout en tendant ses mains vers la flamme, il donnait quelques précisions sur les péripéties qui l'avaient conduit en ce lieu.

– Je suis en voyage d'affaires dans la région, dit-il sans plus de précision quant à la nature de ses occupations. En raison de l'orage je me suis égaré dans la campagne. J'ai marché pendant des heures, en tournant certainement en rond et je ne savais plus à qui me vouer lorsque j'ai eu la chance d'apercevoir la petite lueur de votre feu, termina-t-il d'un ton amical, en regardant son hôte avec beaucoup de reconnaissance.

Pettirossu répondit à l'inconnu qu'il était très honoré de sa visite et, selon la coutume, lui offrit une hospitalité sans limite, puis il sortit des victuailles de sa musette et offrit au voyageur de quoi se restaurer.

L'homme accepta du pain et du fromage, mangea de bon appétit, but une grande rasade d'eau au *fiascu* puis il s'allongea sur une paillasse en remerciant encore une fois Pettirossu de la qualité de l'accueil qui lui avait été fait.

– C'est tout à fait normal, je ne fais qu'obéir à la tradition et au penchant de mon cœur. *Bèn vistu et male allughiatu*[7], dit Ghiacumu Pettirossu qui tenait, pour excuser la modestie de sa demeure, à citer ce proverbe de circonstance.

– C'est le geste qui compte, dit l'homme, je ne l'oublierai pas de sitôt. Dès demain je saurai vous témoigner ma reconnaissance. Vous serez récompensé comme vous le méritez, ajouta-t-il d'un ton chaleureux avant de poser la tête sur sa superbe gibecière en cuir, placée là en guise d'oreiller, et de s'endormir presque aussitôt.

Ghiacumu Pettirossu ne prêta qu'une oreille distraite à ces propos qu'il prit pour une simple formule de politesse, il répondit évasivement à l'étranger qu'il n'avait besoin de rien, lui souhaita bonne nuit puis s'endormit à son tour du sommeil du juste.

La nuit fut paisible et aucun rêve prémonitoire ne vint annoncer à Ghiacumu Pettirossu que des événements imprévisibles, orientant son destin, allaient se produire à la suite de la visite de son étrange voyageur.

En effet, dès la pointe du jour, l'homme parla longuement avec son hôte. Mais à voix tellement basse

7. *« Bèn vistu et male allughiatu »* : « Bien vu et mal logé. » Proverbe cité pour s'excuser auprès de la personne reçue de la modestie d'une demeure.

qu'aucune oreille humaine n'aurait été capable d'entendre cette conversation. De temps en temps, on aurait pu voir Ghiacumu Pettirossu secouer la tête en signe d'assentiment ou de dénégation mais personne ne sut jamais ce que les deux hommes se dirent. Enfin, précisa Natale, je devrais dire “ presque personne ” si l'on tient compte de la suite de cette histoire. Mais, pour le commun des mortels, c'est seulement beaucoup plus tard, lorsque des événements tragiques se produisirent, que l'on finit par comprendre que quelque chose d'infiniment important s'était passé en ces lieux et cette nuit-là entre les deux hommes.

L'étranger repartit après sa conversation matinale avec le berger et la vie reprit son cours tranquille, du moins en apparence.

À partir de ce jour-là, en effet, Ghiacumu ne chanta plus et ne siffla plus guère et, si on continua à l'appeler Pettirossu, c'est parce que l'habitude était prise et non pour le distinguer de ses semblables. Il semblait être devenu subitement riche. Il agrandit son domaine et son troupeau, acheta toutes sortes de biens et se lança dans des travaux d'aménagement de grande envergure sur les terres qu'il avait achetées et celles qui lui venaient de sa famille.

Fait le plus important, il découvrit une source abondante dans le creux d'un petit vallon inculte qui lui appartenait, fit édifier, en ce lieu, une superbe fontaine et construire un grand bassin d'arrosage.

Grâce à cette eau, sa propriété devint très fertile et rapporta beaucoup d'argent. Son avenir semblant assuré, Ghiacumu Pettirossu alla demander la main de Mariuccia qui lui fut bien sûr accordée. La richesse a toujours été un argument favorable dans les tractations de ce genre et les événements ne démentirent pas, cette fois encore, cette éclatante vérité.

– L'argent lui a coupé le sifflet mais pas l'ambition, dirent certaines personnes mal intentionnées qui, pas plus que les autres, n'arrivaient à déterminer les origines de cette manne subite qui avait fait d'un miséreux un homme riche. Bien sûr il y avait la source qui avait apporté sa grande contribution à l'amélioration de la condition de Pettirossu mais cela n'expliquait pas tout et bien des points de cette affaire demeuraient obscurs.

Le ménage s'installa dans une superbe maison, que Ghiacumu Pettirossu avait fait bâtir à côté de la source, et pendant quelques années il ne se passa rien de bien notable dans le pays si ce n'est que la fortune de notre nouveau riche continua à progresser et à embellir.

Cependant l'harmonie régnait au sein du couple qui prit la décision de se donner une descendance digne de sa situation matérielle. Trois garçons vinrent au monde et Ghiacumu Pettirossu, élevé maintenant au rang de notable, était devenu un homme important, sévère, peu communicatif, cupide et dur en affaires, surveillant de près ses intérêts sans ménager les petites gens qui gravitaient dans son entourage.

Tout aurait pu continuer de la sorte et jusqu'à la fin des temps si la curiosité, qui se prétend fille de lumière, n'était venue exiger son tribut au mystère qui entourait non seulement la fortune de Ghiacumu Pettirossu mais Pettirossu lui-même qui n'avait jamais commis la moindre indiscrétion sur l'heureux sort qui lui avait permis de se tirer des griffes de la pauvreté de si belle façon.

La curiosité est un sentiment féminin on le sait ! Cette fois encore, les événements n'allaient pas démentir cet axiome. C'est Mariuccia, en effet, qui fut à l'origine des événements malheureux qui allaient frapper non seulement sa famille mais tous les habitants de la région.

Dès son mariage, Mariuccia s'était rendu compte que son mari n'était pas parfaitement heureux. Il paradait à l'extérieur pour donner aux autres l'image de quelqu'un qui a réussi mais dans l'intimité il était sombre et maussade et se murait de plus en plus dans un silence qui le coupait de ses proches. Pourtant Ghiacumu Pettirossu aimait les siens d'un amour profond et une grande passion l'attachait à sa compagne. Mais, malgré les preuves d'affection qui lui étaient témoignées journellement par sa femme et ses enfants, une sorte de malédiction semblait s'être abattue sur lui avec une telle force qu'elle l'empêchait de s'exprimer librement et de se libérer d'un grand secret dont le poids écrasait son existence comme une chape de plomb.

Lui si gai lorsqu'il était pauvre avait perdu sa joie de vivre depuis qu'il était devenu riche. Lui si pieux au temps de son enfance ne voulait plus entendre parler du Ciel et son regard semblait fouiller sans cesse les entrailles de la terre. Lui si confiant au temps de sa jeunesse vivait dans la hantise de montrer ce qu'il possédait, fermant toutes ses portes à clé et notamment une grande armoire, placée dans sa chambre, ne l'ouvrant jamais en présence d'un tiers, même quand il s'agissait de quelqu'un de sa famille.

En femme futée, Mariuccia avait vite compris que dans ce meuble banal résidait la clé du mystère qui rendait son époux si malheureux et elle s'était juré de faire un jour toute la lumière sur cette sombre affaire.

Après plusieurs tentatives infructueuses, qui n'avaient abouti à rien pendant la lune de miel et les premières années du mariage, sinon à rendre son époux encore plus méfiant, Mariuccia en femme avisée avait acquis la conviction que seule la patience pouvait avoir raison du mutisme de son mari. Elle avait par conséquent laissé passer quelques années, avait mis ses enfants au monde et tenu son rôle de maîtresse de maison de façon parfaite tout en faisant preuve d'une indifférence ostensible vis-à-vis des richesses qui l'entouraient.

C'est après la naissance de son troisième fils qu'elle décida que l'heure était venue de porter un grand coup au problème qui la tracassait.

Mariuccia connaissait bien entendu le proverbe corse qui définit si justement l'influence que peut exercer une femme sur un homme pour parvenir à ses fins : “ *Tire piu un pelu di donna às l'insù che centu paghe di boï à l'inghio.* ” Elle décida donc de mettre à profit la sagesse contenue dans cette maxime pour élaborer une stratégie typiquement féminine qui allait porter ses fruits.

Tout en ne modifiant rien dans sa conduite avec les gens du pays et en tenant son rôle de mère de famille à la perfection, elle apporta à sa mise un très grand soin qui la rendit encore plus désirable.

Elle était alors dans toute la force de sa beauté de femme épanouie, aux abords de la trentaine, et elle avait gardé la fraîcheur de sa jeunesse, ce qui lui donnait beaucoup de charme.

Sans jouer à la femme blasée elle commença à se montrer un peu distante vis-à-vis de son mari et dans les tête-à-tête prétexta que ses maternités l'avaient fatiguée au point de tempérer les élans qui la portaient vers lui dans les moments les plus intimes.

Ghiacumu Pettirossu devint presque fou. Il avait bien remarqué le changement d'attitude de sa femme, sa coquetterie et sa nouvelle façon de s'attifer. Bien qu'il ne pût rien reprocher de précis à son épouse, la jalousie commença à faire des ravages dans le fond de son cœur et à le ronger de l'intérieur. Son caractère s'assombrit, sa méfiance s'amplifia et son comportement s'en ressentit au point que l'on put craindre pour sa raison.

Mariuccia jugea que le moment de donner l'estocade était venu. Un soir, elle devint tout à coup très tendre et, après l'avoir amené là où elle voulait, elle fixa à son mari le prix de son abandon.

Alors Ghiacumu Pettirossu parla et, au fur et à mesure qu'il s'exprimait, elle voyait ses traits se détendre et sa poitrine se soulager d'un grand poids. En même temps qu'un flot de paroles, des soupirs profonds sortaient de ses lèvres et des larmes coulaient abondamment sur ses joues que Mariuccia essuyait dans un geste plein de douceur.

Il raconta la visite de l'inconnu, qui remontait à plusieurs années en arrière, le pacte qui lui avait été proposé par l'homme et qu'il avait accepté, les origines de sa fortune et le prix qu'il allait devoir payer pour conserver tous les biens qui lui avaient été donnés en échange de sa liberté.

L'homme n'avait pas dit qui il était mais, étant donné les pouvoirs dont il disposait, Ghiacumu Pettirossu s'était vite rendu compte qu'il était d'origine surnaturelle.

Après avoir demandé au jeune berger s'il voulait devenir riche en se soumettant à certaines conditions il avait formulé ses exigences de façon très précise : Ghiacumu devait se rendre d'abord dans le trou du Diable, y creuser le sol et prendre un sac de pièces d'or qui y était caché. Il découvrirait après une source dans sa propriété pour justifier en quelque sorte sa fortune subite. Ensuite il devait prendre un coffret, fermé à clé, que l'homme allait lui remettre, le placer en lieu sûr, ne jamais l'ouvrir et ne le donner à personne d'autre qu'à celui qui le lui remettait et qui pouvait revenir à n'importe quel moment. Enfin, et c'était là le plus important, il devait garder le secret absolu sur les conditions et le contenu de ce pacte et ne rien révéler à personne sous peine de malheur.

– J'ai donné mon accord sans aucune réserve, poursuivit Ghiacumu Pettirossu, d'une voix sourde, car je n'ai pu résister à l'ambition de devenir riche et puissant et surtout à mon désir de conquérir celle que j'aimais déjà de toute mon âme. Toi en l'occurrence, ajouta-t-il en regardant sa femme avec beaucoup d'amour. Le coffret est dans l'armoire que je ferme toujours à clé, je ne l'ai jamais ouvert et j'ignore ce qu'il contient. Je suis un homme perdu car je n'ai pas tenu mon serment, dit-il pour terminer, et son dernier mot s'éteignit dans un sanglot.

Alors, Mariuccia redoubla de tendresse. Elle berça Ghiacumu le fort, Ghiacumu le riche, Ghiacumu le solide, comme on berce un petit enfant au sein tout en lui murmurant des mots d'amour.

Tout homme est un enfant dans les bras d'une femme aimée, Ghiacumu s'apaisa et s'endormit d'un sommeil profond, la tête posée sur l'épaule douce de sa femme.

Dès le lever du jour, alerte et légère, Mariuccia se leva, s'empara de la clé de l'armoire de son mari et prit le coffret mystérieux.

C'était une boîte cubique, pas plus grande qu'une main, dont le couvercle était fermé à clé.

De toute évidence le coffret était en or. Bien entretenu, il brillait de mille feux dans les premiers rayons du soleil, d'un printemps radieux, qui avait envahi la pièce à travers la fenêtre ouverte.

Ne possédant pas la clé, Mariuccia fit sauter la serrure avec un stylet et constata, un peu déçue, que le coffret ne contenait que des graines de toutes sortes, comme celles que l'on plante dans son jardin au printemps. Rien d'autre ! Ni argent, ni bijoux, ni perles, ni colliers !

Mariuccia pensa, en haussant les épaules, que la cause du malheur de son mari avait une apparence bien anodine. " *Fora u dentè, fora à pena* [8], se dit-elle. Si ce n'est que ça qui tourmente tant mon époux je vais vite me débarrasser de cet objet maudit. "

Elle partit sur-le-champ, gagna un petit ravin au pied de la grande montagne et, s'avançant sur un rocher formant promontoire, elle jeta le plus loin qu'elle put le coffret et son contenu.

En rentrant à la maison elle raconta à son mari ce qu'elle avait fait et elle lui promit qu'à partir de cet instant personne ne parlerait plus du passé et de ce qui l'avait tant torturé.

Ghiacumu Pettirossu semblait soulagé de la tournure prise par les événements. Depuis qu'il avait confié son terrible secret à sa femme, il n'était plus le même. Il parlait volontiers avec tout le monde, se montrait ouvert, courtois, serviable et généreux. Il vint en aide à ceux qui étaient dans le besoin et ne manqua pas une occasion de se montrer charitable. Tout le monde était

8. « *Fora u dentè fora à pena* » : « La douleur s'en va en même temps que la dent arrachée. » Proverbe qui, pris dans un sens général, veut dire que tout effet est supprimé si l'on supprime sa cause.

frappé de ce changement et ceux qui l'avaient connu petit retrouvaient le brave garçon qu'était Ghiacumu au temps de sa jeunesse.

Lui-même semblait maintenant heureux de vivre comme tout le monde et de pouvoir regarder son prochain avec amitié et affection. Il fit restaurer à ses frais la vieille chapelle du pays et reprit le chemin de l'église, ne manquant pas un office ni une procession.

Il se surprit même à siffler comme au temps de sa jeunesse heureuse et à chanter lorsqu'il conduisait ses bêtes au pâturage de la colline, toujours aussi prospère car rien d'extraordinaire ne s'était produit depuis son terrible aveu.

Il ne se passa rien en effet pendant quelques années mais le malheur, qui se tenait tapi mais prêt comme toujours à fondre sur les braves gens, finit par se manifester. Sous une forme qui sembla tout à fait insignifiante au premier abord et qui, en tout cas, n'attira pas outre mesure l'attention des habitants de la vallée.

En effet, à l'endroit où Mariuccia avait jeté le coffret commencèrent à sortir du sol quelques plantes inconnues jusque-là. Des cistes, des genêts épineux, des lentisques, des bruyères, des arbousiers, se mêlèrent aux buissons de ronces, de clématite, de salsepareille. Toutes ces plantes, qui semblaient s'être donné le mot, poussèrent en même temps, en très grande abondance et avec une vigueur remarquable.

L'année suivante, elles proliférèrent et se répandirent dans toute la vallée et même au-delà. Elles envahirent les champs, les jardins, les vignes, les oliveraies, les pâturages, se révélant préjudiciables aux cultures de la région. Les cultivateurs et les bergers ne savaient plus où donner de la tête. Ils avaient beau couper, arracher, brûler sur place tous ces mauvais végétaux, ceux-ci repartaient de plus belle au printemps, couvrant les collines, les coteaux, les plaines et les vallons, rendant les champs difficilement cultivables et les chemins à peine praticables.

L'été, ces maudits arbrisseaux séchaient sur pied et avec l'herbe abondante qui poussait à leur abri constituaient une proie idéale pour le feu. Des incendies commencèrent à sévir et il en résulta une sécheresse accrue. De nouvelles conditions météorologiques s'établirent dans le pays et modifièrent complètement le climat jusque-là tempéré et généreux. Des arbres brûlèrent, des plantations brûlèrent, des vergers, des forêts, des taillis et des bois brûlèrent, laissant la place au maquis qui devint de plus en plus envahissant. Le vent et les orages emportèrent la terre arable dénudée, accélérant ainsi un processus de destruction irréversible.

Faute de pluie régulière des sources se tarirent. La première fut celle de Ghiacumu Pettirossu qui vit dans tous ces phénomènes le résultat direct de sa trahison. Ses champs devinrent incultes et le maquis se développa à une vitesse fantastique, couvrant tous les terrains de sa masse végétale impénétrable verdoyante l'hiver mais aussi sèche que de l'amadou l'été.

Il y avait maintenant sept ans que Ghiacumu avait dévoilé son secret. Mariuccia et lui étaient les seuls à connaître les origines du fléau qui s'était abattu sur la région. Ils se sentaient coupables d'avoir causé la ruine de cette belle contrée mais, sauf en confession, ils n'avaient jamais parlé de ce qui s'était passé à qui que ce soit. Cependant l'inconnu n'était jamais revenu pour demander des comptes et Ghiacumu se demandait parfois s'il n'avait pas fait un mauvais rêve et imaginé toute cette aventure. Pourtant les faits étaient là et la situation semblait de plus en plus désespérée.

Les enfants du couple avaient grandi et ils étaient des adolescents quand les derniers chapitres de cette histoire s'inscrivirent dans la destinée de leur famille.

Cette année-là, à la faveur de pluies abondantes au printemps, le maquis avait poussé plus vigoureusement que d'habitude. Une chaleur précoce avait, dès le mois de juin, transformé la campagne, et notamment la propriété de Ghiacumu Pettirossu, en un immense brûlot. Pour couronner le tout, le *sciloccu* venu du sud, chaud comme l'enfer, souffla violemment pendant des jours et des jours, rendant la situation de plus en plus critique dès le début de l'été.

Ghiacumu Pettirossu, sa femme et ses enfants se tenaient dans leur maison, prêts à intervenir en cas d'incendie. Mais ils ne disposaient pas de grand-chose pour combattre le feu, sans la source qui aurait pu leur fournir de l'eau pour soutenir la lutte.

Ce que tout le monde craignait arriva plus vite qu'on ne s'y attendait. Un beau matin, si l'on peut dire, le feu se déclara dans le fond de la vallée, aussi sèche qu'une botte de foin. Poussé par un vent violent il escalada les collines à une vitesse fantastique, détruisant tout sur son passage. Il arriva dans la propriété des Pettirossu et, trouvant un aliment de choix dans les broussailles abondantes, il redoubla d'ardeur. La maison fut vite environnée de flammes et détruite. La famille, c'est-à-dire le père, la mère et les trois garçons cherchèrent immédiatement leur salut dans la fuite. Tous les cinq coururent à perdre haleine en direction de la montagne. Ghiacumu Pettirossu allait en tête, disant aux autres de le suivre jusqu'au trou du Diable où ils pourraient trouver un refuge contre les flammes.

Ils arrivèrent essoufflés mais sains et saufs sur la petite plate-forme du trou du Diable qui était en fait une grotte dont le sol en pente douce à l'intérieur formait, sous le rocher qui la surplombait, une sorte de grande salle. Ils s'apprêtaient à se réfugier dans cet abri lorsque quelqu'un leur barra la route.

Malgré les nombreuses années qui s'étaient écoulées depuis leur première rencontre, Ghiacumu Pettirossu reconnut sur-le-champ son visiteur d'autrefois. Il n'avait pas changé en effet et le temps semblait n'avoir eu aucune prise sur lui.

L'homme ne souriait pas cette fois. Il regarda sévèrement Ghiacumu et lui fit remarquer d'une voix sévère :

– Tu as violé ton serment et l'heure est venue de me rendre des comptes. Je te somme de m'expliquer comment tu en es arrivé à ce point ?

– Qui es-tu pour me parler de la sorte ? répondit violemment Ghiacumu Pettirossu sans répondre directement à la question de l'inconnu.

– Je suis “ l'Esprit du Mal ”, dit l'homme en ricanant. Tu es bien naïf pour ne pas t'en être douté ! Je t'ai donné la fortune et je t'ai confié un secret mais tu n'as pas été à la hauteur de la confiance que j'avais placée en toi. Maintenant tu dois payer en me donnant ton âme mais aussi celle des membres de ta famille.

– Mais mes enfants sont innocents, répliqua avec un sanglot dans la gorge Ghiacumu Pettirossu.

– *I debiti di i babi i paganu i figlioli*[9], dit l'autre sèchement, citant un proverbe local qui laisse entendre que les enfants doivent payer pour les mauvaises actions commises par les parents. Avancez ! commanda-t-il en montrant de la main l'entrée de la grotte au petit groupe.

Dans le silence qui suivit cet ordre, on entendit le feu qui rugissait au fond du petit vallon. Le crépitement des brindilles dévorées par le feu était souligné de temps en temps par les détonations des troncs d'arbres qui éclataient sous l'effet de la chaleur et une épaisse fumée avait envahi le ciel.

Le feu approchait à l'allure d'un cheval au galop et le replat où se tenait le petit groupe n'allait pas tarder à être entouré de tous côtés par des flammes vives.

– Aucun repli n'est possible pour vous, dit l'homme en montrant le brasier ; quant à moi j'ai l'habitude ! continua-t-il en ricanant d'une façon désagréable.

Le ciel, couvert de fumées noires, était devenu maintenant aussi sombre que pendant un orage.

Ghiacumu Pettirossu semblait accablé par les événements. Il se sentait coupable d'avoir entraîné toute sa famille dans cette aventure et il aurait donné tout ce qu'il possédait au monde pour retrouver la pauvreté et la pureté de sa jeunesse. Il avait courbé la tête et on le sentait prêt à obéir aux injonctions de l'inconnu. Mais Mariuccia, qui se tenait auprès de ses enfants, n'enten-

---

9. « *I debiti di i babi i paganu i figlioli* » : « Les fils payent les dettes de leur père. » Proverbe vraisemblablement d'origine religieuse. En effet, selon le contexte dans lequel il est placé, le mot « dettes » est pris souvent dans le sens de péché en langue corse.

dait pas se soumettre sans lutter à la volonté de l'inconnu, fût-il le Diable en personne.

– Que Dieu nous vienne en aide et qu'Il conduise les innocents au Paradis, dit-elle d'une voix forte et, tout en se signant, elle tomba à genoux, en même temps que ses enfants toujours serrés contre elle.

Alors il se passa une chose étrange et prodigieuse, le feu sembla marquer une pause et un étrange calme régna pendant quelques secondes, le ciel se dégagea et un beau rayon de soleil éclaira la scène. Du fourré le plus proche sortit un homme blond, mince, jeune et beau, vêtu à la façon des bergers du pays, tenant d'une main le coffret jeté jadis par Mariuccia, et de l'autre une épée d'argent.

– Le mal a fait son œuvre et nul ne pourra jamais l'effacer, dit-il d'une voix claire. Cette terre portera les traces de la malédiction jusqu'à la fin des temps. Elle sera réduite à l'état de désert par le feu et la sécheresse. Mais le repentir et le pardon sont l'œuvre de Dieu et tu n'y peux rien. Ces âmes ne t'appartiennent pas. Arrière, Satan ! Contente-toi du mal que tu as fait et rentre dans ton enfer, ajouta le jeune homme en regardant l'autre dans le fond des yeux.

Mais le représentant de l'Esprit du Mal ne baissa point son regard et il tenta d'agripper Ghiacumu Pettirossu de ses mains velues, cherchant de toute évidence à l'attirer vers le trou du Diable.

Alors le berger blond leva son regard vers le ciel et prononça quelques mots à voix basse puis il tendit le bras droit et, du bout de son glaive, toucha un par un tous les membres de la famille Pettirossu.

L'une après l'autre, les personnes se transformèrent

en statues de pierre gigantesques sous les yeux stupéfiés du démon qui sembla tout à coup frappé de mutisme.

– Reprends ton bien, lui dit le jeune berger en lançant le coffret à ses pieds et va semer tes malheurs en enfer.

Visiblement dépité, le Diable s'en empara puis il s'engouffra dans son trou tout en hurlant des imprécations que les parois de la grotte répercutèrent pendant un moment dans un écho horrible et terrifiant.

Sans se soucier de cette réaction le berger regarda son œuvre puis s'élança dans le maquis devant les flammes qui s'écartèrent pour lui laisser le passage.

Cependant le feu, qui semblait n'attendre que ce moment pour se déchaîner, repartit de plus belle et sous l'effet d'une rafale de vent il envahit le devant de la grotte, brûlant tout sur son passage sauf la terre et les rochers.

Ces choses, dit Natale, se sont passées il y a des centaines, et peut-être même des milliers d'années, mais elles sont vraies car elles sont la mémoire de notre peuple. Si l'homme est faillible, la nature, elle, ne sait pas mentir. Regardez ! Les " stantare ", chargées de nous transmettre le souvenir de ces événements, sont toujours à la même place et elles y seront jusqu'à la fin des temps. »

Natale se tut. Il vida sa pipe en la frappant contre le talon de sa chaussure droite, se leva, nous dit adieu et, le visage assombri, prit d'un pas lent le chemin de sa maison située en dehors du village.

Je ne sais si Natale regarda vers les « stantare » ce soir-là en regagnant ses pénates et si toutes les paroles qu'il avait prononcées avaient produit quelque effet sur le reste de l'assistance mais moi, comme chaque fois que j'entendais cette histoire tragique, je tremblais de peur, redoutant de voir des faits semblables se reproduire sous mes yeux. Dans les jours qui suivirent je fis de grands détours pour passer loin des lieux où la scène finale s'était déroulée mais mon regard, attiré par une force surnaturelle, se tournait chaque fois vers les aiguilles rocheuses, en forme de pyramides, qui bordent le trou du Diable et découpent l'horizon comme des mains de pierre.

Même aujourd'hui je ne peux m'empêcher de regarder avec un certain effroi ces témoins du passé, dressés dans la montagne dénudée, pour symboliser la lutte éternelle entre le bien et le mal qui divise les hommes sur la terre.

La pierre qui parle

JE l'ai aperçu en arrivant par la route qui serpente dans le maquis, à un kilomètre environ d'un groupe de maisons. L'homme se tenait devant un beau tombeau blanc (une chapelle presque !), bâti au centre d'un petit enclos planté d'un cyprès aux quatre coins, à flanc de coteau, face au soleil levant, en plein champ suivant la coutume du pays. Il était assis sur la pierre de seuil, le dos appuyé au portail et il fumait tranquillement sa pipe tout en dessinant, du bout de son bâton en bois d'olivier, des signes cabalistiques sur le sol.

– *Salute, ô ziu. Site di qui ?* (« Bonjour, l'oncle, êtes-vous d'ici ? ») lui demandais-je, tout heureux de rencontrer quelqu'un qui pouvait me raconter cette belle région de Balagne que j'avais quittée il y avait plusieurs années, pour aller gagner mon pain quotidien, et où je revenais sur les chemins de la mémoire pour faire un pèlerinage au pays natal et reconstituer le capital précieux de mes souvenirs d'enfance.

Après avoir fait oui de la tête pour répondre à ma question, l'homme ôta la pipe de sa bouche puis il tendit le bras à l'horizontale, et le prolongeant de son bâton noueux pour guider mon regard me montra son village.

En face de nous, de l'autre côté d'une petite vallée qui nous séparait de lui, une petite cinquantaine de maisons, dont on apercevait les toits de tuiles rousses, se tenaient blotties dans un cirque rocheux, au pied d'une grande montagne d'un gris presque bleu.

– Je suis né et j'ai toujours vécu là et, à plus de quatre-vingts ans, après une vie laborieuse de berger, j'espère bien finir ici, me dit-il en me montrant cette fois le tombeau blanc contre lequel il était adossé.

Puis, comme s'il avait deviné mes pensées, il ajouta tout en se levant :

– Venez, c'est l'heure de rentrer chez moi, je le vois au soleil, je vais vous faire faire connaissance avec mon pays.

L'homme était grand et sec. Il était habillé d'un costume de velours sombre à grosses côtes, la taille ceinte d'une *fàscia* de couleur rouge, chaussé de souliers solides et coiffé d'une casquette dont la visière abritait un regard plein de sagesse et de sérénité. Tout en marchant, d'un pas encore alerte, il me raconta d'un ton passionné mais un peu teinté de nostalgie l'histoire de son humble vie qui semblait se confondre avec celle de son village.

– La région était prospère et très peuplée, au temps de ma jeunesse. Il y avait plus de vingt bergers au village, sans compter les laboureurs, les jardiniers, les commerçants et tous ceux qui, jeunes ou vieux, formaient les grandes familles de cette population laborieuse et donnaient vie à notre belle contrée. Aujourd'hui tout le monde est parti et il n'y a plus personne. Beaucoup reviennent l'été et le pays est alors envahi par des estivants disparates, mais rien n'est plus comme autrefois, dit-il en terminant sa phrase dans un soupir.

Tout en causant, nous étions arrivés aux premières

maisons. Le village était désert et silencieux en cette saison hivernale. Les maisons, aux volets clos, bâties en pierres du pays, serrées les unes contre les autres, vieilles mais bien entretenues, semblaient vides et abandonnées. La petite vallée dont on apercevait, à son point de rencontre avec la mer, les confins lointains et brumeux, paraissait aussi déserte que le reste du paysage.

La voix du vieux berger, qui continuait à m'entretenir des raisons de l'exode de ses contemporains et du sort de ceux qui avaient quitté leur pays natal pour aller vivre sous d'autres cieux réputés pour être plus cléments, était douce et chaleureuse. Elle me berçait comme une musique étrange et me ramenait bien des années en arrière. Tout en l'écoutant, je me mis à penser à ma propre existence qui se confondait avec celle de tous ces exilés qui reviennent de temps à autre sur leur terre natale pour remonter en imagination les chemins pavés de tendresse du passé et s'abreuver aux sources vives de leur enfance.

L'homme qui me parlait semblait être le seul habitant de ces lieux sans vie apparente. Sa silhouette surannée ne déparait pas le décor d'un autre âge dans lequel nous nous déplacions. Nous avions atteint le haut du village par des ruelles en pente dallées de pierres brutes assemblées cependant avec art. Le temps était froid et sec. À cet endroit le soleil n'avait pas réussi à franchir la grande montagne, mais le ciel, dont on apercevait les grandes échappées indigo par-dessus les toits, était calme et limpide.

– Ici, toutes les pierres ont une histoire et certaines même parlent, continua le vieux berger en me montrant avec son bâton, dans un geste qui lui semblait habituel, les murs vénérables des antiques demeures qui nous entouraient de leur ombre affectueuse, dans la clarté de cette belle journée d'hiver. Les histoires que racontent les pierres sont comme celles des destinées humaines, belles ou tristes. Tenez ! Si vous le voulez, je vais vous montrer une pierre qui a sa propre légende, poursuivit mon cicérone intarissable en grimpant allégrement un sentier abrupt qui prenait naissance, à la sortie du village.

En marchant encore un peu nous arrivâmes au pied d'une grande maison en ruine, isolée en pleine nature, au sommet d'une colline, au milieu de grands châtaigniers aux branches dénudées par l'hiver. De là nous dominions le village et toute une belle vallée, encaissée au piémont, mais allant en s'élargissant vers la mer.

Les vestiges de l'habitation, qui avait dû être imposante, belle et confortable au temps de sa splendeur, surprenaient à première vue, quand on la comparait aux autres maisons du village restaurées avec beaucoup de soin. Connaissant le respect porté par tous les Corses à la maison des ancêtres, j'allais émettre une critique sur ces héritiers de peu de foi qui n'avaient visiblement rien fait pour la conservation du patrimoine familial, lorsque j'entendis la voix du vieux berger qui apportait, en quelque sorte, une réponse à la question que je me posais. Il parlait, en effet, de cette maison et notamment de la pierre dont les pouvoirs maléfiques avaient bouleversé le destin de cette famille et la vie de tout le village. Je me tus et j'écoutai.

« C'est celle-là », me dit le vieil homme en tapotant, à petits coups légers, du bout de sa canne, le premier degré d'un escalier rustique, recouvert en partie par des ronces, conduisant au perron de la porte principale de la bâtisse en ruine.

C'était un gros bloc de granit gris-bleu, taillé en forme de marche, à moitié enfoui dans le sol, dont le plan horizontal, gravé au ciseau, comportait une inscription en langue corse que je ne pus déchiffrer sur l'instant.

Sans paraître redouter aucunement les sortilèges de la marche gravée, le vieux berger y posa son séant et il me raconta cette histoire tragique avec tellement de sincérité et de talent qu'il parvint à me convaincre de l'authenticité de faits prodigieux remontant de toute évidence à des siècles en arrière.

Je ne fais, pour ma part, que transcrire ce récit en essayant de ne pas trahir la pensée du conteur. Alors ! asseyez-vous avec moi sur la pierre magique et écoutez ! C'est un vieux berger de mon pays qui vous parle :

« À cette époque le village de Felicetu n'existait pas, tout au moins dans sa forme et à son emplacement actuels. Pour lutter contre les Sarrasins qui débarquaient, à tout moment, dans le pays pour enlever des jeunes filles destinées à peupler leurs harems et des hommes pour les réduire en esclavage, les habitants de notre petite vallée avaient construit, au sommet d'un pic rocheux, leurs maisons entourées de remparts infranchissables, en ce lieu que nous appelons encore " U Capu di i Mori ", ce qui veut dire le Pic ou la Tête des Maures.

Pendant les quelques années qui suivirent cette période trouble, chose assez rare pour être signalée, la Corse traversa une période de calme et de paix. Les barbaresques, chassés par des corsaires d'une puissance amie de notre île, ne vinrent plus importuner les insulaires. Ceux-ci profitèrent de l'aubaine pour quitter leur nid d'aigle et vinrent s'installer à l'ombre tutélaire de la montagne bleue, dans un endroit plus propice au développement de la vie en société. C'est ainsi que fut fondé le village de Félicetu tel que nous le connaissons aujourd'hui.

Chaque chef de famille, suivant ses moyens, ses forces et sa compétence se fit bâtir une maison à sa convenance et tous les habitants se mirent à vivre tranquillement du produit des troupeaux de brebis et de chèvres et du travail de la terre.

Le pic des Maures fut donc abandonné par tout le monde à l'exception d'une petite masure occupée par le jeune Ors'Antone Gambini, berger de son état qui, ne possédant pour tout bien qu'un petit troupeau de chèvres, n'était pas assez riche pour se faire construire une autre maison.

Ors'Antone resta donc tout seul sur son rocher. Au début de son exil volontaire il ne venait que rarement au nouveau village mais par la suite ses visites se firent plus rapprochées car il était tombé amoureux fou de Risavetta Nicoli, fille des plus riches propriétaires terriens du pays.

Pour la majeure partie des habitants de Felicetu, il ne pouvait s'agir que d'un amour désespéré. Tout le monde savait bien, en effet, que les parents de Risavetta n'auraient jamais accordé la main de leur fille à ce gueux d'Ors'Antone qui tirait le Diable par la queue et parvenait tout juste à subsister avec ses quelques bêtes à cornes.

Indifférent aux soucis des hommes, le temps suivait son cours dans notre belle vallée et les jours, bons ou mauvais, se succédaient les uns aux autres pour les riches comme pour les pauvres. Ors'Antone recevait peu de visites dans son fief où il vivait la plupart du temps comme un ermite. Cependant les quelques bergers qui allaient faire paître leurs troupeaux dans les environs de l'ancien village fortifié racontaient que le jeune homme avait entrepris des fouilles dans toutes les maisons abandonnées qui tombaient en ruine. On avait aussi remarqué qu'il s'était pris de passion pour la chose écrite et qu'il se promenait constamment avec des ouvrages mystérieux, découverts au hasard de ses fouilles, passant des heures, plongé dans les livres, même quand il gardait son troupeau en pleine nature.

Pendant des mois et des mois, systématiquement, Ors'Antone fouilla, bêcha, piocha, remua des tonnes de pierres sans aucune raison apparente et son goût pour la lecture ne faiblit point. À tel point que ceux qui le regardaient faire, jugeant ces occupations peu compatibles avec la vie d'un travailleur de la terre, commencèrent à répandre la rumeur qu'il était devenu un peu bizarre et qu'il avait l'esprit dérangé par les livres.

Pourtant, quelques mois plus tard, ceux-là comme les autres furent bien obligés de changer totalement d'opinion car, au moment où on s'y attendait le moins, la situation d'Ors'Antone évolua et, sans que personne puisse expliquer ce revirement de fortune, il devint subitement riche.

Il commença par acheter des terrains, se fit construire la plus belle maison du pays et se maria avec Risavetta qui lui donna trois beaux garçons et une fille. Rien dans son comportement n'avait changé si ce n'est qu'il avait arrêté ses fouilles et qu'il avait abandonné sa masure pour venir habiter sa belle maison dans le nouveau village. La seule chose qu'il avait ramenée, presque en cachette, du pic des Maures, non sans peine d'ailleurs, c'était un gros bloc de granit gravé, qu'il avait enterré à demi dans le sol et placé comme première marche de l'escalier extérieur de sa maison. Pendant plusieurs nuits il avait traîné cette grosse pierre attelée à un équipage de mulets robustes, la cachant dans la journée pour que personne ne puisse la voir, jusqu'au moment où elle avait été fixée dans la position et l'emplacement qu'elle a toujours occupés depuis.

Il va sans dire que la fortune subite de Ors'Antone ne manqua pas de faire jaser la population locale et de susciter la jalousie de ceux qui n'avaient pas réussi, comme lui, à se sortir de la gêne. Les commentaires allèrent bon train, les mauvaises langues s'affûtèrent à la mesure de l'événement, et elles ne chômèrent guère pendant les quelques années qui suivirent la réussite de l'ancien chevrier. Certaines personnes, plutôt malintentionnées, laissaient même entendre qu'il avait sans doute dévalisé un riche voyageur et d'autres, tout aussi malveillantes, qu'il avait certainement découvert des choses de valeur en fouillant les ruines du pic des Maures.

Mais rien de précis ne pouvait être reproché à l'ancien berger qui menait une existence régulière au sein de sa famille et un train de vie conforme à sa nouvelle situation de notable. Son comportement était peu différent de celui des autres membres de la communauté agricole à laquelle il appartenait. La seule chose que son entourage avait remarquée, c'est qu'il s'absentait de temps en temps pour revenir au Capu di i Mori et que ces visites, à l'ancien village fortifié, étaient suivies chaque fois de voyages à Bastia ou à Ajaccio ; villes dans lesquelles il passait quelques jours avant de revenir reprendre ses occupations coutumières au village.

La vie aurait pu continuer son cours tranquille de

cette belle façon, si les Sarrasins n'avaient repris leurs activités néfastes. Depuis quelque temps en effet l'insécurité s'était à nouveau installée dans le pays. La puissance qui protégeait la Corse à cette époque, s'étant engagée dans une guerre à ses frontières septentrionales, avait d'autres chats à fouetter qu'à surveiller les rivages de la Méditerranée. Les barbaresques mirent à profit la situation pour se lancer dans de nouvelles razzias, semant la terreur jusque dans les plus petits hameaux des régions côtières de l'Île de Beauté.

Fort heureusement, les habitants de Felicetu furent avertis des incursions de leurs ennemis héréditaires en temps opportun et ils purent se mettre à l'abri des vandales en se réfugiant sur les hauteurs de la grande montagne où ils organisèrent leur défense.

Tout le monde par conséquent quitta sa maison pour des lieux plus sûrs à l'exception de Ors'Antone qui, jouant encore une fois les originaux, alla, avec toute sa famille, s'installer dans les ruines du Capu di i Mori. Personne ne put lui faire entendre raison. Ni les conseils des uns ni les objurgations des autres n'eurent d'effet sur sa décision. Ors'Antone persista dans son idée et tenta, mais en vain, d'entraîner certains familiers à le suivre pour tenir le siège du village en ruines qui n'offrait pourtant plus les conditions d'autrefois pour repousser des agresseurs.

À peine débarqués, les Sarrasins, d'autant plus motivés qu'ils avaient une revanche à prendre sur ce village qui leur avait toujours résisté dans le passé et causé des pertes chaque fois qu'ils l'avaient attaqué, investirent U Capu di i Mori et se lancèrent dans une offensive sans pitié.

Ce qui devait arriver arriva bien sûr. Après un assaut

en règle les barbaresques firent tomber l'ancienne fortification. Malgré sa lutte héroïque, la famille d'Ors'Antone fut amenée à capituler. La mère fut tuée d'un coup de mousquet, ses trois garçons et sa fille furent faits prisonniers et emmenés en captivité par les assaillants qui déguerpirent avant l'arrivée de la contre-attaque lancée par les habitants de la région. Quant à Ors'Antone, il fut découvert, grièvement blessé d'un coup de cimeterre à l'abdomen, caché dans un épais fourré, non loin des lieux du combat.

Il tenait, serré entre ses mains nouées par les affres de la mort, un ciboire en or et un ostensoir en argent. Il parlait avec difficulté mais il eut la force, avant de mourir, de raconter l'histoire de la pierre qui parle.

C'est lorsqu'il vivait tout seul au Capu di i Mori que tout était arrivé. Pensant que les vieilles maisons abandonnées pouvaient cacher des mystères, il s'était lancé dans une fouille approfondie des lieux et il avait fini par découvrir, à hauteur du seuil d'une vieille chapelle, enfouie profondément dans le sol, une pierre qui portait quelques mots gravés au burin sur sa face supérieure. Mais Ors'Antone ne savait pas lire et il ne voulait parler de sa découverte à personne. C'est pour cette raison qu'il s'était plongé dans de vieux grimoires, découverts au hasard de ses fouilles, et, à force de volonté, était parvenu à en déchiffrer le texte écrit en langue corse. Fort de ses nouvelles connaissances, avec beaucoup de difficultés néanmoins, il avait réussi à lire l'inscription suivante, gravée à froid dans la pierre : TORNA-MI CHI VEDRAÏ ! (“ Retourne-moi et tu verras ! ”). Intrigué par cette invite sibylline, Ors'Antone n'avait eu de cesse avant que ce mystère soit percé à jour. Toujours seul il avait déployé des efforts surhumains, s'y reprenant à plusieurs fois, creusant une sape sous le gros bloc de granit qui finit par se retourner sous son propre poids, montrant ainsi sa face cachée où se trouvait gravée la réponse tant attendue.

Frappé de stupeur, Ors'Antone ne pouvait détacher ses yeux de l'inscription qui dissipait toutes les illusions qu'il avait pu se faire jusque-là.

E AVA CHI M'AÏ TORNADU CHI N'E AÏ ? “ Et maintenant que tu m'as retournée qu'as-tu de plus ? ” disait la pierre et de cette vérité, cruelle et lapidaire, se dégageait une morale, sans équivoque pour un homme averti comme Ors'Antone. Notre chercheur était loin, cependant, de s'attendre à ce piètre résultat. Il médita avec soin cette dure leçon qui mettait en exergue l'inanité d'un acte guidé, comme le sien, par une curiosité malsaine et des sentiments de cupidité, mais, non sans quelque raison, il s'estima blessé dans son orgueil, injustement lésé dans ses espoirs et bien mal récompensé de sa persévérance.

L'âme en peine, Ors'Antone erra pendant plusieurs jours dans le village en ruine et, plus d'une fois, ne sachant à qui s'en prendre, il leva un poing vengeur vers le ciel. Mais celui-ci, imperturbable et de plus en plus bleu, garda un silence réprobateur et méprisant dans la splendeur incomparable des beaux jours d'été.

Pourtant, malgré son échec, Ors'Antone, qui était de caractère volontaire, n'était pas loin de penser qu'il n'avait pas épuisé toutes les promesses de la pierre gravée. En fait, se disait-il tout en gardant son troupeau, je n'ai vu que trois faces du rocher et la solution se trouve peut-être sur la face invisible. Il se remit alors à l'ouvrage et pendant plusieurs jours batailla pour atteindre le but désiré. Son obstination fut enfin récompensée même si de prime abord les choses ne lui semblèrent pas plus claires qu'au début de ses travaux.

Sur la quatrième face du bloc de pierre, maintenant dévoilée, une espèce de quadrilatère était dessinée au ciseau, représentant vaguement le plan d'un édifice de forme polygonale, coupé de diagonales et de lignes qui toutes se rejoignaient en un point donné. Ce n'est qu'après avoir bien nettoyé la face polie de la pierre qu'Ors'Antone comprit que le dessin qu'il avait sous les yeux représentait, en réalité, le plan de la chapelle dans laquelle il se trouvait. Il en déduisit, par conséquent, que l'endroit indiqué par la jonction de toutes les lignes avait une signification.

Le lendemain il se mit au travail de très bonne heure et, au prix de grands efforts, souleva une dalle de la chapelle qui sonnait creux à un endroit précis du chœur. Il découvrit une trappe et vit un escalier dérobé qui conduisait dans une crypte située sous l'autel.

La nuit la plus noire régnait en ces lieux et tout d'abord Ors'Antone ne vit rien. Impressionné par le mystère qui se dégageait de cette espèce de catacombe, puis envahi par une sorte de crainte religieuse, en raison du caractère sacré des lieux qu'il avait violés, il prit d'abord la fuite et courut jusqu'à sa maison. Mais, après un long moment de réflexion, au cours duquel il arriva à se persuader qu'il n'avait rien fait de mal, il se munit d'une torche en bois résineux et, prenant son courage à deux mains, descendit dans le souterrain. Ce qu'il vit alors lui coupa le souffle mais aussi le récompensa de tous ses efforts au point de lui faire oublier sa peur et ses fatigues.

Dans de grands tabernacles vitrés, creusés dans l'épaisseur des murs de la crypte, un véritable trésor était entreposé. En grand nombre, des ciboires, des calices, des patènes, des burettes, des reliquaires, des ostensoirs, des croix pastorales, des chandeliers, des goupillons, des encensoirs en or et en argent, incrustés de diamants et de pierres précieuses, étaient soigneusement rangés sur des tablettes de marbre. Protégés des atteintes du temps par la sécheresse de l'air qui régnait en ces lieux, les objets du culte étaient en parfait état de conservation et ils brillaient encore de tous leurs feux. Contre le mur, une inscription gravée au burin, sur une grande plaque de granit, indiquait qu'ils avaient été cachés à cet endroit en l'an 15.., par tous les desservants de paroisses et les supérieurs des monastères de la Sainte-Balagne pour leur éviter de tomber entre les mains impies des Sarrasins qui avaient envahi le pays, pillé les églises et les couvents et massacré presque tous leurs occupants.

Ors'Antone Gambini, pauvre berger de son état, resta sans voix devant l'étalement de toutes ces richesses. Il recouvrit la trappe de sa dalle, enterra la pierre magique, garda le silence sur sa découverte et s'accorda quelques jours de réflexion. Il ne savait que faire en effet. Bien sûr une petite voix intérieure lui susurrait d'aller tout raconter au curé de Felicetu et de libérer, de cette façon, sa conscience et son cœur mais une autre voix, un peu plus forte, lui murmurait, sur un ton convaincant, qu'en agissant ainsi il perdrait le bénéfice de son travail et resterait pauvre à jamais.

Le débat interne ne fut pas long. Ors'Antone était honnête mais jusqu'à un certain point. Comme tout le monde en somme ! Ni plus, ni moins ! Et puis il y avait Risavetta ! Notre jeune homme savait bien qu'elle ne serait jamais à lui s'il n'arrivait pas à se sortir de sa condition misérable. De toute façon, se dit-il in petto, ces objets précieux n'appartiennent pas à quelqu'un en propre et nul ne connaît leur existence. Je ne lèse pas mon prochain en me les attribuant et si quelqu'un doit profiter de ce don du ciel autant que ce soit celui qui a fait tout le travail. Moi en l'occurrence ! ajouta-t-il en se parlant à lui-même. Il cacha par conséquent à tout le monde l'existence du trésor et à la première occasion se rendit à Bastia où, dans une officine un peu louche, il en monnaya une infime partie, prélevée sur ce qu'il considérait maintenant comme son bien exclusif.

Avec cet argent il acheta des terrains, se fit bâtir la superbe maison dont je vous ai parlé, fonda sa famille et fit profiter les siens de sa grande fortune.

Toutefois, comme il se sentait un peu coupable d'avoir détourné des objets sacrés de leur destination, il n'avoua jamais à personne, même pas à sa femme, de quelle façon il s'était enrichi. Par respect des traditions locales, il laissa son trésor dans la crypte. Il n'ignorait pas en effet que rien de ce qui touche au culte ne doit être introduit, sous peine de malheur, dans une maison d'habitation par une main non consacrée. Il allait seulement de temps en temps prélever une pièce ou deux de son trésor et partait les vendre à Bastia ou à Ajaccio, pour se procurer de l'argent liquide. D'après ses calculs il n'aurait pas épuisé son capital à la fin de sa vie et, comme il était encore en pleine condition physique, il se disait qu'il serait toujours temps d'aviser sur la façon dont il transmettrait son secret à ses descendants.

Sur ces entrefaites la rumeur d'une attaque imminente des barbaresques s'était répandue dans toute la Balagne et Ors'Antone était allé tenir le siège du Capu di i Mori, dans les conditions que l'on sait, pour protéger son trésor.

Mais comme une malédiction, ses actes passés l'avaient suivi et le malheur l'avait rattrapé en détruisant sa famille innocente sur les lieux mêmes où il avait commis son grand péché.

Placé sur un brancard rudimentaire, Ors'Antone fut ramené chez lui en même temps que le corps de son épouse. Le curé de notre village l'entendit en confession, lui donna l'absolution et lui offrit le pardon de l'Église, avant qu'il rende son âme à Dieu. Ils furent enterrés tous deux dans le tombeau familial en présence de toute la population.

Après leur disparition plus personne n'occupa la maison qui acquit la réputation de porter malheur et tomba rapidement en ruine.

Les objets sacrés qui restaient dans la crypte furent confiés aux autorités religieuses qui les répartirent dans les églises et monastères de la Balagne, où certains sont encore visibles à l'heure actuelle.

Le village fortifié fut abandonné à son sort et il ne reste aujourd'hui que quelques vestiges insignifiants.

D'après la légende, la fille de Ors'Antone, prénommée Davia, devint la favorite d'un sultan du Maghreb et ses frères furent élevés au rang de dignitaires de sa cour. »

Après un long moment de silence, le vieux berger me regarda dans les yeux et levant son bâton, dans un geste qui commençait à me devenir familier, il me montra une grande colline escarpée dont la pointe était formée de parois rocheuses abruptes.

– C'est là, me dit-il, que l'essentiel de cette histoire tragique s'est déroulé. Il ne reste pas grand-chose aujourd'hui du village fortifié mais, si vous le désirez, nous irons visiter les lieux demain matin.

Il m'offrit l'hospitalité chez lui selon la coutume du pays. Son épouse, dont on pouvait lire la bonté dans les rides dont son visage était parcheminé, me reçut comme un hôte de marque. Elle aussi me parla du passé. Elle me dit qu'ils n'étaient plus que quatre vieux couples comme le sien à vivre dans ce beau village autrefois plein de vie. Elle ne regrettait cependant rien et espérait, comme son époux, finir son existence dans cet endroit qui l'avait vue naître et où elle avait connu le bonheur d'élever ses enfants, aujourd'hui dispersés par l'exode.

Le lendemain, nous partîmes de bonne heure, mon guide et moi. L'ascension de la colline ne fut pas facile car les sentiers envahis par les ronces et le maquis n'étaient guère praticables. Fort heureusement le vieux berger connaissait parfaitement le chemin et son pas était assuré. Après un déjeuner frugal pris dans la nature, à côté d'une source fraîche et limpide, nous arrivâmes au Capu di i Mori. Il ne restait pas grand-chose en effet de sa splendeur passée. J'ai vu beaucoup de pierres, entassées les unes sur les autres, à l'endroit où étaient édifiés autrefois les remparts, la chapelle et les maisons. Tout au sommet les traces d'une antique citerne subsistaient. Quelques fragments de rocher, taillés en forme de linteaux, de pierres angulaires ou de marches d'escalier étaient visibles mais je ne découvris aucune inscription sur ces blocs que les mains de nos ancêtres avaient façonnés pour défendre leur vie et leur foi.

Le chant du tamis

La pauvreté de la famille de Zighinu était presque légendaire dans le pays. Notre homme s'appelait en réalité Dumenicu Orsini, mais on l'avait affublé de ce surnom imagé (qui veut dire cabri en langue corse), parce qu'il était justement svelte et maigre comme un cabri de montagne. Le père, la mère, que l'on appelait Zighinella (chevrette) par dérision, et leurs cinq enfants habitaient un vieux moulin à blé en partie désaffecté au lieu dit Furcone [1], dans la piève de Mondoloni-en-Balagne, non loin du désert des Agriates. Tous les membres de cette famille avaient d'ailleurs le ventre plat et la taille légère et ils portaient bien le nom de Zighinelli [2] qu'on leur donnait de façon collective selon la coutume du pays.

La contrée avait été prospère dans le passé mais les

1. *Furcone* : grande fourche.

2. *Zighinu* : cabri ; *zighinella* : chevrette ; *zighinelli* : cabris au pluriel. La faculté de changer la signification d'un mot avec soit un augmentatif, un diminutif, un masculin ou un féminin, un pluriel ou un singulier, un suffixe péjoratif, admiratif, ou autre, est infinie en langue corse.

incendies répétés, dus à l'incurie coupable des hommes, avaient détruit les forêts et les bois de la montagne, modifié le climat de la vallée et rendu stériles les riches terres à blé d'autrefois. Le ruisseau qui faisait tourner jadis, toute la journée, la roue à aubes sous une cascade d'argent, tout en chantant une chanson joyeuse, rythmée par le tic-tac du moulin, s'était tu, vaincu par la sécheresse. Le tapis de mousse et les jolis galets bleus et gris qui tapissaient autrefois le bief, recouverts par une épaisse couche de poussière grisâtre, dormaient, maintenant, accablés par la chaleur, sous des buissons de ronces aux mains griffues.

Finies les longues files d'ânes chargés de sacs de blé qui attendaient paisiblement devant la porte du moulin d'être délivrés de leur fardeau. Finie la bonne odeur de farine qui imprégnait jadis les vieilles pierres des murs de la grande bâtisse et les planches mal équarries du grenier où étaient entassées, dans les jours fastes, de grandes quantités de grains dorés, mûris par le soleil généreux des coteaux environnants. Maintenant une odeur rance et un peu âcre flottait dans la grande salle où les énormes meules de pierre avaient cessé leur ronde monotone. Les araignées, attendant leur proie tapies dans l'ombre, avaient tissé d'immenses toiles grises et poussiéreuses sur les antiques rouages en bois, désormais immobiles et silencieux comme des squelettes géants.

Pendant des siècles, le produit du moulin avait fait vivre, dans l'aisance, les ancêtres de Zighinu et nourri beaucoup de familles de cette contrée bénie des Dieux. Pendant des décennies, le chant du moulin avait bercé des générations de moissonneurs et pendant des jours et des jours des fontaines de farine parfumée avaient coulé dans la grande cuve en pierre destinée à cette fin, pour la plus grande joie de tous les habitants de la région. Depuis les grands sinistres, le malheur s'était abattu sur le pays et Zighinellu, le dernier propriétaire du moulin de « Furcone », tirait, comme tant d'autres, le Diable par la queue.

Pour subsister, Zighinu, qui était passionné de musique, jouait de l'accordéon à l'occasion des fêtes et des mariages célébrés dans la région, mais les maigres subsides qu'il tirait de cette occupation mineure n'arrivaient pas toujours à assurer le pain quotidien de sa famille.

Les enfants du couple, trois garçons et deux filles, noirs comme des grillons, maigres comme des lézards, ne mangeaient pas tous les jours à leur faim. Ils couchaient tous ensemble dans l'ancienne cuve à farine, remplie de paille, et ils se nourrissaient la plupart du temps de *pulenta* [3], de farine de châtaignes, qui était à cette époque le plat des pauvres de notre île. Toutefois, grâce à l'amour et aux sacrifices de leurs parents qui se privaient de tout pour eux, ils étaient assez bien habillés, ne sortaient jamais nu-pieds et allaient tous les jours à l'école située à une heure de marche du moulin. Quant à Zighinu et Zighinella, ils n'avaient qu'une paire de chaussures pour deux, ce qui ne manquait pas de poser des problèmes au couple. D'une part parce que le mari et la femme n'avaient pas la même pointure et d'autre part parce qu'ils ne pouvaient jamais sortir ensemble.

---

3. *Pulenta* : en français polenta. Préparation culinaire de farine de châtaignes que l'on coupait en tranches à l'aide d'un fil et qui se mangeait telle quelle ou avec d'autres mets comme les ragoûts, la charcuterie, les œufs, etc. Elle remplaçait en quelque sorte le pain pour les populations les plus pauvres de l'île.

Cependant, malgré leur extrême dénuement, Zighinu et Zighinella étaient d'un caractère fier et digne. Pour rien au monde ils ne se seraient abaissés à avouer leur gêne, à quémander un secours quelconque, ou à tendre la main pour demander l'aumône. Ils cachaient leur misère comme s'il s'était agi d'une grande faute et cherchaient même à donner aux autres l'image d'une famille vivant dans l'opulence. Ainsi Zighinella ne passait jamais un samedi sans allumer son four, disant à qui voulait l'entendre qu'elle faisait cuire son pain de la semaine [4]. Quand elle revenait du jardin elle ployait sous le poids des paniers de légumes imaginaires, alors qu'ils étaient seulement remplis d'herbe et recouverts de feuilles de vigne [5]. Son mari et elle ne cessaient d'inventer des stratagèmes pour faire croire qu'ils ne manquaient de rien et ils avaient dressé leurs enfants à ne jamais faire état de leur indigence devant des tiers et à ne pas dire au-dehors ce qui se mangeait à la maison.

Au village ceux qui avaient la panse pleine et la mine

---

4. Dans les villages où n'existait aucune boulangerie le samedi était « le jour du pain ». Chaque famille importante disposant d'un four l'allumait et cuisait sa fournée ce jour-là. De nombreux proverbes viennent attester cette coutume et l'un d'eux dit plus précisément : *« Corciu a chi ùn scalda fornu u sabbatu »,* « Bien malheureux est celui qui ne peut chauffer son four le samedi » (sous-entendu : « qui n'a pas les moyens de faire son pain »).

5. Il était d'usage lorsqu'on revenait de son jardin de recouvrir les paniers pleins de fruits ou de légumes de feuilles de vigne. Cette façon de procéder, qui pouvait apparaître à quelqu'un de non averti comme une forme de dissimulation, était au contraire une façon polie de dire aux personnes croisées en chemin qu'on ne pouvait partager avec elles quelque chose que l'on estimait être de première nécessité pour sa propre famille.

réjouie n'étaient pas dupes, et sans intention réellement méchante, mais pour céder à la curiosité, ils ne manquaient pas une occasion de faire parler les enfants pour savoir ce qu'ils avaient eu au menu du jour.

« Qu'as-tu mangé ce matin ? » demandait tous les matins l'instituteur à Savériu, l'aîné de la famille qui, sans malice, lui répondait invariablement : « De la *pulenta*, monsieur. »

– Dis-lui que tu as bu du café au lait, lui dit sa mère, mise au courant de l'interrogatoire quotidien.

– Qu'as-tu mangé ce matin ? dit le lendemain l'instituteur.

– Du café au lait, monsieur, répondit sans aucune hésitation Savériu qui avait retenu la leçon de sa mère.

– Combien ? poursuivit malicieusement l'enseignant.

– Trois tranches, monsieur.

Comme on le voit, il n'est pas difficile de faire dire la vérité à un enfant innocent pour se moquer de lui. Et pourtant Savériu était le plus intelligent des cinq Zighinelli, mais il faut reconnaître qu'il était peu doué pour le mensonge.

En grandissant, le garçon, qui allait sur ses douze ans, commençait à se rendre compte de la situation précaire de sa famille et ressentait la honte et le poids de cette pauvreté comme s'il en avait été lui-même responsable. Il savait cependant que ses parents faisaient tout ce qu'ils pouvaient pour les élever, lui et ses frères et sœurs, dans l'honneur et la dignité et il avait pour eux beaucoup d'amour, d'affection et de respect.

Les temps étaient durs à cette époque et, comme toujours en pareil cas, la misère frappait impitoyablement beaucoup de monde et en particulier les gens du moulin, surtout l'hiver, saison peu propice aux fêtes et aux mariages et par voie de conséquence aux airs d'accordéon.

« La musique, symbole de gaieté, n'est pas un art qui a tendance à s'épanouir dans l'adversité », disait Zighinu qui, à travers ses propres vicissitudes, savait qu'il était autant victime de la sécheresse des sols de son île que de celle du cœur de certains de ses compatriotes.

Il ne perdait cependant jamais le moral et gardait cette source de joie qui faisait jaillir de son accordéon des perles de cristal et des éclats de rire qui tant bien que mal remplaçaient bien souvent le repas de ses enfants affamés.

Un soir de plein hiver, alors que le vent froid soufflait lugubrement dans les branches dénudées des arbres incendiés de la petite vallée, alors que Zighinella regardait tristement le pétrin familial béant et la marmite vide, Zighinu s'était mis à jouer une berceuse pour essayer d'endormir les enfants dont l'estomac criait famine.

Il n'avait pas plu depuis des mois et des mois et la route poussiéreuse qui passait devant le moulin traçait une ligne claire dans le maquis, sous un ciel de plomb. Depuis des semaines Zighinu n'avait pas été appelé à exercer son art à l'extérieur et le gousset familial était aussi vide qu'un accordéon replié. C'est pour cette raison que le repas du soir avait été remplacé par un air de musique dont l'effet tardait cependant à se faire sentir notamment sur Savériu qui, les yeux grands ouverts dans le noir, dit à l'accordéoniste :

– Père, ta musique est bien jolie mais pour ma part je préférerais entendre le chant du tamis dans le pétrin lorsque maman fait le pain.

Malgré tout, Savériu finit par s'endormir dans sa cuve remplie de paille et par tomber dans des rêves plus beaux les uns que les autres. Son sommeil était peuplé de fumets de cabris en sauce, du parfum des gâteaux au fromage corse cuisant dans le four et de l'arôme du café au lait chauffant sur le feu. Ses oreilles frémissaient sous les bruits des casseroles qu'on remue pour préparer le repas et des assiettes qu'on pose sur la table rustique de la salle commune. Ses yeux clignaient sous les éclats du feu de la cheminée où un *figatellu* [6] odorant rôtissait au bout d'une broche que sa mère tenait à bout de bras. En éclatant sous l'effet de la chaleur, cette délicate charcuterie laissait s'échapper de sa peau dorée un filet de jus onctueux que sa mère s'empressait de recueillir sur des tranches de pain frais en les pressant l'une contre l'autre pour les imbiber du jus de la viande grillée à souhait.

Savériu ouvrit un œil, puis l'autre. À la clarté qui avait envahi la grande salle des meules, où il se trouvait, il comprit qu'il avait neigé. Devant la cheminée se tenaient, non pas sa mère comme dans son rêve, mais son père et un autre homme. Tous deux lui tournaient le dos et parlaient à voix basse. Tout en se chauffant, son père faisait griller du *figatellu* dont la bonne odeur se répandait dans la pièce comme un nuage de joie. Savériu prêta l'oreille avec attention et il entendit le chant du tamis. Il écarquilla les yeux et il vit sa mère, petite et vêtue de noir, les cheveux serrés dans un fichu, qui tamisait de la farine dans la maie familiale. Dans l'âtre, accrochée à la crémaillère, la marmite en terre au ventre rebondi, noire de suie comme à son habitude,

---

6. *Figatellu* : saucisse à base de foie, au pluriel *figatelli*.

ronronnait doucement, laissant s'échapper de son couvercle des petits jets de vapeur et une bonne odeur de soupe aux haricots tandis qu'un fait-tout pansu en fonte, aussi noir que la marmite, posé sur un trépied, diffusait le doux arôme d'un ragoût de cabri aux pommes de terre.

Tout cela semblait tenir du prodige. Savériu se disait qu'il était encore en train de rêver mais un grand coup de coude de son frère cadet, qui était allongé à côté de lui, ne lui laissa aucun doute sur l'existence des choses placées sous ses yeux. Tous les enfants étaient réveillés et à leurs chuchotements on comprenait qu'ils voyaient ce que Savériu voyait et qu'ils vivaient eux aussi dans un monde enchanté mais réel.

À travers les vitres des fenêtres on voyait la neige qui continuait à tomber en silence, à gros flocons épais et cotonneux. Le *figatellu* continuait à grésiller au contact de la flamme, la marmite ronronnait tranquillement, le fait-tout participait au concert général et, dans le fond de la pièce, le tamis faisait monter son chant harmonieux, saccadé et régulier.

Après un moment de silence les deux hommes avaient repris leur causerie.

L'étranger, dont on devinait la puissante stature, à côté de la silhouette famélique de Zighinu, disait comme s'il se parlait à lui-même :

– Je n'aurais pas dû me mettre en route la veille de Noël. On devrait respecter les traditions et ne pas travailler lorsque le fils de Dieu s'apprête à venir sur la terre. Mais vous savez ce que c'est, en bon commerçant j'ai voulu que ma boutique soit bien approvisionnée pour les fêtes de fin d'année afin que les habitants de S... (là il cita le nom d'un village inconnu des enfants) ne manquent de rien. C'est pour cette raison que je me suis rendu à L'Île-Rousse avec mon équipage. Le mauvais temps m'a surpris en route et je me suis égaré avec ma charrette chargée de provisions. D'habitude mes mules connaissent le chemin mais l'épaisseur de la neige a effacé les routes et bouleversé le paysage. Heureusement que j'ai entendu le son de votre accordéon, sinon j'étais perdu. Je ne vous remercierai jamais assez pour tout ce que vous avez fait pour moi. Vous ne saviez pas ce que je transportais et pourtant vous m'avez ouvert spontanément votre porte, vous m'avez reçu sous votre toit et, sans aucune arrière-pensée, vous m'avez offert une hospitalité chaleureuse et sans limite, dit l'homme en achevant son monologue.

Savériu entendit la réponse de son père qui protestait en disant à voix basse :

– Si quelqu'un doit remercier l'autre c'est plutôt à moi de le faire. Vous êtes véritablement tombé du ciel. Grâce à vous, mes enfants vont pouvoir manger à leur faim et passer la plus belle fête de Noël de leur vie. Comme vous avez pu le constater nous sommes très pauvres et ce soir nous n'avons même pas fait un véritable repas, poursuivit-il d'une voix chargée de reconnaissance.

Pour une fois, Zighinu parla sans retenue de sa misère. On sentait, dans le son de sa voix, que sa confession était une sorte de délivrance et que son cœur était soulagé d'un poids énorme. Il dit tout. La sécheresse, l'aridité des sols et la mort du moulin. Il ajouta l'extrême modestie de sa condition, les privations endurées, les sacrifices consentis pour élever les enfants, le froid, la faim, la honte et l'humiliation d'être pauvre et le courage de rester honnête.

– Comment pourrais-je vous payer tout ce que vous m'avez donné ce soir. De la farine, des *figatelli* et des saucisses, du pain, des gâteaux, des légumes secs pour la soupe, un cabri entier et... (Là Zighinu baissa encore la voix et Savériu ne put saisir les quelques mots prononcés dans un souffle.)

– Assez de remerciements, dit l'étranger en dépliant sa haute taille devant la cheminée. Réveillez vos enfants et mettons-nous à table. Je crois que votre femme a fini de préparer son levain. Il est minuit, ajouta-t-il en tirant une belle montre de son gousset et en se baissant pour regarder le cadran à la flamme du foyer. C'est l'heure de rendre grâces au Ciel et d'accueillir en pensée Celui qui est venu nous sauver.

« Joyeux Noël les enfants », dit-il d'une voix forte en se dirigeant vers l'ancienne cuve qui leur servait de litière et en écartant les bras, les paumes de ses grandes mains ouvertes vers l'avant, dans un geste d'offrande.

Un cri de joie, poussé en même temps par cinq bouches enfantines, lui répondit. Tous ensemble, les enfants sautèrent de la cuve et se jetèrent dans les bras de l'inconnu.

Quittant sa tâche devant l'âtre, Zighinu alluma une lampe à huile et la posa sur le manteau de la cheminée. Zighinella parut dans le rond de lumière, les cheveux enfarinés et un grand sourire aux lèvres. L'homme rayonnait de joie. Zighinu se saisit de son accordéon et il se lança dans une *manfarina* [7] joyeuse et endiablée. Prenant les cinq enfants par la main, l'inconnu les entraîna dans une ronde jusqu'au coin de la cheminée où leurs chaussures regorgeaient de cadeaux. Des che-

7. *Manfarina* : danse saccadée et entraînante.

vaux de bois, des ballons, des vrais couteaux, des fusils en bois pour les garçons, des poupées, des cordes à sauter et des dînettes pour les filles. Et des bonbons, des oranges, des cahiers, des plumes, des habits et du chocolat à profusion pour tout le monde.

Dehors la neige s'était arrêtée de tomber. On voyait la grande nappe blanche qui s'étendait du sommet de la grande montagne jusqu'à l'infini de la vallée. Lorsque Zighinu s'arrêta de jouer un grand silence et une grande paix s'étendirent dans la pièce aux grandes meules. On passa à table. Chacun fit honneur au repas et les hommes, tout en parlant de choses et d'autres, burent du bon vin de pays, que l'inconnu avait apporté. Zighinella servait les hommes et les enfants et s'asseyait de temps en temps à un bout de table pour manger une bouchée. La joie avait envahi ses traits et ses yeux brillaient de plaisir lorsque l'un ou l'autre des convives s'extasiait sur le goût de la soupe de haricots ou la saveur du ragoût de cabri qu'elle avait préparés. Son visage, traversé par des éclairs d'amour, s'éclairait de l'intérieur d'une lumière divine lorsqu'elle regardait les siens. Elle arborait une paire de chaussures neuves et, heureuse jusqu'au fond de l'âme, cambrait la taille comme une jeune fille. Les enfants dodelinaient de la tête. L'un après l'autre, ils regagnèrent leur cuve où ils s'endormirent comme des bienheureux.

L'inconnu ne resta que deux jours au vieux moulin. Il était pressé de regagner sa maison car, disait-il, sa famille devait être en souci. Le vent du sud s'était levé et la neige avait fondu comme du sucre dans de l'eau tiède. Du coup le ruisseau s'était remis à couler comme aux plus beaux jours.

L'équipage s'en alla de bon matin en direction de la

grande montagne bleue en faisant tinter les clochettes dorées de ses quatre mules superbes. Zighinu, Zighinella et les enfants se tenaient sur le pas de la porte du moulin pour dire adieu à leur bienfaiteur. Avant de partir, celui-ci avait tenu à offrir à ses hôtes, malgré leurs protestations, une somme d'argent importante en signe de reconnaissance.

Quelques jours après son départ Zighinu découvrit sur le manteau de la cheminée du moulin la montre de gousset en or de l'inconnu. Ne voulant pas conserver un bien qui ne lui appartenait pas il partit le lendemain de bon matin et se rendit au village de S... dans l'intention de restituer la montre à son légitime propriétaire. Il marcha toute la journée et ce n'est qu'à la nuit tombée qu'il arriva à destination.

À sa grande surprise, l'homme était inconnu dans ce village comme dans toutes les autres localités à plusieurs lieues à la ronde. Il y avait bien un boutiquier installé au chef-lieu de cette piève éloignée mais sa réputation de pingrerie n'était plus à faire et, malingre et chafouin comme il était, il ne correspondait nullement au beau visiteur de la nuit de Noël.

Malgré ses recherches, poursuivies pendant des années, Zighinu ne put jamais retrouver son bienfaiteur. Il se demandait parfois s'il n'avait pas rêvé à toute cette histoire et si les faits qui s'y rapportaient étaient bien réels. Mais la montre était là pour prouver l'existence de cet être bon et généreux.

Pendant les années qui suivirent, la situation de la famille de Zighinu s'améliora. Avec l'argent offert par leur généreux donateur le mari et la femme firent installer l'électricité et ils montèrent une hostellerie dans le vieux moulin à l'enseigne de « U Cantu di u stacciu »

(« Le Chant du tamis »). Parfois, pour faire plaisir à ses clients, venus fort nombreux goûter aux saveurs de la cuisine corse de Zighinella, Zighinu leur jouait un morceau d'accordéon. Ou alors, saisi par la nostalgie, il mettait le vieux moulin, maintenant électrifié, en marche et, les yeux fermés, il écoutait la musique des vieux rouages en bois qui le ramenait au temps de sa jeunesse.

Zighinu ne se défit jamais de la montre de l'inconnu. Sur son lit de mort il la remit à Savériu qui la conserva comme un témoignage précieux et la légua lui-même à ses descendants.

C'est de cette façon que cette légende est parvenue à ma connaissance.

La chapelle qui marche

– C'EST là, me dit le vieux berger en me montrant du bout de son bâton rustique une modeste bâtisse à toit ocre, nichée dans les frondaisons d'un bois d'oliviers au fond d'une petite vallée paisible.

Je m'étais arrêté à la vue du petit troupeau de brebis, qui broutait paisiblement l'herbe rousse de l'été, à flanc de coteau, sur les terrasses de ce qui avait dû être autrefois une vigne, en faisant tinter ses clochettes au son aigrelet dans l'air pur et limpide d'un beau soir de septembre.

Après plusieurs années d'absence et un tour dans le vaste monde pour assurer ma subsistance, j'étais revenu dans cette belle région de Balagne qui m'a vu naître, pour découvrir ou revoir certains trésors de mon pays natal et achever un rêve que ma jeunesse laborieuse ne m'avait pas permis de mener à son terme. Tout en pratiquant un tourisme raisonnable je m'intéressais, en effet, à toutes ces chapelles perdues dans la nature qui constituent, dans notre île, des points de repère importants lorsqu'on veut explorer le passé d'un peuple riche de sa mémoire collective et de traditions religieuses solidement établies.

Symboles des hauts lieux d'une foi populaire indéfectible, marqués de l'empreinte de l'art baroque local ou répondant aux règles d'un classicisme rigoureux, bâtis il y a des siècles, ces édifices sacrés, parfois très riches sur le plan architectural, mais le plus souvent modestes et sans aucun style particulier, parsèment la Corse entière et témoignent de la spiritualité authentique d'une humanité dont le regard a toujours été tourné vers le ciel et dont la ferveur ne s'est jamais démentie à travers les âges.

En amont, au pied d'une grande montagne d'un gris presque bleu, un village de quelques dizaines de maisons était blotti dans un cirque rocheux comme une perle dans un écrin d'azur.

En aval, au fond d'une belle vallée, élargie à son point de rencontre avec la mer, une ligne bleue soulignait ce paysage, digne de Virgile, d'une note lumineuse et romantique.

La chapelle, que j'apercevais à quelques centaines de mètres en contrebas, était désignée sur mon guide touristique comme un point pittoresque à visiter et le commentaire la concernant ajoutait qu'une légende entourait la construction du petit édifice qui abrite, depuis la nuit des temps, une très ancienne et miraculeuse statue de saint Roch.

Je le dis au vieux berger qui me répondit d'un ton bourru :

– Les livres disent ce qu'ils veulent. Moi, je ne sais pas lire mais je connais bien l'histoire du saint qui protège mon village. Venez ! Je vais justement à cet endroit pour faire boire mes bêtes à la rivière. Si vous le voulez, je vais vous montrer la chapelle et vous raconter les péripéties qui ont marqué l'arrivée originale de cette statue dans notre communauté chrétienne.

L'homme siffla à plusieurs reprises et lança quelques appels sur un mode convenu. Toutes les bêtes du troupeau levèrent la tête en même temps, un chien corniaud, qui jusque-là somnolait paisiblement à nos pieds, se mit brusquement sur ses pattes et, dressant les oreilles, lança deux ou trois jappements joyeux. Le troupeau se mit en branle et commença à dévaler à bonne allure le sentier taillé à flanc de colline, soulevant au passage une nappe de poussière dorée que le soleil couchant se hâta de nimber d'une lumière irréelle. Nous le suivîmes.

Tout en marchant d'un pas alerte, le vieux berger se mit à me parler de choses et d'autres mais il n'évoqua point l'histoire de la chapelle, attendant sans doute de me la présenter pour me faire le récit des événements qui avaient marqué sa construction en ces lieux agrestes.

Après un quart d'heure de marche nous arrivâmes, mon guide, son troupeau et moi, devant une petite chapelle plantée sur une esplanade de modeste étendue, à la croisée de deux chemins, non loin d'un torrent enjambé par un antique pont romain aux lignes d'une infinie sobriété.

Pendant que ses brebis s'égaillaient dans le lit de la rivière presque à sec, sautant de pierre en pierre à la recherche des petits trous d'eau claire pour se désaltérer, le vieux berger fit face à l'oratoire, ôta sa casquette et se mit à prier en silence.

Je profitai de ces instants de calme pour m'incliner à mon tour devant le saint occupant des lieux et admirer l'humble bâtisse ennoblie par le temps.

La chapelle construite en pierres du pays, non taillées

mais assemblées avec art au mortier de terre, s'intègre au décor naturel qui l'environne avec une perfection digne de la création du monde. Une façade et un fronton gris terminé par une corniche blanche, des murs épais patinés par les ans, un toit à double pente en tuiles romaines, et un clocher minuscule à une seule arche forment un ensemble parfait.

Faisant saillie, accolé au fond de l'un des murs extérieurs du bâtiment, en retrait par rapport à la façade principale de la chapelle, un logement d'ermite, auquel on accède par un escalier extérieur en pierres brunes, construit au-dessus d'une voûte ouverte à tout venant, s'abrite sous le prolongement de l'un des pans du toit.

La chapelle est fermée à clé mais, par une fenêtre en meurtrière ouverte à hauteur d'homme sur un côté de la façade, on aperçoit son unique salle voûtée grâce à la lumière diffuse qui tombe de l'imposte vitrée surmontant la porte d'entrée principale en bois de châtaignier.

Au fond du chœur, sur un autel rudimentaire en maçonnerie, la statue de saint Roch, placée sous un dais en bois, fait face à la nef.

Dans une attitude hiératique, semblant dominer une assemblée imaginaire de fidèles, de taille modeste, l'auguste personnage taillé en pied, vraisemblablement dans un bois fruitier, est représenté revêtu d'une tunique plissée de couleur bleu foncé, les épaules couvertes d'un mantelet fleuronné, orné d'une croix grecque, la taille ceinte d'une cordelière de moine. Sa main droite est posée sur son cœur dans un geste un peu théâtral et il tient dans sa main gauche, écartée du corps, une houlette de berger dont l'une des pointes repose sur le sol. Sa tête, recouverte d'une masse sculptée de cheveux bruns retombant sur la nuque, est surmontée d'une auréole métallique argentée. Son visage émacié et expressif, entouré d'un collier de barbe brune, est empreint d'une grande douceur. Son regard fixe mais bienveillant semble se poser sur nous avec beaucoup de compassion. Son genou droit, à demi fléchi, est posé sur un socle en forme de nuage et son genou gauche découvert présente, sur sa face antérieure, une lésion cutanée colorée de brun, en forme de bubon incisé. À ses pieds, chaussés de sandales à lanières marron montant à mi-tibia, un petit chien, assis sur son derrière, serre entre ses dents un petit pain rond de la taille d'une mandarine légèrement aplatie.

Au bout de quelques instants de recueillement, pendant que son troupeau regagne son bercail par ses propres moyens, mon compagnon reprend son discours d'une voix mesurée. Il me parle cette fois de la chapelle et j'écoute religieusement cette légende mystérieuse, étrange et prenante.

Le soir tombe sans hâte. Les derniers rayons de soleil enveloppent la petite chapelle d'une lumière surnaturelle et le ciel commence à se teinter de gris. La grande montagne, incendiée par le soleil couchant, se dresse dans toute sa splendeur comme une immense cathédrale de feu. Le silence n'est que légèrement troublé par les quelques bruits qui nous entourent et il semble même approfondi et délicatement souligné par la voix du berger, les clarines du troupeau et l'appel des oiseaux qui regagnent leurs nids en survolant une dernière fois la vieille chapelle.

Je suis ému et troublé par tant de beauté que l'homme ne peut ni définir ni emprisonner.

Est-ce le concert discret de cette mélodie de fin de jour, le fait que nous nous trouvons sur les lieux mêmes où les événements se sont déroulés, la légèreté de l'air de cette fin de journée d'été, la douce harmonie qui s'établit entre les images bucoliques qui nous environnent et celles qui naissent du récit du conteur, les effluves modérés du troupeau et l'odeur de l'herbe rousse des pâtis, qui apaisent mon esprit ? Je ne puis l'expliquer ! Mais un charme magique envahit peu à peu mon âme et répand au fond de moi cette joie profonde et indéfinissable née de ces instants privilégiés mais rares qui unissent parfois la nature, les choses et les êtres dans une tendre complicité.

Assis à ses côtés, sur la pierre du seuil de la chapelle, je ferme à demi les yeux, je plonge dans ce monde imaginaire que j'aime tant, et j'écoute attentivement le vieux berger qui me raconte « La légende de la chapelle qui marche ».

« À l'époque dont je vous parle, commença le vieil homme, le peuple avait la foi chevillée au corps. La religion qui avait été révélée à nos ancêtres, après la venue du fils de Dieu sur la terre, était symbolisée dans toute l'île par des églises importantes, bâties au centre des villes et des villages, mais aussi par des humbles chapelles comme celle devant laquelle nous nous trouvons.

En règle générale, de nombreuses statues de saints ornaient l'intérieur des églises et faisaient l'objet d'une grande vénération de la part de tous les fidèles qui, à date fixe, le jour de sa fête, portaient en procession l'élu du Ciel et lui faisaient faire tout le tour du village. Ces statues étaient offertes par de généreux donateurs qui manifestaient ainsi leur reconnaissance au Ciel à la suite de grâces obtenues pour eux-mêmes ou pour leur famille.

Cependant chaque paroisse était placée plus spécialement sous la protection d'un saint particulier et portait d'ailleurs ce nom suivant un usage très répandu.

C'est ainsi que notre village de Félicetu était voué à un grand saint du martyrologe chrétien : saint Nicolas, dont la statue imposante en habit d'évêque, en bonne place dans notre église, ressuscite d'un geste plein d'onction trois petits garçons qu'un boucher sanguinaire a coupés en morceaux et enfermés dans un saloir en forme de tonneau.

Saint Nicolas avait été imposé à notre paroisse par un riche podestat local qui, voulant perpétuer son prénom à travers les siècles, avait pensé avec juste raison qu'il valait mieux compter sur les vertus du bienheureux plutôt que sur les siennes propres pour faire passer à la postérité le souvenir de son existence sur cette terre. La communauté paroissiale n'avait accepté cette décision que contrainte et forcée. Les mérites du saint étaient jugés à leur juste valeur et ses compétences en matière de protection n'étaient nullement mises en cause, mais les manigances du podestat, par ailleurs peu estimé de ses administrés, n'avaient pas échappé aux fidèles qui n'attendaient qu'une occasion pour se placer sous la protection d'un autre élu de Dieu, choisi cette fois par la voix du peuple. Dans leur ensemble, cependant, ils étaient trop pauvres pour envisager l'achat de la statue d'un autre saint émérite qui les aurait libérés, non pas de saint Nicolas qu'ils aimaient bien somme toute, mais de l'obligation qui leur avait été faite d'adorer leur seigneur et maître à travers une statue désignée d'office à leur vénération.

Sur ces entrefaites, à la suite d'une grande tempête, un naufrage se produisit sur la côte rocheuse de M..., riche village limitrophe du nôtre, dont le territoire se termine sur le littoral.

Contrairement à ceux de Félicetu, les paroissiens de M... étaient presque tous gens nantis et fortunés et leur belle église regorgeait de statues de saints plus belles les unes que les autres.

Le navire naufragé, une superbe goélette battant pavillon génois, fut perdu corps et biens et il n'y eut aucun survivant. Les habitants de M..., dont le goût du lucre a toujours été connu, ne se privèrent pas de rechercher dans les épaves jetées sur la terre tout ce qui pouvait être utilisé ou vendu. Cependant, il faut le reconnaître, ils donnèrent une sépulture chrétienne à tous les noyés et aménagèrent un cimetière marin, qui existe encore, au lieu dit " Campusantu di i Génovesi [1] ".

Quelque temps après le naufrage, alors que le drame était pratiquement sur la voie de l'oubli, en faisant paître ses brebis sur le littoral, un berger découvrit dans un épais fourré, sur un terrain marécageux lui appartenant, une statue de saint et un petit chien en bois, que la mer avait rejetés après la tempête.

Roccu (il était ainsi prénommé, coïncidence étrange) s'empressa d'avertir le curé de la paroisse de M..., dont il dépendait. Le prêtre se rendit immédiatement sur place avec ses ouailles dans l'intention de ramener la statue dans l'église paroissiale dont il avait la charge. Mais le séjour dans l'eau de mer, suivi de l'exposition en pleine nature, en milieu malsain, n'avait pas arrangé le personnage, comme vous pouvez le penser. Il était effectivement fort mal en point. La peinture de son visage était effacée, sa tunique était écaillée et de vilaines taches brunâtres recouvraient l'ensemble de la sculpture comme une lèpre hideuse. Quant au petit chien, il

1. *Campusantu di i Génovesi* : Cimetière des Génois.

n'avait plus, si l'on peut dire, figure humaine et il paraissait en aussi mauvais état que son maître.

Les gens de M... étaient orgueilleux et arrogants. On les disait même cupides et cette mauvaise réputation leur est restée. N'allez pas chez eux vers midi, me dit le vieux berger en ouvrant une parenthèse, ils trouvent toujours de bonnes excuses pour ne pas vous inviter à leur table. Avez-vous déjeuné ? vous demandent-ils. Si vous répondez oui, ils vous diront que c'est fort dommage car ils allaient justement vous demander de passer à table avec eux, mais si vous répondez non ils vous diront aussi que c'est fort dommage car ayant déjà pris leur propre repas ils ne peuvent pas vous proposer de le partager avec eux.

Mais je m'égare, ajouta mon conteur en souriant malicieusement, revenons à la statue abîmée. Malgré l'état déplorable dans lequel elle se trouvait, le curé de M...., qui était très érudit, parvint à l'identifier comme étant celle de saint Roch. « C'est un grand saint originaire du midi de la France, affirma-t-il. Ayant contracté la peste en Italie en soignant des malades atteints de cette affection, il a vécu de longues années dans une grotte, isolé comme un ermite, se nourrissant de morceaux de pain que lui portait tous les jours un petit chien. Il est mort en prison pour avoir refusé d'abjurer sa foi, ajouta le prêtre pour intéresser ses paroissiens qui affichaient un air distant et dubitatif et paraissaient peu enthousiasmés par l'étrange découverte. Il convient, par respect des choses sacrées, de transporter cette statue au village, de la remettre en état et lui donner la place qu'elle mérite dans notre église », reprit-il avec force pour tenter de fléchir ses fidèles qu'il sentait réticents et peu disposés à faire un geste de générosité envers le saint naufragé.

À l'énoncé de la terrible maladie dont saint Roch

avait été atteint, les habitants de M... s'étaient voilé la face et ils avaient tous détourné la tête d'un air de dégoût lorsque leur pasteur avait parlé d'intégrer saint Roch à leur communauté paroissiale et de l'exposer dans leur galerie prestigieuse.

– Monsieur le Curé, dirent-ils d'une seule voix, nous ne pouvons prendre la responsabilité de placer cette misérable statue dans notre belle église. Elle déparerait notre superbe collection d'œuvres d'art religieux et porterait préjudice à la qualité de nos saints. Que diraient les enfants des générations à venir si nous portons atteinte au patrimoine religieux qu'ils sont en droit d'attendre de nous ? Nous avons, chez nous, assez de bons et beaux saints et nous n'avons nullement besoin de ce naufragé de la dernière heure.

Le curé de M..., qui était un excellent homme mais un peu faible de caractère, insista tant qu'il put mais rien n'y fit. Formant bloc, tous ses paroissiens s'opposèrent formellement au transport de la statue et décidèrent de la laisser sur place.

C'est alors que Roccu (la coïncidence, c'est qu'il portait le nom du saint !), qui était un bon chrétien, décida de placer la statue dans une petite cabane en pierres sèches – *pagliaghiu* [2] – bâtie sur son modeste champ en attendant qu'une décision soit prise par les autorités ecclésiastiques.

Cependant, l'histoire de la découverte de cette statue s'était répandue dans le pays et le comportement des habitants de M... était critiqué par les esprits bien-pensants de la région et notamment par les membres de

2. *Pagliaghiu* : pailler.

notre communauté qui n'avaient jamais, il faut bien le dire, beaucoup aimé leurs prétentieux voisins.

– Ce n'est pas à nous que cela serait arrivé ! disaient les paroissiens de Félicetu, notre village, qui auraient été bien aises de recueillir dans leur modeste église ce saint indésirable pour d'autres.

– Que voulez-vous, nous n'avons que des montagnes chez nous et nous ne sommes pas comme ces mécréants de M... qui ont la chance d'avoir les meilleures terres du pays et un débouché sur la mer. Ça ne les rend pas meilleurs pour autant ! ajoutaient nos bonnes âmes avec un peu de dépit et beaucoup de jalousie.

Cependant, alors que les bavardages allaient bon train, les choses prirent une tournure à laquelle on ne s'attendait point.

Est-ce la curiosité qui guida les pas des habitants de Félicetu ou une authentique piété ? Nul n'aurait su le dire. Mais toujours est-il que beaucoup de personnes de chez nous, soit isolément, soit en groupe, allèrent rendre visite à saint Roch dans sa cabane de pierres, s'inclinèrent devant lui et lui demandèrent certaines grâces, notamment la guérison d'affections réputées incurables jusque-là.

Certains pèlerins furent exaucés et le bruit commença à se répandre que la statue de saint Roch, malgré son état de délabrement, était miraculeuse.

Mis au courant de ces phénomènes, notre curé, qui était honnête mais futé, vit tout le parti qu'il pouvait tirer de cette affaire. Il demanda à ses ouailles de garder le silence sur les vertus de la statue et entreprit discrètement des pourparlers avec Roccu pour l'inviter à s'en débarrasser en l'offrant à la communauté paroissiale de

Félicetu qui s'engagerait à lui donner une place honorable à l'intérieur de son église.

Mais la rumeur arriva jusqu'aux habitants de M..., qui ne l'entendirent pas de cette oreille. Ils ne voulaient toujours pas de saint Roch dans leur église mais, guidés comme toujours par l'esprit de lucre, ils pensèrent qu'ils pouvaient en tirer quelque avantage pécuniaire.

Ils imposèrent par conséquent leurs conditions aux paroissiens de Félicetu et firent monter les enchères. Quant à Roccu, il ne fut même pas mis au courant des transactions et on ne lui demanda même pas son avis. Un contrat fut établi entre les deux parties en présence qui s'engagèrent à respecter les dispositions suivantes :

– la statue de saint Roch était cédée par la communauté de M... à celle de Félicetu qui l'acceptait en l'état et s'engageait à payer la somme de cent ducats le jour du passage du contrat et cent autres le jour de la livraison ;

– la statue de saint Roch serait placée non pas dans l'église de Félicetu mais dans une chapelle édifiée aux frais exclusifs de cette paroisse et sur le territoire d'icelle, au lieu dit “ Petrali ” ;

– la chapelle de saint Roch devait être obligatoirement mitoyenne et construite à la limite du finage de la paroisse de Félicetu et du territoire de la circonscription de M... Les ressortissants de cette dernière conserveraient ainsi le droit et le privilège absolus d'aller s'incliner, quand bon leur semblerait et autant qu'il leur plairait, aux pieds d'un saint miraculeux venant de chez eux et auquel ils étaient sincèrement attachés.

Ces exigences, et notamment les derniers mots du texte, soulevèrent la réprobation des nôtres, qui n'étaient pas dupes de la fourberie de nos voisins, mais ceux-ci furent inébranlables et finalement toutes les clauses du pacte furent portées sur l'acte qui fut dressé et enregistré en bonne et due forme par un notaire du pays.

Les hypocrites, les faux dévots, les tartufes, les pharisiens ! dit mon berger, avec une colère qui semblait avoir traversé les siècles, voilà qu'ils feignaient d'adorer ce qu'ils avaient méprisé pour se donner bonne conscience et justifier leur mauvaise action ! Voilà qu'ils abusaient de notre bonté pour nous soutirer de l'argent tout en voulant nous faire croire qu'ils accomplissaient une œuvre pie !

Les habitants de Félicetu, dont l'attachement à saint Roch avait pris la forme que l'on sait, se saignèrent aux quatre veines pour payer la statue et réunir les fonds en prévision de la construction de la chapelle. Ils se soumirent aux exigences de ces vils marchands du temple en les payant sur-le-champ et rubis sur l'ongle puis, en attendant la construction de la chapelle qui lui était destinée, ils placèrent saint Roch en bonne place dans leur modeste église. Un artisan du pays, ébéniste de profession, mais peintre à l'occasion, remit la statue en état, lui fabriqua une houlette toute neuve et lui construisit un superbe dais en bois de noyer. Quant au petit chien, il fit l'objet de tant de soins éclairés qu'il recouvra une éternelle et superbe jeunesse.

Saint Roch fut entouré immédiatement d'une vénération sans bornes de la part des habitants de Félicetu. Par ailleurs, la réputation de cette statue se répandit rapidement dans toute la contrée et des pèlerins commencèrent à affluer dans notre village. Le 16 août de chaque année, jour de la célébration de la fête de ce bienheureux, il y avait foule chez nous et notre saint, sans doute reconnaissant d'avoir été si bien reçu, écoutait avec beaucoup d'attention les prières qui lui étaient adressées, accordait au centuple ce qui lui était demandé et ne restait jamais insensible devant une détresse personnelle ou familiale.

Les travaux pour l'édification de la chapelle furent immédiatement entrepris au lieu désigné par nos félons voisins qui, voyant la tournure des événements, commençaient à regretter la transaction qui les avait privés d'une statue aussi précieuse.

Ils surveillaient les travaux comme s'il s'était agi de leur propre chapelle et tentèrent même d'imposer leurs idées sur l'importance et le style de l'édifice.

Les fondations étaient déjà creusées et de grands blocs de granit avaient été transportés à pied d'œuvre. Les murs avaient été commencés et les maçons s'affairaient à longueur de journée pour assembler ces pierres avec art. Tous les ouvriers travaillaient avec acharnement mais ils ne ressentaient aucune fatigue, pénétrés qu'ils étaient du caractère sacré de leur noble tâche. Ils étaient toutefois énervés par la présence constante des gens de M... qui venaient sur place à tout propos et ne se gênaient pas pour donner des conseils, pas toujours très éclairés d'ailleurs, sur la construction en cours. Mais nos braves compagnons ne s'en laissaient pas conter et ils accomplissaient leur devoir sans même lever la tête.

Les travaux étaient bien avancés quand un beau matin, à leur immense surprise, les ouvriers et artisans qui participaient au chantier trouvèrent l'endroit net de toute construction et constatèrent la disparition des matériaux, outils, échafaudage, etc.

Des recherches dans les champs alentour furent immédiatement entreprises mais elles ne donnèrent aucun résultat positif.

Il fallut par conséquent se rendre à l'évidence et constater que tous les efforts déployés pour donner une demeure décente à saint Roch n'avaient servi à rien. En effet, tout avait disparu comme par enchantement au cours d'une seule et même nuit et aucune trace des travaux déjà réalisés n'était visible.

La stupéfaction des autorités et des habitants de Félicetu fut grande. Tout de suite, beaucoup pensèrent que " ceux de M... " étaient pour quelque chose dans cette affaire rocambolesque et qu'ils avaient déménagé le chantier nuitamment pour construire la chapelle chez eux. Mais à la réflexion, l'événement dépassait l'entendement humain car il n'était pas possible à des personnes, même en très grand nombre, de transporter dans un autre endroit, en une seule nuit, tout ce qui avait été mis en place jusqu'à ce jour-là et de faire disparaître jusqu'aux traces des travaux. D'ailleurs l'arrivée des gens de M... et la triste mine qu'ils firent en constatant les faits dispensèrent les responsables de la construction de chercher de leur côté une solution à un problème qui ne faisait que se compliquer.

La population de notre village manifesta sur-le-champ une grande émotion. Immédiatement quelqu'un alla à l'église pour voir si saint Roch n'avait pas, lui aussi, pris la clé des champs. Mais il était là, toujours souriant, et apparemment indifférent à tout ce remue-ménage qui pourtant le touchait de près.

Tout le monde s'était rassemblé sur la place de l'église et notre brave curé lança des appels au calme avant de développer, Évangile à l'appui, un sermon duquel il ressortait que les voies de Dieu sont insondables.

C'est à ce moment-là que Natale, le plus vieil habitant de notre village, qui revenait de son jardin, apprit à la foule médusée qu'une nouvelle chapelle avait été commencée, à un kilomètre en contrebas du village, au lieu dit “ Strette di terra rossa ” et qu’en une seule nuit, les travaux avaient atteint le même stade que ceux exécutés sur le site précédent.

“ Je suis passé par là hier soir et il n’y avait rien ! ” ne cessait de répéter Natale qui semblait sidéré par sa découverte.

Tout le monde courut vers l’endroit indiqué et, devant les prouesses réalisées par une main qui ressemblait de plus en plus à une main divine, toutes les personnes présentes tombèrent à genoux. Même certains de ces mécréants de M..., pâles de rage, qui se trouvaient dans la foule, ne purent faire autrement et ils s’agenouillèrent dans la poussière comme les autres.

Dans les jours qui suivirent, à plusieurs reprises, les ouvriers, aidés de toute la population des deux villages, transportèrent les matériaux et les outils sur l’ancien emplacement, mais chaque fois tout était remis en question car durant la nuit les objets revenaient d’eux-mêmes sur le nouveau chantier sans qu’aucune raison humaine puisse élucider ce mystère.

À tour de rôle, des volontaires prirent la garde des nuits durant mais, comme par miracle, les mêmes faits se reproduisirent à l’insu des guetteurs, frappés chaque fois, et sans aucune raison apparente, par un profond sommeil et une sorte de léthargie, plus proche de la mort que de la vie.

Devant de tels événements, inexplicables pour de simples mortels, les responsables des deux paroisses se mirent d’accord pour reconnaître qu’ils étaient impuissants à les maîtriser et qu’ils devaient se plier à une force qui dépassait les leurs.

La décision de construire la chapelle à l’endroit où elle se trouve aujourd’hui s’imposa par conséquent d'elle-même et la volonté secrète du futur occupant des lieux fut respectée à la lettre.

Dès que la chapelle fut terminée notre bon saint Roch y fut conduit en grande pompe. Toute la population des villages environnants était là mais celle de M… brilla, ce jour-là, par son absence.

Les fidèles de Félicetu se placèrent sous la protection de leur nouveau saint qui ne trahit jamais la confiance que ces hommes de bonne volonté avaient placée en lui.

Quant à saint Nicolas il ne manifesta aucune mauvaise humeur d'avoir été placé à un rang subalterne dans notre église et il continua, comme par le passé, à prodiguer ses faveurs aux habitants de notre village et à leur indiquer notamment la date à laquelle ils pouvaient tuer leurs cochons [3].

À quelque temps de là, une épidémie de peste dévasta la région. La population de Félicetu fut épargnée mais celle de M… fut décimée par le fléau. Certains virent l'intervention de saint Roch, spécialiste en la matière, dans cette vengeance à retardement, mais il ne faut pas les croire car les saints sont élus pour protéger les faibles et non pour se venger des forts.

Cette sollicitude paternelle pour tous ceux de notre village s'étendit à toutes les générations qui suivirent et au cours des guerres et autres conflits qui sévirent dans le monde, nos enfants furent particulièrement protégés du feu de l'ennemi. Notre monument aux morts est celui qui compte le moins de noms de toute la Corse, me précisa fièrement le berger en lançant un regard reconnais-

3. Pour obéir à une certaine tradition mais surtout pour des raisons de température, dans les familles on ne tuait les cochons qu'à partir du 6 décembre, jour de la Saint-Nicolas.

sant vers la statue de saint Roch, maintenant dans l'ombre.

Encore aujourd'hui notre saint patron fait l'objet d'une vénération particulière de la part de toute la population. Tous les ans que Dieu fait, au mois de juillet on vient le chercher dans sa chapelle et on le conduit à l'église paroissiale où il est exposé à l'adoration des fidèles pendant plusieurs semaines. Même les mécréants et les esprits forts, dont la foi est chancelante, croient en lui et il ne viendrait à l'idée de personne au village de manquer les cérémonies mises sur pied pour glorifier notre saint protecteur.

Le jour de la saint Roch, fêté le 16 août comme il se doit, le curé organise une procession et la population fait le tour du village avec son saint patron. Quatre jeunes gens solides portent la statue miraculeuse sur un piédestal en bois et les enfants se chargent du petit chien. Ce petit animal qui accompagne toujours le saint est aussi vénérable que son maître. La tradition nous confirme bien qu'il portait son pain quotidien à l'ermite lorsque celui-ci, atteint de la peste, vivait à l'abri d'une grotte, dans les environs de Montpellier, en France continentale. Pour perpétuer ce geste charitable, les familles obtiennent, à tour de rôle, le privilège d'offrir à titre gracieux, à la paroisse, des petits pains que le curé fait distribuer aux fidèles après la procession. Ce pain bénit a le pouvoir de protéger les familles et les maisons de toutes sortes de maladies et de malheurs. Quand il fait un violent orage, par exemple, on le dépose sur le rebord d'une fenêtre car il a le don d'apaiser les éléments déchaînés.

La nuit ne suffirait pas pour vous citer toutes les vertus et les qualités de notre saint, dit en conclusion le vieux berger qui resta un moment pensif.

Maintenant vous connaissez la véritable histoire de cette chapelle », ajouta-t-il en se levant et en m'invitant à le suivre jusqu'à son campement.

Il m'offrit du pain et du fromage, tirés de sa besace, de l'eau d'une source proche et une paillasse pour dormir.

Au milieu de la nuit, couché aux côtés de mon ami le berger qui dormait du sommeil des justes, sous le feuillage clairsemé d'un olivier, je me suis réveillé et j'ai admiré le ciel étoilé, tendu comme un voile de tendresse, au-dessus de la grande montagne.

Pendant de longs instants j'ai pensé à la construction de la chapelle de saint Roch.

Quelle est la part du merveilleux et quelle est celle de la réalité dans cette histoire ? me suis-je dit. Certains faits sont vraisemblablement historiques mais d'autres doivent sortir tout droit d'un passé fabuleux et de l'esprit d'un peuple mystique, enclin à parer les choses les plus banales de rêve et de poésie !

À ce moment précis j'ai regardé la Grande Ourse et il m'a semblé que le chariot divin, venant dans notre direction, était chargé de gros blocs de granit.

Peut-être est-ce de cette façon que les pierres de la chapelle de Saint-Roch ont été changées de place ? m'a murmuré une petite voix intérieure tandis que je replongeais dans un sommeil calme et paisible.

Les derniers mots

Le jour déclinait et les grands châtaigniers de la petite vallée flamboyaient sous les derniers rayons d'un soleil modéré d'arrière-saison. La brise du soir, apaisante comme une caresse, jouait avec les arbres blessés par l'automne et semblait les inviter, dans un tendre murmure, à cesser un combat perdu d'avance. Beaucoup de feuilles mortes jonchaient déjà la chaussée de la petite route qui grimpait en serpentant vers le ciel. Avant de sombrer dans le noir sommeil hivernal, la nature étalait toute sa beauté dans un bouquet sublime de couleurs chatoyantes qui empourpraient les gorges profondes de cette région accidentée.

Au-dessus des rouges frondaisons, tout en haut d'une colline, accroché au-dessus d'un à-pic rocheux, un village antique se dressait dans le bleu de l'azur. Se découpant dans le ciel avec le doux contour de son clocher pisan et les arêtes plus vives de ses maisons immobiles et silencieuses, il se confondait harmonieusement avec la nature qui l'entourait. Les vitres des fenêtres de la façade des maisons, donnant sur le couchant, incendiées par les derniers feux du jour, resplendissaient comme des vitraux de cathédrale.

Venant de la direction de Bastia, Laura engagea sa voiture dans les sous-bois, roula pendant quelques minutes au fond de la vallée ombragée, longea sur quelques kilomètres le torrent ragaillardi par les averses automnales, puis attaqua allégrement la petite route en lacet qui montait en pente raide vers le village. Tout en tenant d'une main ferme le volant, la jeune femme ne perdait pas une miette du spectacle qui s'offrait à elle. Plus elle avançait, plus le paysage, maintenant exposé en totalité sous ses yeux, devenait magnifique.

« C'est beau ! » se dit-elle, dans un soupir presque douloureux, en remplissant son cœur de ce tableau inoubliable.

Comme chaque fois qu'elle y revenait, la beauté de son pays natal la frappait par sa perfection et son équilibre entre les formes et les couleurs. Pourtant, au lieu de l'apaiser, cette splendeur insoutenable remplissait son cœur d'une légère angoisse. Cette fois encore la douce nostalgie de l'automne, ajoutée à ses pensées moroses, la laissait insatisfaite et lui donnait cette impression bizarre d'avoir commis une faute grave ou manqué à ses devoirs.

En fait, elle le savait depuis toujours, ce sentiment de culpabilité ne l'avait jamais quittée depuis son départ définitif de Corse. Aujourd'hui encore, le remords d'avoir trahi quelque chose d'important, en abandonnant autrefois ces lieux enchanteurs, taraudait son esprit et il augmentait d'intensité au fur et à mesure qu'elle approchait de son village qui, sans rancune, semblait pourtant lui tendre les bras dans un geste de pardon.

En fait, dans ces lieux chargés de tendresse, Laura avait du mal à analyser clairement le fond de sa pensée et, comme elle ne pouvait expliquer autrement la tristesse qui l'avait envahie, elle attribuait inconsciemment ses idées mélancoliques au deuil de la nature qui enveloppait son âme d'une chape de plomb.

D'autre part, elle cherchait à se rassurer, mais la crainte de trouver son père vieilli et diminué par l'âge, après plusieurs années de séparation et d'incompréhension mutuelle, devenait de plus en plus lancinante et ce sentiment ne devait pas être étranger à l'émotion et au trouble indéfinissables qui s'étaient emparés d'elle.

Des souvenirs, longtemps assoupis dans sa mémoire, se réveillaient et défilaient devant ses yeux comme ces films rapides d'autrefois qui donnaient des gestes saccadés aux personnages et brouillaient l'écran. La jeune femme avait l'impression que toutes ces années de lumière qui l'avaient marquée, à une époque privilégiée de son existence, s'étaient donné rendez-vous dans ce coin perdu de montagne pour s'allier à la magie de l'automne et donner aux choses les plus banales une dimension surnaturelle.

Elle sentait, presque à les toucher du doigt, ces petites cicatrices invisibles, longtemps oubliées au fond de son cœur d'exilée, redevenir vivantes et sensibles au fur et à mesure qu'elle remontait aux sources de son enfance.

Laura était née au sein d'une famille de trois enfants. Elle avait une sœur de trois ans son aînée et un frère plus jeune qu'elle de cinq ans. Sa mère était morte en mettant celui-ci au monde.

Aujourd'hui, la femme qu'elle était devenue ne gardait qu'une image imprécise de celle qui lui avait donné le jour. De rares fois, en remontant l'horloge du temps, elle revoyait une petite femme mince et brune, toujours vêtue de sombre, qui, les soirs d'hiver, la serrait dans ses bras près de l'âtre familial en fredonnant une berceuse pour l'endormir. L'odeur du tissu chaud de la blouse noire que portait sa mère lui revenait alors en mémoire et elle ressentait, presque aussi vif qu'autrefois, le trouble provoqué par la caresse maternelle et la pression d'une main légère, posant sa tête d'enfant sur une poitrine jeune, douce et tiède comme un nid d'oiseau.

L'affection d'une mère lui avait manqué. Elle s'en rendait compte à présent malgré les années qui avaient fui sur la pente rapide de la vie. « La blessure de l'enfance ne se ferme jamais ! On reste toujours un enfant au fond de soi-même, se dit-elle, la gorge contractée ! À près de quarante ans et après une existence déjà bien remplie voilà que je me laisse encore bercer par des chimères ! Qui croirait ça de Mme Laura Dumont, directrice d'un hebdomadaire féminin de renom dont tout le personnel admire la fermeté de caractère et l'autorité naturelle ? Il faut te ressaisir, ma pauvre Laura », ajouta-t-elle, presque à haute voix, tout en se reprochant sa faiblesse passagère.

Mais elle avait beau se raisonner, rien ne parvenait à endiguer le flot tumultueux de ses pensées. Dans le pays de ses racines, marqué par des siècles de traditions, tout prenait, elle le savait, une autre dimension ! Le monde sophistiqué de la salle de rédaction de son journal passait au second plan et l'évocation de son enfance, qui remontait par d'amples bouffées du fond de sa conscience, devenait soudain beaucoup plus importante que les préoccupations superficielles qui étaient les siennes sur les lieux de son travail ou de son existence quotidienne dans une cité bruyante et sans âme.

Tout en conduisant d'une main sûre, Laura, qui avait la certitude de vivre un moment très particulier de sa vie, ressentait le besoin de revenir en arrière et de faire une sorte de bilan moral de sa propre destinée, inséparable de celle de sa famille.

Ses jeunes années, faites de joies et de peines comme toutes celles qui parsèment les destinées humaines, n'avaient été pas très différentes de celles des enfants de cette région montagneuse de la Corse, aujourd'hui presque déserte. Mais pour Laura qui, comme beaucoup d'autres insulaires, avait tout quitté pour aller dans un monde tout à fait différent de celui qui l'avait vue naître, son retour ressemblait chaque fois à un pèlerinage pathétique.

L'histoire de sa famille se confondait un peu avec celle de son village. Son père, Francescu-Maria Raffali, berger de son état, avait travaillé dur pour que sa famille ne manque de rien. Il ne s'était pas remarié. Après la mort de sa femme qu'il adorait, les enfants avaient été élevés par la nombreuse parenté, grand-mères, tantes, cousines qui, comme dans toute famille corse, gravitait autour de sa maison. Laura et sa sœur Anna-Maria avaient fait des études sérieuses au lycée de Bastia, ce qui leur avait permis, après l'âge de vingt ans, de quitter le village pour la région parisienne et de faire leur chemin sur le plan professionnel, Anna-Maria comme professeur de français dans l'enseignement public et Laura dans la presse féminine où, après quelques années de journalisme, elle avait fondé un magazine aujourd'hui réputé sur le plan international. Seul son frère Ghian-Natale était resté au village après l'école primaire, mais nul ne pouvait se douter que cette banale décision contenait le germe d'un drame familial.

L'exode rural était à son comble à l'époque et la contrée, longtemps très peuplée, avait été désertée en peu de temps par presque tous les enfants en âge de partir. Sur les vingt bergers qu'il y avait à l'origine, seul son père était resté. Lui n'avait quitté son village que pour aller, à contrecœur, faire son service militaire à Marseille d'où il était rapidement revenu pour reprendre ses occupations pastorales. Pour rien au monde il n'aurait abandonné la terre de ses ancêtres, sous laquelle reposait, aux côtés de ses parents, celle qui avait partagé les plus belles années de sa vie. Ce n'est pas sans regret qu'il avait vu partir et s'éloigner ses filles qu'il adorait, pour ce continent que l'on disait alors plein de promesses. Lui-même savait lire et écrire mais il était persuadé qu'une instruction trop poussée coupe le peuple de ses racines, durcit le cœur des hommes et les pousse à renier leurs origines. Ça n'avait pourtant pas été le cas pour ses filles qui lui avaient gardé toute leur affection et étaient restées très attachées au sol natal. Sa peine s'était adoucie au fil des ans et il était très fier de ces femmes belles et élégantes qui, grâce à leurs qualités intellectuelles et morales, étaient parvenues non seulement à s'élever au-dessus de leur condition mais aussi à fonder des familles honorables en se mariant avec des « continentaux » également méritants et dignes d'intérêt.

Elles revenaient tous les ans au village avec mari et enfants pour passer des vacances dans la grande maison familiale qui pendant un mois de l'année s'ouvrait à une vie nouvelle.

Mais la plus grande joie de Francescu-Maria lui était venue de son fils qui, passionné comme lui par la nature, avait décidé de rester au pays et de prendre sa relève à la tête du troupeau maintenant en plein essor.

Respectueux de l'autorité paternelle, Ghian-Natale, qui avait atteint l'âge de vingt-deux ans, l'aidait de son mieux et il attendait sans grande impatience le jour où il prendrait en main l'exploitation familiale, après avoir fondé à son tour une famille en se mariant avec celle que tout le monde considérait d'ores et déjà comme sa future épouse.

Nunziata Garbini, née dans un village voisin, avait fréquenté la même école primaire que Ghian-Natale et partagé ses jeux d'enfants. Plus tard un tendre sentiment les avait rapprochés et ils avaient décidé d'informer leurs parents respectifs avant de s'engager sur la voie des promesses. Francescu-Maria n'avait pas caché sa satisfaction à l'annonce de cette bonne nouvelle et, ayant revêtu son plus beau costume de velours, il était allé sur-le-champ demander la main de la demoiselle. Les parents de Nunziata, exploitants forestiers prospères de la région, sans héritier mâle, avaient approuvé le choix de leur fille, ravis de voir celle-ci unir sa destinée à un enfant du pays appartenant à une bonne famille.

Les choses s'annonçaient par conséquent sous les meilleurs auspices pour les deux familles qui selon les usages locaux avaient favorisé, en sous-main, cette idylle entre un jeune homme et une jeune fille de condition sociale équivalente, tout en laissant à chacun l'impression d'avoir dirigé son propre sort. Après la déclaration officielle, les fiancés furent autorisés à se voir tous les jours mais en présence de quelqu'un de la famille pour respecter les règles ancestrales de la bienséance et du savoir-vivre en vigueur au sein de cette société patriarcale aux mœurs plutôt austères.

Ghian-Natale était beau garçon. Châtain, les yeux et le teint clairs, comme beaucoup de montagnards de cette région, il était de taille élancée et portait avec beaucoup d'aisance le costume de velours traditionnel des bergers du pays et la *fàscia* rouge, signe distinctif des hommes adultes de ce temps-là. Quant à Nunziata, elle était plutôt petite, les cheveux noirs et bouclés, brune comme une châtaigne, et en définitive très typée et très jolie dans l'épanouissement et la grâce de ses vingt ans.

Tout allait par conséquent pour le mieux dans le meilleur des mondes et la date du mariage avait été fixée au 15 août de cette année-là, pour permettre à la famille d'être au complet avec la venue des familles d'Anna-Maria et de Laura dont les vacances étaient annoncées.

Pour de bonnes raisons, Francescu-Maria entendait donner un éclat particulier aux festivités du mariage. L'héritier mâle de sa famille allait fonder un foyer et il comptait passer les rênes de sa maison au nouveau couple dès la naissance du premier enfant.

– Je me fais vieux et j'ai assez travaillé, disait-il à tout propos. Chacun doit suivre son destin. Vous prendrez la grande maison avec Nunziata, avait-il promis à Ghian-Natale ; quant à moi, j'irai m'installer dans celle de ta pauvre mère dans le haut du village ; ce qui me permettra de vous voir souvent et de vous aider dans votre travail quand le besoin s'en fera sentir.

Le troupeau était florissant. Il comptait maintenant trois cents têtes dont deux cents brebis laitières qui assuraient un bon rapport. Le lait était vendu journellement à la Société Roquefort dont un employé venait tous les matins avec son camion collecter les bidons durant toute la saison de production, l'hiver près du littoral et au printemps au pied de la grande montagne. Ce ramassage allégeait considérablement la tâche des bergers, qui dans le temps étaient obligés de transporter le lait à dos d'âne jusqu'aux laiteries installées dans les villages.

C'est vrai qu'il y avait de moins en moins de bergers et de moins en moins d'habitants dans ce pays frappé par l'exode rural, cette plaie des temps modernes. La région presque vide d'habitants une grande partie de l'année ne retrouvait une animation factice que pendant la saison estivale. Les personnes originaires de la région venaient tous les ans selon la coutume avec leurs familles, mais beaucoup de touristes et d'estivants de toutes origines envahissaient également les lieux et se comportaient malheureusement comme en pays conquis.

Francescu-Maria vivait un peu en dehors de toute cette agitation qu'il n'approuvait guère. Ses filles venaient chez lui durant tout le mois d'août de chaque année avec mari et enfants mais tout le monde adoptait le mode de vie ancestral du père qui avait fait aménager sa maison avec tout le confort moderne mais n'entendait pas changer sa façon de vivre ni renoncer à ses prérogatives de chef de famille.

L'annonce du mariage de Ghian-Natale avec une fille du pays qu'elles connaissaient n'avait pas surpris Anna-Maria et Laura. Bien qu'elles eussent préféré que leur frère fasse comme elles et vienne les rejoindre sur le continent pour y exercer un emploi plus lucratif que celui de berger, elles avaient admis sans difficulté l'orientation qu'il entendait donner à son destin et, finalement, elles s'étaient réjouies de cette bonne nouvelle.

Dans un sens, elles comprenaient les motivations profondes de Ghian-Natale et elles en tiraient la conclusion que leur frère était bien trop attaché à son père, à la Corse et à son troupeau, pour vouloir changer de vie.

Cette solution avait aussi pour avantage d'assurer les vieux jours de leur père qui, commençant à prendre de l'âge, allait avoir besoin de l'aide affectueuse de quelqu'un de proche et d'un repos bien mérité, après une vie laborieuse.

Le début de l'été amena la horde de touristes habituelle. Toutes les maisons vides du village étaient louées, le camping sauvage faisait florès et la population, d'un coup de baguette magique, avait décuplé. Une vie un peu factice s'était emparée des lieux. Ce n'étaient que longues files de voitures d'estivants et de cars de touristes qui encombraient la petite route, cris de joie et tapage, toute la journée et même la nuit. Des cohortes de jeunes gens et jeunes filles aux jambes nues et bronzées traversaient l'agglomération sac au dos ou s'installaient sans vergogne aux abords de la fontaine, située au centre du village, pour manger un morceau de pain sur le pouce et parfois dormir à même la terre.

Les habitants sédentaires regardaient sans trop de curiosité ces êtres étranges qu'ils appelaient avec un peu de dédain « les mangeurs de tomates ». Telle était en effet, aux yeux des insulaires, la réputation de ces voyageurs, plutôt désargentés, qui faisaient de ce légume peu onéreux la base de leur alimentation.

Les deux communautés cohabitaient mais, de mœurs et de comportements différents, elles ne se mêlaient guère et leurs relations, quoique exemptes d'animosité, étaient réduites aux banalités.

Comme les autres, Ghian-Natale regardait sans passion ce déferlement d'estivants et il en supportait les inconvénients qui en résultaient en se disant que, les vacances ne durant que deux mois, le village retrouverait bientôt son visage paisible et rassurant. Étant d'un naturel affable et liant, il lui arrivait cependant d'engager la conversation avec certains touristes et d'échanger avec eux des idées sur leur façon de vivre dans ce monde bruyant et tumultueux qui était le leur. En comparaison il parlait parfois de sa propre vie et il bénissait le ciel de l'avoir fait naître berger dans un pays de bergers.

On était au début du mois de juillet et son mariage était proche. Les invitations avaient été lancées et la population, ainsi que les vacanciers originaires des deux villages, le sien et celui de Nunziata, étaient conviés aux agapes qui devaient se dérouler dans la maison de la mariée et sur la place de son village où, selon la coutume, jeunes et vieux pourraient manger des gâteaux, boire du bon vin, palabrer ou danser toute la nuit au son d'un accordéon.

En attendant ce jour tant espéré, Ghian-Natale continuait à s'occuper de son troupeau et des diverses tâches agricoles qui lui incombaient.

Un matin, en allant à son jardin, il passa par la place de la fontaine, dans l'intention de faire boire son âne au bassin de pierre rempli habituellement d'une onde pure. Quelle ne fut pas sa surprise de constater que le breuvage destiné à sa bête était troublé par la présence d'une jeune fille qui faisait sa toilette directement dans le bassin. Elle était vêtue, si l'on peut dire, d'un slip de bain et d'un soutien-gorge, réduits tous les deux à leur plus simple expression.

Ghian-Natale allait faire une réflexion à la jeune fille pour lui reprocher son manque de savoir-vivre, quand celle-ci lui lança un regard et d'un sourire lui transperça l'âme, plus sûrement qu'avec une lame d'acier. Elle avait des yeux clairs d'un bleu limpide presque irréel. Son visage aux traits réguliers était empreint d'une douceur extrême et ses lèvres d'un rouge incarnat, légèrement entrouvertes, laissaient voir de petites dents de carnassier, blanches, jolies et bien rangées.

C'était une fille superbe. Elle était blonde et souple comme une tige de blé et sa peau de pêche, dorée par le soleil, resplendissait dans la lumière du matin. Ses jambes longues et lisses et ses pieds menus lui donnaient l'allure d'une pouliche, avide de galop. Pour l'instant, de ses mains fines, aux longs doigts effilés, semblant faites pour caresser les fleurs les plus délicates, elle soulevait des gerbes d'eau fraîche et s'aspergeait le corps, aussi à l'aise que si elle avait été dans sa salle de bain.

Elle s'était retournée en entendant un bruit derrière elle.

– Bonjour, avait-elle dit d'une voix harmonieuse à Ghian-Natale, en montrant l'ovale parfait de son visage où perlaient des gouttes d'eau.

– Bonjour, avait répondu celui-ci, profondément troublé par cette exquise apparition.

Il ne pouvait détacher son regard de cette fille presque nue et qui montrait en tout cas assez de peau pour que le garçon le plus vertueux ait envie d'en voir davantage.

Voilà comment commença cette passion qui mit le sang de Ghian-Natale en feu au point de lui faire oublier tous ses devoirs.

Ils se revirent bien sûr et l'âne de Ghian-Natale finit par connaître par cœur le chemin de la fontaine et celui d'autres endroits plus discrets et ombragés.

Une certaine coutume corse voulait que ce soient les garçons qui enlèvent les filles pour forcer des parents réticents à leur accorder l'autorisation de se marier. Dans cette histoire ce fut le contraire qui arriva. Un beau matin de la fin du mois de juillet, Ghian-Natale prit le bateau, emporté par les tourbillons d'une attirance charnelle qu'il n'arrivait plus à contrôler.

D'où le drame qui frappa de plein fouet les familles Raffali et Garbini qui étaient loin de s'attendre à la tournure prise par les événements.

La suite ne fut pas brillante pour Ghian-Natale qui ne tarda pas à être supplanté dans le cœur de cette fille volage par plus fortuné que lui. Mais le mal était fait et le jeune homme n'osa pas revenir en Corse où il avait semé le désordre que l'on sait. Ses sœurs, d'ailleurs, l'incitèrent à rester sur le continent. Conformément à la tradition insulaire, elles lui apportèrent l'aide morale et matérielle dont il avait besoin et elles firent tout ce qui était en leur pouvoir pour le garder auprès d'elles. Elles lui assurèrent le vivre et le couvert pendant un certain temps puis lui facilitèrent les démarches pour trouver un emploi et un logement dans la région où elles-mêmes étaient fixées. Fait plus grave, sans se douter qu'elles allaient ainsi blesser profondément leur père, elles lui écrivirent qu'elles avaient pris le sort de Ghian-Natale entre leurs mains et l'avaient dissuadé de retourner au pays pour y reprendre le métier de berger qu'elles jugeaient ingrat et sans avenir.

La colère de Francescu-Maria fut terrible. Il ne comprenait pas que l'on puisse mettre en doute la noblesse d'une tâche qui lui avait permis d'élever sa famille dans la dignité. Il renia presque ses enfants. Ghian-Natale parce qu'il s'était mal conduit et ses filles parce qu'elles avaient accueilli et assisté le renégat au lieu de lui conseiller de revenir en Corse pour y faire amende honorable, réparer les fautes commises et poursuivre l'œuvre de ses ancêtres. Il leur notifia, par écrit, qu'ils ne voulait plus les voir, vendit son troupeau et s'enferma chez lui, ne sortant que pour aller à la messe et aux enterrements.

Le but était proche maintenant. De la route, sinuant à l'horizontale, au flanc d'un coteau faisant face au village, on apercevait les premières maisons bâties avec la roche grise du pays et les toits couverts de lauzes de la même teinte. Imposants sans être massifs, le clocher et l'église dominaient l'ensemble sans rompre cette perfection des formes que des hommes aujourd'hui disparus avaient atteinte en construisant, de leurs propres mains et avec beaucoup d'amour, leurs humbles demeures et celle de Dieu.

Laura passa devant le petit cimetière où quatre cyprès austères, plantés aux coins du modeste enclos, montaient la garde en silence.

Dès qu'elle aborda, à allure réduite, les premières maisons bâties de part et d'autre de la route qui devenait rue, Laura se sentit chez elle. Elle s'intégra en pensée aux lieux de son enfance et son angoisse disparut. Rien n'avait changé mais il lui sembla que la chaussée était moins large que dans son souvenir. « Un détail ! se dit-elle. À force de vivre dans la région parisienne, mes yeux ont perdu l'habitude des choses les plus simples ! » Elle reconnut chaque ruelle et mit un nom sur chaque cheminée. Beaucoup de maisons avaient, de toute évidence, été restaurées avec soin, mais elles étaient apparemment vides. Les portes et les fenêtres étaient fermées et un silence un peu étrange régnait sur le village pratiquement désert.

La première personne qu'elle aperçut fut Catalina dite « Lilina » qui, bien qu'âgée de quatre-vingt-dix ans, exploitait toujours, seule, l'unique café du village. Elle se tenait devant la porte de son modeste établissement et elle lui fit un petit signe un peu triste de la main. Elle croisa ensuite Dumenicu le forgeron, ou plutôt l'ancien forgeron, car il y avait des années que l'artisan n'avait plus tiré sur le soufflet de sa forge. Il marchait le long de la rue, les épaules voûtées et la tête basse. Des souvenirs teintés de nostagie affluèrent du fond du cœur de Laura. Elle se revit au temps de son enfance quand elle allait avec ses camarades, filles et garçons, voir travailler Dumenicu dans son antre noir de suie, près de l'école. D'autres visages lui revinrent en mémoire : Eugène le jardinier, Ambrugione l'ancien militaire, Carlu-Maria le maçon, François le laitier. Où étaient-ils à présent, les personnages de son enfance ? Morts sans doute ? Ou alors très âgés s'ils vivaient encore au village ? Des vieux ! Des vieux ! Il n'y a plus que des vieux depuis que tout le monde a déserté le pays natal ! Elle pensa à son père. Lui aussi était vieux et usé par une vie de labeur. Elle compta son âge mentalement et se dit qu'il avait dépassé quatre-vingts ans. Mais il était encore solide ! Elle savait par sa tante, qui s'occupait de lui, qu'il avait encore bon pied et bon œil et toute sa lucidité.

Pourquoi la vie les avait-elle séparés depuis si longtemps ? se dit-elle, et ses pensées devinrent à nouveau amères ? Pourquoi ce différend stupide était-il intervenu entre eux et lui, brisant ce lien des années de lumière ? Maintenant ses enfants, ceux d'Anna-Maria et de Ghian-Natale étaient grands et le grand-père ne connaissait même pas certains d'entre eux. Mon Dieu que les êtres humains sont compliqués quand ils s'y mettent ! Toutes ces années d'amour perdues pour rien ! Quel gâchis pour les beaux yeux d'une femme !

« Une rupture comme celle-là se serait terminée dans

un bain de sang, il y a seulement quelques années », songea Laura qui était encore imprégnée des mœurs insulaires. Dans son enfance elle avait souvent entendu raconter des histoires d'amour qui finissaient tragiquement et mettaient deux familles en état de guerre pendant plusieurs générations. Heureusement que les esprits avaient évolué et s'étaient ouverts à plus de tolérance, mais il n'empêche que la conduite de son frère avait laissé des traces dans les deux familles concernées et même dans la population des deux villages dont la rancœur n'était pas apaisée malgré la quinzaine d'années qui s'étaient écoulées depuis ces fâcheux événements.

Maintenant tout était rentré dans l'ordre. Ghian-Natale, que l'on n'appelait plus que Jean-Noël, s'était marié avec une continentale et deux enfants étaient venus égayer son foyer. Il s'était fait, lui aussi, une situation, plus modeste que celles de ses sœurs il est vrai, mais il gagnait correctement sa vie comme gardien de musée au Louvre où un compatriote influent l'avait fait entrer. Sa femme y travaillait également comme secrétaire et c'est là qu'il avait fait sa connaissance, retrouvé son équilibre et une autre raison de vivre. Avec Lucette, son épouse, ils voyaient souvent ses sœurs et les six cousins des trois ménages s'entendaient à merveille, partageant jeux et affection à chacune de leurs rencontres. Avec elles, Jean-Noël parlait souvent de leur pays, de l'enfance commune, des joies et des peines partagées, mais personne n'abordait jamais la malheureuse histoire qui les avait tous profondément blessés.

Ni Jean-Noël, ni ses sœurs, ni les maris, ni les enfants n'avaient plus jamais remis les pieds ni au village, ni en Corse d'ailleurs, que Lucette ne connaissait même pas. Tous se taisaient mais chacun savait que Jean-Noël souffrait. Il entretenait, comme une punition nécessaire, cette blessure secrète qui lui brûlait le fond de l'âme. Il avait oublié la fille qui s'était moquée de lui mais le remords d'avoir fait beaucoup de peine à son père ne l'avait jamais quitté. Depuis son départ précipité de l'île, il n'avait pas passé une journée sans penser à celui qui resterait à jamais, à ses yeux, un exemple de droiture et d'honnêteté. Désormais son seul but dans la vie était de lui ressembler et d'obtenir un jour son pardon.

Jean-Noël se savait seul responsable des malheurs qui s'étaient abattus sur les siens. Il prenait à son compte la brouille de ses sœurs avec leur père, reconnaissait le mal fait à Nunziata, qu'il avait aimée, et à la famille Garbini qu'il estimait et, enfin, il comprenait parfaitement la réprobation des honnêtes gens à son égard puisqu'il était celui par qui le scandale était arrivé.

Laura repassait dans son esprit tous ces événements et revoyait avec beaucoup de tristesse l'instant précis où il avait fallu couper toutes relations avec son père, cet homme d'un autre siècle, intransigeant et inflexible, qui avait toujours accordé ses actes à ses paroles. « On ne peut lui en vouloir, pensa-t-elle. Il a toujours vécu dans un monde où il n'y avait pas de place pour l'intrigue et la lâcheté. Il n'a jamais admis que l'on puisse mettre son autorité et son intégrité morale en doute et il s'est estimé bafoué par ses propres enfants. »

Pourtant, à l'époque des faits, la notion que son père avait de certaines valeurs avait paru surannée à Laura. Elle avait longtemps estimé que ses réactions avaient été celles d'un homme qui refuse d'évoluer vers un monde plus libre et plus moderne. Mais le temps était venu où elle avait compris que le sens qu'il avait toujours eu de l'honneur ne pouvait se mesurer à l'aune commune et que les règles d'une société superficielle, au sein de laquelle les actes des hommes se confondaient avec la satisfaction égoïste de certains besoins, ne pouvaient lui être appliquées.

L'âge aidant, elle comprenait maintenant que son père n'avait pas eu tous les torts dans cette affaire. Le rêve de voir son fils poursuivre sa noble tâche brisé à jamais, le manquement à la parole donnée, le sentiment d'avoir été parjure à ses engagements, même à son corps défendant, étaient des raisons suffisantes pour l'amener à se couper de ses enfants et à se murer dans un isolement qui le mettait à l'abri de la légèreté de certains comportements humains qu'il avait toujours désapprouvés.

Cette amertume sans cesse remâchée, durant de longues années, et la douleur d'avoir subi un affront public avaient dû faire de lui un homme aigri et profondément malheureux, même si la bonté constituait le fond de son caractère.

Car son père était un être foncièrement bon et Laura avait toujours été intimement persuadée qu'un jour ou l'autre il reviendrait vers les siens.

« Il faut laisser faire le temps, c'est un remède souverain à toute chose », répétait-elle inlassablement à ceux qui évoquaient devant elle les événements qui avaient déchiré sa famille. Elle qui le connaissait bien n'avait jamais désespéré de faire fléchir cet être qui était certainement ce qu'elle avait de plus cher au monde. Elle demandait très souvent de ses nouvelles par des voies détournées et elle avait appris qu'il était revenu à de meilleurs sentiments en abordant l'automne de sa vie.

Et l'heure du pardon avait enfin sonné ! Laura n'avait

rien négligé pour renouer des liens que la profonde affection et le grand respect que tous portaient au père avaient gardés intacts au sein de sa famille.

Grâce au caractère foncièrement bon de sa tante qui l'avait élevée et qu'elle aimait comme une mère, les relations avec le village n'avaient jamais été coupées. Le temps, dispensateur d'oubli et de sérénité, avait fait son œuvre. Beaucoup de protagonistes de cette histoire avaient disparu. Les parents de Nunziata étaient morts. Son père n'avait plus que sa dernière sœur qui s'occupait de lui. Nunziata s'était mariée avec un gendarme continental en fonctions à la brigade locale : le couple et ses trois enfants avaient quitté la Corse sans espoir de retour pour aller s'installer définitivement en Bretagne, dans le pays du mari.

Toutefois ce n'est pas sans peine que l'obstination du patriarche avait été vaincue. Il avait fallu beaucoup de tact et patience à Laura et à sa tante pour arriver au résultat désiré. Elles avaient exploité à fond les relations privilégiées qu'elles avaient toutes deux avec le village et les autres membres de la famille vivant dans la région pour arriver à leurs fins. Finalement tout le monde s'était rallié à cette juste cause et les pourparlers engagés entre hommes de bonne volonté avaient un beau jour scellé la réconciliation générale de la famille.

La vulgarisation de ce moyen magique de communication qu'est le téléphone avait aussi été déterminante dans ce rapprochement tant espéré. Laura se rappelait encore l'émotion qui l'avait submergée quand elle avait entendu la voix de son père dans l'appareil. Elle était remuée jusqu'au fond de l'âme. Un tremblement l'avait saisie et des larmes abondantes avaient coulé sur ses joues.

– *Ô ba ! Ti tengu caru.* « Papa je t'aime », lui avait-elle dit pour la première fois de sa vie.

Ça n'a jamais été l'habitude en Corse d'exprimer ainsi ses pensées. On a toujours été plutôt avare de sentiments et de paroles dans ce milieu austère où, par pudeur, on ne dit jamais de choses tendres, même dans l'intimité. Mais ce jour-là Laura ne s'était embarrassée d'aucune fausse honte et elle avait trouvé les mots qu'il fallait pour convaincre son père. Elle qui avait perdu l'habitude de parler corse avait retrouvé l'usage de sa langue maternelle pour lui dire toute son affection et lui demander si elle pouvait aller le voir. Il lui avait répondu sobrement :

– Viens quand tu voudras, la porte est ouverte.

– J'arrive, avait-elle répondu et, encore sous le coup de l'émotion, elle avait retenu sa place dans l'avion du lendemain. Elle était profondément bouleversée. Son mari et ses enfants ne la reconnaissaient pas. Elle si maîtresse d'elle-même d'habitude ne parvenait plus à dissimuler son émoi et l'agitation extrême de ses pensées.

Son voyage en avion s'était déroulé comme dans un rêve. À Bastia elle avait loué une voiture à l'aéroport de Poretta et elle avait pris immédiatement le chemin de la montagne.

Au fur et à mesure de sa progression sur la route, le contraste formé par les deux mondes, totalement différents, qu'elle connaissait avait frappé Laura. « Ici tout est lumière, calme, solitude et beauté, élévation des sentiments. Là-bas, tout est grisaille, bruit et fureur, intérêts sordides, calculs dérisoires ! » se disait-elle, sans se douter un seul instant que l'amour immodéré qu'elle portait aux siens et à son pays natal pouvait, dans une certaine mesure, influer sur ses pensées et l'induire en erreur dans son jugement.

Tout en roulant, elle était redevenue l'enfant qu'elle n'avait jamais cessé d'être. Elle allait se jeter dans les bras noueux de son père et sentir sur son visage sa joue rugueuse et mal rasée. Elle allait le chérir, lui dire qu'elle l'aimait, que tout le monde l'aimait, comme il le méritait. Peut-être l'emmener avec elle à Paris. Non, se dit-elle, il ne s'habituerait jamais à cette grande ville tentaculaire et inhumaine. Il lui fallait son ciel bleu, son village, sa montagne, le chant des oiseaux au printemps, le murmure de la fontaine, le banc de la grand-place les soirs d'été, la veillée au coin de l'âtre l'hiver et le cadre familier de son existence !

« Je vais lui dire ceci et cela. En corse et en français. Je garderai sa main dans la mienne pendant un long moment puis je lui remettrai cette lettre qu'Anna-Maria, Jean-Noël et moi avons écrite pour lui dire tout notre amour avec des mots que nous n'oserions jamais lui dire de vive voix. Et puis les dessins des enfants les plus petits, ceux de Jean-Noël, pour un grand-père corse qu'ils n'ont jamais vu. » Machinalement elle ouvrit son sac et toucha la lettre pour s'assurer qu'elle était encore là et la douceur du papier l'apaisa.

Elle gara sa voiture sur la place de la fontaine et, dans le grand silence qui régnait, commença à gravir allégrement le sentier pavé de pierres plates qui conduisait à la maison paternelle dont on apercevait la façade austère dominant le haut de la ruelle. Toutes les fenêtres étaient fermées. Il doit se tenir dans la cuisine au rez-de-chaussée, se dit Laura. Son cœur battait à se rompre et pour se rassurer elle se disait que c'était l'effort fourni dans la côte qui la mettait dans cet état. Mais dans le fond d'elle-même elle savait qu'il n'en était rien.

Tout continuait à se passer comme dans un rêve surréaliste. Le choc provoqué par l'opposition entre le milieu sophistiqué qu'elle venait de quitter et la nature qui l'environnait ne s'était pas dissipé. Le ciel, d'un bleu presque gris à cette heure de la journée, était d'une douceur irréelle. La grande montagne dominant le paysage était incendiée par le soleil couchant. En contrebas la vallée, autrefois cultivée, commençait à s'endormir mais les dernières lueurs du jour révélaient des couleurs flamboyantes, différentes selon les essences. Grâce à sa position élevée, Laura distinguait maintenant le rouge plus accentué des cerisiers, l'or des frênes, le pourpre des hêtres et le jaune tendre des châtaigniers. Le maquis à feuilles persistantes étalait des nappes d'un vert sombre qui formaient, par endroits, la toile de fond de ce tableau gigantesque. Ceinturant les collines ou les escaladant, les anciens murs de clôture des propriétés, maintenant écroulés, dessinaient des lignes irrégulières plus claires ressemblant à des frontières d'États minuscules sur une carte de géographie. De-ci de-là des cabanes et des enclos aux murs de pierre, également écroulés, formaient des petites îles dans une mer de verdure. Laura reconnut l'ancienne bergerie de sa famille, qui n'était plus qu'un amas de ruines recouvertes en partie par des plantes sauvages, et le sentier qu'elle empruntait étant enfant pour aller y retrouver son père au moment de la traite des brebis, traçait, comme dans les replis d'un visage aimé, une ride sinueuse au fond de la petite vallée.

La jeune femme, un peu essoufflée par la montée, arriva devant la porte de la maison paternelle. Sa tante, qui avait été, sans doute, alertée par le bruit de moteur de la voiture, se tenait sur le seuil, immobile et figée comme une statue d'ébène. Elle était vêtue d'une robe noire et sa tête était couverte d'une mantille sombre.

– Il est mort ce matin, dit-elle en français d'une voix triste. Il n'a pas souffert. Il était usé par le travail.

Laura lui fut reconnaissante de ne pas ajouter « le chagrin » aux causes de cette mort subite.

– Ton père t'attendait depuis hier mais sans impatience, comme on attend le lever du soleil, ou la venue du printemps, sachant bien que l'événement se produira au moment voulu, ajouta-t-elle d'un ton résigné. Laura – elle disait « Laoura » à la mode corse –, il m'a parlé de toi ces jours derniers. Je crois que tu étais sa préférée. Celle qui était la plus proche de lui et qui réagit de la même façon devant certains événements. Il a tout pardonné à tout le monde ; c'était un homme dur mais honnête et bon.

Laura se jeta dans les bras de sa tante qu'elle aimait profondément. Son cœur continuait à cogner fort dans sa poitrine, mais aucune larme ne venait à ses yeux. Le choc, trop brutal, l'avait anesthésiée. La douleur, qui viendrait plus tard, était encore endormie au fond de son cœur et ses sentiments étaient confus. « Heureusement que je me suis habillée sobrement », pensa-t-elle sottement comme si cela avait une importance capitale.

Elle entra dans la pièce commune. Des personnes du village, silencieuses comme des ombres, se levèrent à sa vue et vinrent l'embrasser gauchement.

Elle suivit sa tante dans la chambre du bas. Son père était étendu sur le lit, vêtu de son costume de velours de couleur foncée, à boutons métalliques. Le grand chapeau de feutre noir qu'il avait porté toute sa vie durant était posé sur le lit, près de lui. Il avait maigri et vieilli mais son apparence physique était celle d'autrefois. Son visage régulier, apaisé par la mort, avait conservé ce mélange de fermeté et de douceur qui étaient les traits dominants de son caractère. Ses mains, déformées par des années de dur labeur, étaient jointes dans un geste de prière.

Laura était seule maintenant dans la chambre du mort. Sa tante avait rejoint les visiteurs. Un dernier rayon de soleil vint se poser sur les murs blancs de la chambre qui en furent illuminés. Le Christ, fixé sur une grande croix de bois surmontant le lit, jeta un éclat métallique sous les effets de la vive lumière.

Aucune larme n'arrivait à passer les paupières de Laura. Le temps semblait avoir arrêté son cours. Elle se demanda, à un moment donné, si elle était là depuis quelques minutes seulement ou depuis plus longtemps. Cependant les battements de son cœur avaient pris un rythme régulier et une grande sérénité envahissait peu à peu son âme, comme si la présence de son père mort ôtait toute inquiétude de son esprit, jusque-là tourmenté par le remords.

Une étrange atmosphère régnait dans la pièce, maintenant assombrie par le coucher du soleil. Il sembla à Laura que son père s'adressait à elle par-delà la mort et qu'il lui parlait tendrement, tout bas, comme autrefois, quand elle était petite. Alors Laura sortit la lettre de son sac et la glissa entre les mains raidies par la mort. Puis elle fit une chose qu'elle n'avait plus faite depuis très longtemps, elle tomba à genoux, se signa, et les mots d'une prière oubliée montèrent de son cœur à ses lèvres.

Des larmes de délivrance jaillirent de ses yeux, l'étau qui encerclait sa poitrine se desserra et une paix immense envahit les profondeurs de son être.

Le fils oublié

– C'EST là, me dit le vieux berger en me montrant un amas informe de pierres grises et de broussailles épineuses.

C'était un homme de grande taille, sec et noueux. Il avait un visage buriné et taillé à grands traits sévères, un front haut et dégagé sous lequel brillait le regard paisible de ceux qui vivent dans la solitude. Il était vêtu, comme tous les bergers de ma connaissance, d'un costume de velours brun, à grosses côtes, la taille entourée d'une ceinture en étoffe rouge, la tête couverte d'un chapeau sombre et chaussé de chaussures à clous en cuir brut.

Je l'avais hélé dans l'après-midi, alors qu'il gardait son troupeau de brebis au milieu d'une olivette située en bordure de la route, et il m'avait accueilli avec beaucoup d'aménité.

Après avoir engagé la conversation en langue corse, parlé de tout et de rien, comme il est d'usage de le faire dans ce pays avant d'aborder les questions principales, je lui avais demandé s'il connaissait une chapelle en ruine, signalée comme un lieu à visiter dans mon guide. Il avait simplement hoché la tête de façon affirmative, avait sifflé ses moutons et son chien et m'avait demandé de le suivre.

Au bout d'une heure de marche, sur un chemin malaisé et caillouteux, taillé à flanc de colline, dans le maquis et les oliviers, nous étions arrivés au but de notre voyage.

Le soir d'hiver tombait et les derniers rayons obliques du soleil éclairaient tristement l'endroit perdu en rase campagne où la curiosité m'avait attiré.

J'étais un peu déçu. Originaire du pays, que j'avais quitté depuis de nombreuses années, j'avais entrepris, depuis mon retour aux sources de l'enfance, une visite des édifices religieux du nord de la Corse et mes pas m'avaient conduit dans cette région de Balagne, riche de couvents, d'églises et de chapelles. La brochure spécialisée, que je tenais en main, mentionnait que des ruines d'une chapelle romane étaient visibles en ce lieu précis où je ne voyais, pour l'instant, qu'un tas de pierres insignifiant.

– Ces pauvres vestiges ne méritent pas le détour ni la fatigue d'une marche dans une région accidentée, dis-je à mon berger qui, n'étant nullement responsable de cet état de choses, me considérait d'un œil quelque peu malicieux.

Tout en continuant à pester contre ces professionnels du mensonge que sont les rédacteurs de ces sortes d'ouvrages, destinés à tromper les voyageurs, j'allais reprendre le chemin du retour, lorsque mon guide bénévole, jusque-là plutôt silencieux, se mit à me parler de cette chapelle et de la place qu'elle avait tenue, à une époque reculée, dans le destin dramatique d'une famille et l'influence qu'elle avait eue sur la population de la région.

– Ne vous fiez pas aux apparences, me dit-il d'un ton sentencieux, ces lieux ont une histoire et lorsque vous la connaîtrez vous ne regretterez pas la peine que vous vous êtes donnée en me suivant jusqu'ici. Venez ! poursuivit-il, nous allons nous mettre à l'abri. Je vous offre l'hospitalité pour la nuit. Si vous le désirez, lorsque je me serai occupé de mon troupeau, je vous raconterai cette légende parvenue jusqu'à nous par la tradition que ne connaissent pas les savants qui écrivent les livres comme celui que vous avez.

Sur les traces fraîches du troupeau qui nous avait précédés, nous avons suivi un sentier escarpé, sur un kilomètre environ, et nous sommes arrivés au pied d'une colline, dans un champ plat de belle étendue où les moutons, ruminant sagement en attendant l'arrivée de leur maître, s'étaient rassemblés d'instinct dans un grand enclos entouré de branchages.

Avant de vaquer à ses tâches pastorales, le berger m'installa dans sa modeste demeure qu'il avait appelée, avec un brin d'humour, son palais.

La bâtisse n'avait de palais que le nom ! C'était une sorte de cabane, dépourvue de tout confort et construite dans la cavité naturelle d'un grand rocher. De forme sensiblement rectangulaire, couverte en totalité par les saillies de la roche, elle était fermée sur deux côtés par les parois verticales de la grotte et sur les deux autres par des murs montés en pierres sèches appareillées avec art. La pièce ainsi obtenue avait une surface habitable de cinq à six mètres carrés environ. On y accédait par une porte percée dans l'un des murs et cette ouverture, en raison de l'heure tardive, ne laissait passer qu'un jour parcimonieux.

À la lumière du feu de bois, ranimé par mes soins,

je pus néanmoins détailler l'endroit où j'étais invité à passer la nuit.

À des chevilles en bois, plantées dans les murs de pierres, noircis par la fumée, étaient pendus les outils et les affaires de l'occupant des lieux : une hache, deux serpes, un grand parapluie à manche recourbé, un bâton en forme de crosse, une casquette, un grand manteau, et une besace en peau de porc, dont l'extérieur était encore recouvert des poils de l'animal. À terre : deux paillasses, le bât d'un âne et, dans un coin, une provision de bois de chauffage complétaient l'ameublement de la pièce, si l'on peut employer ce mot pour décrire cet équipement plus que rudimentaire.

Je sortis sur le pas de la porte. De loin je vis le berger traire ses brebis, accrocher la seille en bois pleine de lait à un arbre, jeter du pain sec à ses chiens et revenir vers moi les bras chargés de bois mort pour alimenter le feu de notre asile.

Tout en se réchauffant les mains, en les frottant l'une contre l'autre au-dessus du foyer, l'homme écouta les quelques explications que je lui fournis sur ma présence en ces lieux mais, respectant en cela la coutume locale, il ne me posa aucune question indiscrète sur ma passion des vieilles pierres, mon identité, mes origines et mon lieu de destination.

Assis sur des pierres plates, nous avons partagé le pain de froment et le fromage de brebis en silence et avec cette espèce de gravité qui sied à ces hommes de solitude que sont les bergers, puis nous avons bu une grande lampée d'eau du *fiascu,* seul ustensile domestique à être suspendu à l'extérieur pour maintenir le liquide qu'il contenait en état de fraîcheur.

Notre frugal repas terminé, nous nous sommes

allongés sur les paillasses, les pieds au feu ; c'est alors que le vieux berger m'a raconté la légende de la chapelle en ruine.

La nuit était noire maintenant. Le feu continuait à pétiller, jetant de temps en temps une flamme brève. Dans la lumière vacillante, j'apercevais alors les pierres et la roche noircies par la fumée et la suie des foyers allumés par les générations de bergers qui avaient occupé ces lieux vraisemblablement depuis des siècles. La voix calme et paisible du conteur montait dans la tiédeur de notre abri comme un chant incantatoire et pendant des heures, j'ai écouté, avec une ferveur quasi religieuse, ces mots magiques et chargés de poésie qui me plongeaient dans une sorte de ravissement. Dehors un vent modéré s'était levé et j'entendais son souffle léger jouer avec le feuillage des grands oliviers entourant notre caverne des mille et une nuits. De temps en temps, la sonnaille d'une brebis parvenait jusqu'à nous sans rompre le grand mystère de la nuit étoilée qui nous enveloppait de tendresse et de complicité.

« À une époque remontant à la nuit des temps, il y avait, dans notre village de Félicetu, une famille très riche et beaucoup de familles pauvres.

Dumènicu Pianetti, dit “ U Sgio Dumè ”, était un personnage important, propriétaire de terrains de pacage et de culture, de nombreux champs d'oliviers, châtaigneraies, jardins, vignes, maisons, moulins, troupeaux d'ovins, bovins, porcins, sans compter les chevaux de trait, de selle, les ânes et les animaux de basse-cour.

Sa femme, Margarita Carlotti, “ À Signora Margarita ”, avait apporté en dot une quantité égale de biens, ce qui avait agrandi la fortune, déjà considérable, du sieur Pianetti, dont l'attachement aux biens de ce monde était connu dans toute la piève et même au-delà.

Une nombreuse domesticité, des journaliers et des métayers, gravitaient autour de cette maison dont la grande réputation, l'importance sociale et politique et la notoriété avaient franchi depuis longtemps les limites de la région.

Après deux ans de mariage, le couple fut comblé par l'arrivée d'un héritier mâle, blond comme sa mère et de constitution robuste comme son père. Suivant l'usage local, il fut prénommé Aleziu comme son grand-père paternel.

Signe incontestable de puissance et de gloire, le nouveau-né portait sur sa poitrine, à l'endroit exact du cœur, l'emblème du Christ, représenté par une marque pigmentaire en forme de croix latine.

Le baptême d'Aleziu donna lieu à de grandes réjouissances. Toute la population du village fut invitée aux agapes, les riches dans les beaux salons de la magnifique maison des Pianetti et les pauvres dans la cour ou avaient été dressées de grandes tables croulant sous des montagnes de gâteaux corses et de grandes cruches pleines à ras bord de vin du pays.

U Sgio Dumè avait tenu à donner un éclat particulier à l'entrée dans le peuple des baptisés de son héritier direct, marqué du sceau divin et appelé de ce fait à un avenir brillant.

Deux autres enfants, un garçon et une fille, virent le jour au sein de ce riche couple mais, suivant la coutume ancestrale, solidement établie, Aleziu, en vertu de son droit d'aînesse, était seul appelé à succéder à son père à la tête de la fortune familiale.

Don Aleziu [1], ainsi le nommait-on en raison de sa position sociale élevée, grandit en sagesse et en beauté. À vingt et un ans, c'était un jeune homme parfait à tous points de vue. Des traits délicats, une taille élancée, la barbe longue et soyeuse, les mains fines et un regard d'ange, une voix douce et une allure aisée lui conféraient une grande dignité et une personnalité attachante. Il attirait tous les regards, surtout celui des jeunes filles de la région qui, en cachette, étaient toutes plus ou moins amoureuses de lui.

Mais le garçon était de conduite irréprochable. De nature réservée, il ne cherchait nullement à attirer l'attention sur lui. Au contraire, très humble et très pieux, il ne manquait pas un office religieux, allait souvent à la chapelle du village, où il restait de grands moments en contemplation devant le tabernacle.

À sa majorité, comme cela se pratiquait dans les grandes familles, où l'on mettait à profit les unions pour assembler les propriétés et les richesses, ses parents entreprirent des démarches visant à faire aboutir des projets de mariage entre leur fils et une riche héritière de la région. À Signorina Maria-Carmela Galetti, appartenant à une maison dont la fortune était équivalente à celle du futur époux, fut choisie pour le jeune homme.

Les Pianetti et les Galetti s'engagèrent d'abord en paroles, puis des pourparlers conduits par des proches permirent aux futurs époux de se rencontrer et de faire connaissance. Des promesses de mariage en bonne et due forme furent échangées et des fiançailles discrètes scellèrent l'engagement du futur couple. À partir de

1. Don Aleziu : Don placé devant un prénom veut dire également Seigneur et aussi Maître mais il est plus familier que Sgio.

cette date, selon l'usage, Don Aleziu fut admis à rendre visite une fois par semaine à sa future épouse et autorisé à lui parler en présence de tierces personnes dignes de confiance et présentant toutes les garanties morales exigées par les règles de la bienséance.

Depuis qu'il était en âge de comprendre, Don Aleziu s'était toujours plié à la volonté de ses parents. Il aimait tendrement sa mère, qui était pieuse, douce et affectueuse et il respectait son père qui était honnête et travailleur mais très autoritaire, dur en affaires, plutôt coléreux et peu sensible à la détresse des pauvres gens.

Don Aleziu n'entendait nullement se dérober à ses responsabilités. Il savait que l'avenir de sa famille reposait sur ses épaules et se tenait prêt à assumer les devoirs de son état d'héritier principal. Pourtant, malgré ces bonnes dispositions d'esprit, plus l'échéance du mariage approchait, plus le jeune homme était persuadé qu'il n'était pas fait pour la vie brillante qui lui était préparée.

Il n'en avait jamais parlé à personne mais un grand secret remplissait son cœur : il avait fait don de sa vie à Dieu. Son caractère chevaleresque, sa nature mystique et sa foi profonde l'inclinaient à renoncer aux biens de ce monde et à se consacrer entièrement à son prochain et notamment à ses frères les plus démunis, plus dignes, selon lui, de l'amour et de la miséricorde du Seigneur.

Il aimait sa fiancée, une belle jeune fille tendre et réservée, mais sa volonté de s'élever au-dessus des contingences humaines et sa soif de justice étaient plus fortes que les sentiments qui peuvent exister entre un homme et une femme.

Trop scrupuleux pour tromper la personne qui avait placé en lui toute sa confiance, Don Aleziu confia son grand secret à sa future épouse. Il lui fit admettre le sens qu'il entendait donner à sa destinée humaine et, après lui avoir fait comprendre l'appel qu'il avait reçu du Seigneur, il lui rendit sa parole. Maria-Carmela refusa net cette proposition. Elle s'était attachée profondément à Don Aleziu et par amour pour lui elle ne s'opposa pas à sa vocation. Tous deux firent vœu de chasteté et ils se jurèrent une fidélité éternelle. Ils s'engagèrent à garder le silence jusqu'après leur union, pour ne pas contrarier les desseins de leurs familles respectives et donner plus de poids à leur sacrifice réciproque.

Ces choses peuvent paraître incroyables aujourd'hui, dans une société furieusement matérialiste comme la nôtre, mais je pense qu'il faut y attacher l'importance qu'elles avaient en ces temps de grande foi, poursuivit mon berger. Je ne fais, quant à moi, que vous rapporter ce que nous a transmis la tradition, ajouta-t-il avec beaucoup de conviction, comme s'il cherchait à convaincre un incrédule.

Le mariage eut lieu à la date convenue. Une grande effervescence régna dans toute la région bien avant la cérémonie. Le ban et l'arrière-ban de la haute société de l'île avaient répondu aux invitations. Des familles entières avaient voyagé en grand équipage et sur une longue distance, à travers les montagnes, pour venir assister aux diverses manifestations mises sur pied pour l'occasion. La population de plusieurs villages était au complet à la cérémonie religieuse et à la fête organisée dans la belle maison de la jeune mariée. Riches et pauvres, chacun gardant son rang et observant les distances de rigueur, firent honneur aux mets de choix, servis en abondance, aux gâteaux offerts à profusion et au bon vin de pays coulant à flots. Les esprits étaient joyeux, les corps repus. Conformément à la tradition insulaire, des coups de mousquet ébranlèrent l'écho de la grande montagne et des détonations de toute sorte accompagnèrent les jeunes mariés et le grand cortège qui les suivit, pendant toute la durée des manifestations.

Une fois la fête terminée, les jeunes époux se retirèrent dans le bel appartement qui avait été aménagé à leur intention dans la maison de la famille Pianetti, mais par respect pour le vœu prononcé d'un commun accord, le mariage ne fut point consommé.

Quelques jours après le mariage, Don Aleziu demanda audience à son père et lui tint ce langage :

– Père, lui dit-il, après s'être incliné légèrement devant lui, soumis à votre autorité j'ai conduit devant l'autel la femme que Dieu m'avait destinée. Votre dessein étant d'agrandir la fortune de notre maison, je vous ai obéi à la lettre sur ce point en ne mettant aucun obstacle à votre projet qui a abouti à l'alliance dont vous aviez rêvé. Cependant, je vous dois un aveu, je n'ai rempli qu'une partie de mon devoir de fils et je refuse d'assurer la pérennité de notre faniille. Je vous demande d'avance pardon car je sais que ma conduite va vous décevoir et vous faire beaucoup de peine. J'ai fait le vœu de renoncer aux joies de ce monde et de consacrer ma vie à Dieu et aux plus pauvres de nos frères. Maria-Carmela connaît ma vocation et elle entend ne pas s'y opposer. Nous nous aimons tendrement tous les deux mais nous avons décidé de ne pas faire œuvre de chair et de ne pas avoir d'enfants. Avec les revenus de nos propriétés, nous allons créer du bonheur en allant au secours des malheureux et des infirmes. Je fais le serment de ne pas hypothéquer le capital qui me revient en tant qu'héritier principal de notre maison et de le léguer intact aux descendants de notre famille. Je m'engage à prendre, avant ma mort, des dispositions testamentaires pour que ma fortune soit remise à mon frère ou à ses héritiers qui pourront, s'ils le désirent, continuer mon œuvre ou exploiter mes propriétés dans un autre but, à leur guise et à leur convenance.

U Sgio Dumè, qui avait écouté cette longue déclaration en silence, entra subitement dans une colère folle. Il leva un poing vengeur et injuria copieusement le Ciel. Il dut se dominer pour ne pas porter la main sur son fils aîné. Proche de l'apoplexie, il fut pris d'un tremblement violent et son visage, plutôt pâle d'habitude, devint cramoisi.

Son esprit attaché aux biens de la terre ne pouvait concevoir que l'on dédaignât les richesses et les honneurs que le sort vous avait accordés en naissant pour consacrer sa vie à des va-nu-pieds. Tous les rêves qu'il avait faits pour augmenter la puissance et la gloire de sa famille s'évanouissaient sous ses yeux. Tous les espoirs qu'il avait placés dans le destin de son fils aîné fondaient comme neige au soleil.

Par un effort de volonté surhumain il recouvra son calme, se leva et montrant la porte à son fils prononça ces seuls mots d'une voix rauque :

– Sors d'ici, je te renie, je ne veux plus te voir devant moi. Va-t'en !

Très digne, Don Aleziu inclina une dernière fois la tête devant l'auteur de ses jours, alla saluer sa mère et son épouse, prit un simple balluchon et s'en alla sur la route poussiéreuse, sans dire un seul mot.

Nul ne sait ce qu'il advint de lui et, quelques années plus tard, quelqu'un raconta qu'il était mort en Terre Sainte où il s'était rendu pour prier sur le tombeau du Christ. Son épouse, qui vivait en recluse dans la maison de son beau-père, fut emportée en pleine jeunesse par la maladie et les privations qu'elle s'était imposées pour faire pénitence. Avec juste raison ou pas, certains attribuèrent cette mort au chagrin d'avoir été séparée brutalement de son mari et des reproches injustes qui lui étaient faits journellement par son entourage pour avoir épousé un homme qui n'avait rien fait pour prouver qu'il en était un.

Malgré ce douloureux coup du sort qui avait entamé fortement son orgueil, U Sgio Dumè releva la tête. Après la mort de sa belle-fille, ses biens tombèrent dans son escarcelle et il devint l'homme le plus puissant et le plus riche de la noblesse insulaire. Après la disparition de Don Aleziu, la qualité d'héritier principal fut attribuée, par acte authentique, à son fils cadet Don Ghiaseppu. Celui-ci fit, à son tour, un riche mariage et le couple mit au monde un garçon qui devint l'héritier présomptif de la lignée des Pianetti, dont la pérennité était ainsi assurée.

U Sgio Dumè avait atteint l'âge de quatre-vingts ans mais il avait encore bon pied bon œil. Il avait laissé une certaine latitude à Don Ghiaseppu pour la conduite des affaires internes de la famille mais il avait gardé assez d'autorité pour jouer un rôle important au sein de celle-ci et dans tous les autres domaines de sa compétence. Toujours aussi âpre au gain et sans cesse avide d'honneurs, il dicta ses conditions pour conserver, jusqu'à la fin de ses jours, son rang de potentat à la tête de la société locale.

À Signora Margarita, après avoir pleuré la disparition de Don Aleziu toute sa vie, toujours aussi douce et aussi effacée, mourut assez jeune, remplie de la certitude d'aller retrouver son fils aîné dans un monde meilleur.

Cette année-là, il fit très froid. Exceptionnellement, les jours précédant Noël, la neige tomba en abondance dans toute la région, rendant la vie encore plus dure aux pauvres gens. Beaucoup de malheureux sillonnaient les chemins, n'hésitant pas à tendre la main pour avoir quelque aumône ou un morceau de pain. Les moins démunis donnaient ce qu'ils pouvaient et ils n'étaient pas les moins généreux. Mais les riches, cupides comme à l'accoutumée, rabrouaient ceux qui frappaient un peu trop souvent à leur porte.

U Sgio Dumè avait pour habitude de refuser l'accès de sa maison à toute personne inconnue et notamment à celles qui étaient dans une misère extrême. Sa réputation était tellement bien établie qu'aucun mendiant ne venait plus comme on dit familièrement en Corse : " casser le heurtoir de sa porte [2] ".

Le matin de Noël, il s'était levé de bonne heure. Sa servante avait ranimé le feu dans la grande cheminée de la pièce commune et sa maison était tiède et confortable. Regardant par la fenêtre il avait constaté que la neige, qui couvrait le pays depuis plusieurs jours, n'avait aucunement fondu et il s'était réjoui d'être à l'abri du besoin et des caprices de la température. Il allait déjeuner d'un bon bol de café au lait bien chaud, lorsqu'il entendit toquer à sa porte. Il sortit sur le seuil et vit un pauvre hère sans âge, maigre comme un cep de vigne, le visage mangé par une barbe hirsute, éclairé par un regard plein de bonté mais fiévreux. Il était vêtu d'une espèce de houppelande noire et défraîchie, chaussé de

2. « *Sciappa à picchiatoghia* » (littéralement casser le heurtoir) : expression qui signifie importuner quelqu'un à force de frapper à sa porte.

souliers informes et coiffé d'un vieux chapeau d'épouvantail.

– Que me veux-tu ? dit-il d'un ton rude à l'importun.

– Un morceau de pain et un abri dans votre étable, lui répondit humblement le gueux, tout en le regardant dans le fond des yeux comme s'il cherchait à y voir son âme de riche, Dieu vous le rendra ! Je suis porteur d'un morceau de la vraie Croix, ajouta-t-il en sortant de son misérable habit une croix grecque comportant, encastré dans l'épaisseur du bois, au point de l'assemblage des deux branches, un boîtier de la taille d'une montre de gousset, fermé par un couvercle en verre. À travers la vitre un éclat de bois brun, de la taille d'une feuille sèche d'olivier sauvage, était visible sur un fond de métal argenté.

– Embrassez cet objet qui a vu la mort de notre Sauveur et tous vos péchés vous seront pardonnés si vous vous repentez du mal que vous avez fait, dit le chemineau qui, après avoir essuyé le verre du porte-relique d'une manche douteuse, tendit la croix à U Sgio Dumè.

Celui-ci hésita à faire ce qu'on lui demandait car il n'avait pas pour habitude de s'incliner devant les autres et il était assez exigeant sur l'hygiène mais, par crainte d'offenser Dieu, il surmonta son orgueil et ses scrupules et posa le bout de ses lèvres sur le morceau de verre.

– Catalina ! appela-t-il ensuite, en se retournant vers l'intérieur de sa maison pour parler à sa servante, donne un pain et une bouteille de vin au *rimitu* [3].

---

3. *Rimitu* : désignait celui qui, vêtu en pèlerin, allait de village en village et offrait à baiser une image ou une relique de saint. Par extension, ce mot a fini par désigner un vagabond, un mendiant errant.

Puis, se tournant vers l'homme, il lui dit qu'il ne pouvait lui accorder aucune hospitalité car il attendait des invités et n'avait plus de place chez lui.

– Ça ne fait rien, répondit le *rimitu.* Dieu est grand et miséricordieux envers les pauvres, je vais aller plus loin car Il a dit : " Frappe et on t'ouvrira. "

Sur ce il reprit son chemin, marchant maladroitement dans la ruelle enneigée, appuyé sur son bâton de berger aussi noueux que lui-même, et sa silhouette noire disparut dans le petit matin.

U Sgio Dumè referma sa lourde porte car le froid se faisait sentir et il alla terminer son repas au coin de son feu. La boisson chaude et les flammes claires lui réchauffèrent les membres et le cœur et il oublia pendant quelques instants jusqu'à l'existence de l'homme à qui il avait refusé l'entrée de sa maison.

Cette visite avait fait cependant une grande impression sur lui et dans le courant de la journée l'image du *rimitu* associée à la rigueur des conditions atmosphériques, lui revint plusieurs fois à l'esprit. Sans qu'il pût expliquer ce qu'il ressentait, un malaise indéfini avait pénétré son âme et il regrettait de ne pas avoir donné asile au mendiant dont il entendait encore la voix à ses oreilles.

« Dieu est grand ! Frappe et on t'ouvrira ! » ne cessait-il d'entendre. Était-ce l'âge ? Le fait qu'il touchait au terme de son existence ? La peur d'avoir à rendre bientôt des comptes de ses actes passés ? La crainte de se voir reprocher par un Juge Suprême d'avoir manqué à son devoir de charité ? Toutes ces questions se bousculèrent un moment dans sa tête et il sentit une légère angoisse l'envahir.

" C'est l'âge, se dit-il pour couper court à ces divagations. Ce n'est pas la première fois que je refuse quelque chose à quelqu'un. J'ai toujours agi ainsi tout au long de ma vie et je ne m'en suis pas plus mal porté. Au contraire ! ”

Il fit un effort sur lui-même, redevint maître de lui et envisagea de nouveau l'avenir avec sérénité.

Dans les jours qui suivirent, il neigea encore plus fort et certaines personnes du village, d'esprit malicieux, qui avaient appris que le Sgio Dumè avait fait mentir sa réputation de pingre en donnant du pain à un *rimitu,* se permirent de faire de l'ironie sur son dos en attribuant la colère du ciel à un geste insensé venant d'un homme habituellement dénué de tout esprit charitable.

Cependant, la vie reprit son cours, la neige fondit et la nature redevint clémente. Les habitants reprirent leurs occupations et les bergers purent conduire leurs troupeaux dans les champs. C'est l'un d'eux qui découvrit le corps du *rimitu* dans la grotte où nous nous trouvons, dit mon berger en baissant respectueusement la voix à cette évocation.

Le vagabond était allongé sur le dos, ses deux mains serrant la croix grecque sur sa poitrine raidie par le gel. Une grande paix marquait les traits de son visage et ses yeux étaient fermés. Il était mort vraisemblablement de froid pendant son sommeil. Dès le lendemain l'inconnu fut identifié et cette découverte bouleversa la vie du village.

En effet, les personnes chargées de la dernière toilette du mort se rendirent rapidement compte que celui qui venait d'entrer dans le Royaume du Père portait un signe divin et qu'il n'était autre que Don Aleziu dont tout le monde connaissait l'histoire dans le pays.

À douze heures précises, sur la poitrine de l'homme,

juste à la place du cœur, un rayon de soleil, passant à travers une fissure de la roche, avait fait ressortir, comme une fleur rouge sur la peau blanche, l'emblème du Christ représenté par une croix latine.

La nouvelle fit rapidement le tour du village. U Sgio Dumè fut invité à se rendre sur place et il tomba à genoux devant le corps de son fils Don Aleziu disparu depuis plus de trente ans.

Après la messe de funérailles à l'église du village, Don Aleziu fut enterré à l'endroit où il était mort. Un caveau fut construit dans le sol de la grotte et le corps du *rimitu* y fut enseveli avec le morceau de la vraie croix du Christ. Une grande foule assista à l'enterrement de Don Aleziu. L'homme avait laissé, au sein du peuple, le souvenir d'un être d'élite, plein d'amour pour son prochain et dévoué à la cause des plus défavorisés. Personne ne l'avait oublié, sauf son père qui avait tout fait pour l'effacer de sa mémoire. Cependant, U Sgio Dumè, eu égard au rang social de son fils, veilla à ce que tout fût fait dans les règles de l'art et il tint à supporter tous les frais occasionnés par la sépulture, les diverses cérémonies et les repas qui furent servis à la foule des fidèles accourus en grand nombre.

Quelque temps après les funérailles le bruit que le tombeau de celui que l'on n'appelait plus que " sant'Aleziu " était miraculeux se répandit dans la région. De nombreux pèlerins vinrent s'incliner devant la grotte pour demander toutes sortes de grâces à l'élu de Dieu. Beaucoup émirent l'idée qu'il fallait bâtir une chapelle à cet endroit et le curé de la paroisse vit affluer des dons destinés à la construction du futur édifice. Mais U Sgio Dumè, toujours dominé par des sentiments exacerbés d'orgueil, ne l'entendit pas de cette oreille. À son grand dépit, la grotte n'était pas située sur l'un de ses nombreux domaines. Elle appartenait à Pompéiu Salvatori, un pauvre berger du village qui, hormis son troupeau, n'avait que ce champ pour toute fortune. Malgré les sommes astronomiques qui lui furent offertes par U Sgio Dumè, Pompéiu refusa net de lui céder son champ et il en fit don à la communauté chrétienne.

Usant de son influence et de sa fortune auprès du clergé local et des autorités ecclésiastiques de l'île, U Sgio Dumè finit par imposer sa volonté et, dans l'intention de donner à son fils une sépulture digne de son rang, fit bâtir un superbe mausolée dans une pièce de terre lui appartenant. Des architectes, de nombreux compagnons et ouvriers italiens furent mandés d'urgence et les travaux, rapidement exécutés, firent sortir de terre, en l'espace d'un an, une chapelle imposante de style roman, en pierres polychromes.

Après enquête et jugement, Don Aleziu fut béatifié puis canonisé par Rome et son culte autorisé dans le monde chrétien.

Le jour de Pâques de l'an de Grâce 14.., tous les représentants de la grande noblesse, de la haute bourgeoisie et tous les dignitaires du clergé de l'île furent conviés à la cérémonie religieuse organisée à l'occasion du transfert du corps de sant'Aleziu de la grotte où il était mort à la chapelle qui lui était dédiée.

Les terrassiers et les maçons se mirent à l'œuvre de bonne heure afin que tout fût prêt à douze heures précises, à l'arrivée de l'évêque et du légat du pape qui devaient procéder à la consécration de la nouvelle chapelle et à l'inhumation des restes de sant'Aleziu dans la crypte prévue à cet effet.

Une foule nombreuse et recueillie se massa dès l'aube

aux abords de la grotte. Le bon peuple pleurait le départ forcé du saint bien-aimé, qui allait quitter, contre son gré, l'humble demeure qu'il avait choisie, pour aller s'enfermer dans un édifice que tout le monde s'accordait à trouver luxueux mais sans âme.

Lorsque les travailleurs chargés de l'exhumation descellèrent la dalle qui couvrait le caveau de sant'Aleziu, leur surprise fut grande. Le tombeau était vide de tout occupant et il n'y avait plus ni cercueil ni reliques. Le rayon de soleil qui, passant à travers un interstice de la roche, avait jusque-là éclairé la scène disparut subitement derrière un nuage. La stupéfaction se peignit sur les visages des fidèles qui s'en allèrent en silence emportant, au fond de leur cœur, comme un bien précieux, le souvenir de celui qu'ils considéraient comme leur protecteur. Personne ne put expliquer pourquoi et comment le corps avait disparu mais le bruit courut que des anges étaient venus nuitamment pour enlever le saint et le mettre en lieu sûr. Certains allèrent jusqu'à prétendre que la dépouille de Don Aleziu avait été conduite directement au paradis et placée à la droite de Dieu.

U Sgio Dumè ne perdit nullement contenance. Il fit embellir la chapelle et graver dans la pierre du fronton le nom de son fils. Tous les dimanches il allait en pèlerinage sur les lieux, avec sa famille et ses domestiques. Il tenta par tous les moyens d'entraîner les habitants du village à sa suite mais personne ne lui obéit. Il mourut peu après dans l'indifférence générale et la chapelle, désaffectée, ne tarda pas à tomber en ruine.

Beaucoup plus tard l'exode frappa les populations de l'île et les habitants de la région s'en allèrent en grand nombre vivre sous d'autres cieux. Faute de bras les propriétés de la famille Pianetti se couvrirent de ronces et de broussailles et les affaires de cette maison périclitèrent. Son influence s'éteignit et aujourd'hui il ne reste plus aucun représentant de son orgueilleuse lignée.

Aucun pèlerin ne revint jamais plus ni à la grotte ni à la chapelle mais le culte de sant'Aleziu s'ancra au fond du cœur des hommes et des femmes de ce pays qui l'ont perpétué jusqu'à nous.

Telle est la légende du tas de pierres que vous avez vu », dit en conclusion mon conteur, fidèle dépositaire des traditions locales.

Le vieux berger parlait depuis longtemps déjà et la nuit était fort avancée. L'aube ne devait pas être loin mais je n'avais nullement sommeil. Le récit m'avait tenu en éveil et je n'avais aucune conscience de l'heure qu'il pouvait être. Le feu était éteint, mais la température était douce dans la cabane. Dehors le vent s'était apaisé et un silence profond avait suivi les dernières paroles du narrateur.

– Mais, me permis-je de dire à mon hôte, il est fort dommage que cet édifice, qui faisait partie de la richesse de notre patrimoine, n'ait pas été entretenu par la communauté au cours des siècles. La famille Pianetti était assez riche pour faire face à ces frais modiques. Quelques travaux auraient suffi à conserver en bon état ce monument dont l'intérêt culturel n'échapperait à personne aujourd'hui !

– Vous vous trouvez ici dans la grotte, à l'endroit même où la chapelle de sant'Aleziu aurait dû être construite, répondit l'homme, avec une nuance de regret dans la voix ; or, la volonté du saint n'a pas été respectée et c'est celle d'un homme orgueilleux qui s'est imposée. C'est la ferveur populaire et non l'argent des puissants qui maintient les chapelles debout.

Il se tut, se tourna sur le côté et tomba dans un sommeil calme et paisible jusqu'au matin.

Je restai éveillé jusqu'au jour, les yeux grands ouverts dans le noir, rêvant à cette histoire un peu triste mais pleine d'enseignements. Dans un état proche du recueillement je méditai pendant longtemps les paroles pleines de sagesse de cet homme simple qui savait plus de choses que les guides touristiques et ceux qui les écrivent.

À l'aube nous nous levâmes ensemble, mon berger et moi, et après avoir ranimé le feu et bu un verre de café noir, nous nous quittâmes en nous promettant de nous revoir.

Il s'en alla à ses occupations et je gagnai la grand-route pour poursuivre mon périple insulaire.

J'avais déjà visité beaucoup de lieux saints et entendu beaucoup de récits et de commentaires sur ces édifices que la main de l'homme avait élevés pour la gloire de Dieu et le salut des hommes. Toutes ces constructions, des plus humbles aux plus somptueuses, étaient chargées d'histoire et empreintes d'une grande spiritualité, mais j'étais maintenant persuadé qu'aucune n'atteignait la puissance symbolique qui se dégageait d'un simple tas de pierres perdu dans un endroit isolé, au fin fond d'une campagne déserte, comme celui que j'avais vu avant de savoir qu'il était à l'origine de la légende du « Fils oublié ».

Le sanglier boiteux

« Il faut avoir consommé un décalitre de sel avec quelqu'un pour bien le connaître », laisse entendre, avec beaucoup de justesse, un vieux proverbe de chez nous et Dieu sait qu'il en faut du temps pour arriver à ce résultat, me dit le vieil homme, en me jetant un regard plein de malice.

Je me tenais sur ma terrasse, à l'ombre de la pergola de raisin-fraise, en compagnie de Natale, le vieux berger, venu tout exprès me saluer et partager le verre de l'amitié, et je l'écoutais avec beaucoup d'intérêt parler des choses d'autrefois, espérant qu'il allait, comme d'habitude, déboucher sur une de ces histoires savoureuses dont il a le secret.

– Aujourd'hui, poursuivit ce merveilleux conteur, on se marie sans se connaître et sans demander l'avis de personne, mais de mon temps il fallait non seulement conquérir l'élue de son cœur mais aussi recevoir la bénédiction de toute sa famille avant de pouvoir convoler en justes noces. Avant même d'être autorisé à courtiser une jeune fille, vous étiez examiné sur toutes les coutures, jaugé à votre juste valeur et pesé à la balance de la raison. Inutile de vous dire que ce temps d'observation semblait toujours trop long aux jeunes amoureux pleins de flammes que nous étions, mais, de gré ou de force, il fallait se soumettre à ce formalisme pointilleux. Il est vrai que le mode de vie ancestral et le fait que presque toutes les unions se faisaient entre familles du même pays et du même milieu facilitaient les relations et permettaient aux futurs époux de bien se connaître avant de s'engager dans les liens sacrés du mariage. Les couples de ce temps-là étaient solides et indissolubles car ce que Dieu et les parents avaient fait, seule la mort pouvait le défaire. C'est sans doute pour cette raison que les mésalliances étaient rares et les divorces inexistants, ajouta Natale.

Il but une bonne gorgée de vin rosé bien frais, et s'essuya la moustache d'un revers de main.

– Dans notre pays, au temps béni de mes jeunes années, reprit-il avec une nuance de regret dans la voix, il était de coutume, les soirs d'hiver, après une dure journée de labeur, de se réunir dans une maison du village où, toutes générations confondues, plusieurs familles pouvaient passer une veillée au coin du feu, dans une ambiance chaude et fraternelle. Il était d'ailleurs d'usage, dans les maisons ayant des filles à marier, de recevoir à la veillée des garçons qui, de cette façon, étaient soumis au jugement préalable des parents avant de se lancer dans une cour discrète, et de passer, si les choses prenaient une bonne tournure, à des promesses plus concrètes. Dans notre monde un peu particulier, les mariages étaient le plus souvent « faits » par les parents et on ne demandait pas toujours aux sentiments de venir présider aux destinées d'un couple. Pourtant, ce n'est pas toujours la fortune qui avait le dernier mot..., me dit Natale d'un ton sentencieux.

Ravi de la tournure que prenaient les événements je laissai mon conteur à son bonheur de la narration et, sans couper le fil de son discours, je lui versai un second verre de rosé, qu'il vida aussitôt avec une évidente satisfaction.

« Attirés par le charme des belles demoiselles de chez nous, poursuivit le vieil homme, d'un ton rendu plus léger par le bon vin, les garçons des villages voisins ne manquaient pas, malgré les quelques jalousies que cela pouvait susciter, de venir à nos veillées, pour se rapprocher de telle ou telle famille dont les héritières avaient attiré leur regard.

C'est ainsi que le jeune Antone Rinaldi, issu d'une maison aisée de Speloncatu, village voisin du nôtre, fut amené à fréquenter les veillées de la famille Scampini de Felicetu, dont la fille aînée, prénommée Santa, réputée pour sa sagesse et sa beauté, avait atteint l'âge de fonder un foyer.

U Sgio Ghiuvani Scampini et sa femme, à Signora Rosa, qui mettaient toujours beaucoup de circonspection dans leurs actes et dans leurs paroles, avaient pris la ferme résolution de n'accorder la main de leur fille qu'à un jeune homme présentant toutes les qualités mais surtout déjà fortuné ou en attente d'un bon héritage familial.

De leur côté, u Sgio Marcellu Rinaldi et son épouse, à Signora Fifina, étaient gens tout autant avisés. Ils auraient bien voulu que leur fils unique fasse bonne impression sur la fille des Scampini et entre dans cette famille d'un rang social comparable au leur. Hélas ! leur digne rejeton n'avait pas, comme on dit en Corse, inventé le fil à couper la *pulenta.* D'un physique quelconque, pas très futé, il ne brillait guère en société. Dans son village on disait qu'il était même un peu *tagliatu à a longa*[1]. Comme il ne parlait pas beaucoup, on l'avait surnommé " *Zittu-Zittu*[2] " et ce sobriquet imagé, qui désigne quelqu'un de taciturne, lui allait comme un gant.

– Il lui tombe un œil chaque fois qu'il dit quelque chose d'intelligent et il n'est pas encore aveugle, que l'on sache, disaient de lui les commères du village en riant, un peu méchamment, sous cape.

En bons stratèges qu'ils étaient, en attendant le moment favorable d'intervenir en personne pour faire avancer le projet qui leur tenait à cœur, les Rinaldi avaient encouragé Antone à faire des visites fréquentes aux parents de Santa et à préparer le terrain en faisant l'empressé auprès de la jeune fille. Toutefois, conscients des lacunes de leur héritier en matière d'éloquence, et considérant, avec juste raison, que moins on parle moins on dit de bêtises, ils lui avaient fait promettre de n'ouvrir la bouche qu'à bon escient, et seulement en cas de nécessité absolue, pour ne pas s'exposer à une déconvenue qui aurait fait échouer leur plan.

Très obéissant, notre amoureux transi avait promis tout ce qu'on avait voulu d'autant plus que ses dignes parents, pour compenser son handicap, lui avaient adjoint le fils d'un métayer, prénommé Félice, beau parleur, sachant tourner le madrigal, réputé dans tout le

---

1. *Tagliatu à a longa* : littéralement, découpé à grand traits et en longueur, au figuré : niais. Allusion probable à un habit mal taillé et mal cousu par une couturière maladroite.

2. *Zittu-Zittu* : silencieux ou taciturne. Mot répété à dessein pour appuyer la démonstration.

pays pour son esprit vif, son don de la repartie, son sens de l'humour et, ce qui ne gâtait rien, jeune et bien fait de sa personne.

Prenant son rôle de mentor au sérieux, Félice s'était engagé à suivre son élève dans tous ses déplacements et à voler à son secours chaque fois que le besoin s'en ferait sentir.

Unis comme deux frères, chaque soir que Dieu faisait, nos deux compères prenaient le chemin de Felicetu et ils allaient, de conserve, toquer à la porte des Scampani, qui ne manquaient jamais de les recevoir dans les règles de l'hospitalité traditionnelle de notre pays, eu égard notamment à leur qualité de *furesteri.*

Les parents de Santa, connaissant l'aisance et la bonne réputation des Rinaldi, se montrèrent favorables aux visites du jeune homme qu'ils comptaient ainsi juger avant de l'admettre au rang de prétendant.

Comme toujours, autour d'un bon feu de bois, les conversations étaient animées et Félice tirait brillamment son épingle du jeu, tandis que son ami restait, le plus souvent, enfermé dans un mutisme réservé. Il se contentait de hocher la tête de temps en temps pour faire croire qu'il avait bien saisi les nombreux traits d'esprit lancés avec aplomb par Félice et de sourire, un peu béatement, lorsque ce joyeux luron se lançait, avec une aisance toute naturelle, dans la narration d'anecdotes piquantes qui mettaient en joie toute l'assistance.

Cependant le père de Santa en avait plus qu'assez d'entendre le métayer accaparer l'intérêt général, tandis que celui qu'il considérait un peu comme un parti possible pour sa fille restait silencieux comme une souche d'olivier.

– Racontez-nous quelque chose, c'est toujours votre

ami qui parle et j'aimerais bien que vous fassiez, vous aussi, montre de votre savoir, dit un beau soir, un peu ironiquement, le maître de maison, en s'adressant à brûle-pourpoint au jeune homme, toujours aussi muet qu'une carpe.

Piqué au vif, Antone prit la parole. À la grande surprise des personnes présentes et devant un Félice ébahi, il énonça qu'il avait justement une histoire de chasse en réserve et qu'il entendait en faire profiter la noble assemblée sur-le-champ.

– C'est au cours de l'hiver de l'année dernière que cette aventure m'est arrivée, commença Antone d'un ton un peu embarrassé mais néanmoins enjoué. Nous avions mis sur pied une battue au sanglier et mon ami Félice, ici présent, était des nôtres.

Un peu surpris par la tournure prise par la conversation, mais décidé à faire face à toute éventualité, Félice acquiesça en hochant affirmativement la tête, pendant qu'Antone, sûr de lui et encouragé par le silence de son ami, continuait sur sa lancée :

– J'étais placé à un poste stratégique armé de mon fusil Lebel à balle, le doigt sur la détente, prêt à faire feu à la moindre alerte, précisa-t-il en prenant de plus en plus d'assurance. Tout à coup, le sanglier sort du maquis, déboule sur le chemin et surpris de me voir s'arrête net à ma hauteur. Je tire une seule fois et je le blesse en même temps à une patte de derrière et à une oreille.

– Par Dieu ! dit le père de Santa frappé d'étonnement, comment avez-vous pu blesser le sanglier sur deux parties du corps aussi éloignées l'une de l'autre avec une seule balle ?

Un éclat de rire général secoua la compagnie. Antone,

se sentant pris en faute, resta bouche bée et, l'air gêné, regarda le plafond pendant quelques instants qui parurent interminables. Mais Félice, qui n'avait nullement perdu son sang-froid, prit la parole et il précisa, d'un ton malicieux en arborant un grand sourire :

– Il a raison, mon ami, le sanglier se grattait l'oreille au moment où le coup est parti.

Et, joignant le geste à la parole, Félice se gratta le lobe de sa propre oreille, à petit coups secs et précis, d'arrière en avant, avec le bout des doigts de sa main droite, imitant à la perfection le geste d'un quadrupède gratteur.

Ravie, l'assistance sourit et apprécia, comme il convient, l'esprit de repartie de ce fin observateur des mœurs animales.

Juste à ce moment, comme si elle voulait participer à l'allégresse générale, la pendule familiale sonna la fin de la veillée en égrenant, de sa voix cristalline, les douze coups de minuit. L'heure était venue par conséquent de se séparer et nos deux lascars prirent ensemble le chemin du retour.

– Écoute, Antone, dit Félice tout en cheminant, l'histoire que tu as racontée ce soir ne tenait pas debout et pourtant j'ai eu du mal à lui trouver une chute convenable. Reconnais-le ! insista-t-il devant le silence de son ami.

Puis, voyant que celui-ci n'avait rien compris, il leva les bras au ciel et ajouta d'un ton résigné, en se parlant à lui-même :

– Celle-là, je l'ai arrangée mais je ne suis pas sûr de parvenir au même résultat la prochaine fois.

Il n'y eut pas de prochaine fois. Comme bien l'on pense, les projets de la famille Rinaldi n'aboutirent pas.

Édifié par la piteuse démonstration d'Antone, le père de Santa ne voulut pas d'un si piètre chasseur de sanglier comme gendre. Quelque temps après cette soirée mémorable, il accorda la main de sa fille à Félice qui avait su saisir la balle au bond, au moment voulu, en rétablissant à son avantage une situation aussi boiteuse que le sanglier de cette histoire.

La battue

– PUISQUE vous aimez les histoires de chasse, me dit Natale, braconnier impénitent devant l'éternel, je vais vous en raconter une qui illustre bien les dangers de la chasse au sanglier.

Comme vous le savez, il y a beaucoup de sangliers dans le maquis et les chasseurs de nos villages font souvent des tableaux qui feraient pâlir d'envie tous les chasseurs de la terre. C'est facile, me direz-vous, de tuer des sangliers qui pullulent dans notre pays mais il ne faut jamais perdre de vue que le sanglier est une bête féroce et qu'il n'hésite pas à s'attaquer à l'homme lorsqu'il se trouve acculé dans ses derniers retranchements. C'est ainsi qu'au temps de ma jeunesse, une partie de chasse faillit se terminer tragiquement et mit en danger la vie de l'un des nôtres.

Pourtant l'homme, aujourd'hui disparu, dont je vous parle, n'était pas n'importe qui. Dumènicu, chasseur de sanglier émérite, qui faisait autorité en la matière, était connu dans toute la Balagne et aussi célèbre chez nous que Tartarin à Tarascon. À l'entendre, il avait tué plus de sangliers à lui tout seul que tous les chasseurs de l'île réunis. Ses pièces, toutes plus grosses les unes que les autres, se comptaient par centaines et par milliers même. Depuis longtemps, Dumènicu ne tenait d'ailleurs plus aucune comptabilité de ses victimes, laissant ce soin aux poètes locaux, dont les chansons, composées pour la circonstance, célébraient ses prouesses et vantaient ses mérites. Inutile de vous dire que les aventures de cet homme hors du commun, racontées maintes et maintes fois à la veillée et sur la place du village, étaient devenues, au fil des ans, de véritables légendes.

Le courage de notre chasseur était à la hauteur de son adresse. Chacun pouvait l'entendre raconter les nombreuses luttes qu'il avait eu à soutenir contre de vieux solitaires, toujours occis à la régulière dans des combats singuliers dont il n'avait jamais enfreint les règles.

Comme de bien entendu, Dumènicu était de toutes les parties de chasse et de toutes les battues organisées dans notre région, toujours en première ligne et toujours prêt à en découdre à la première occasion.

C'est ainsi qu'un beau jour il se trouva engagé dans une aventure insolite et dangereuse qui fut jugée digne de figurer dans les annales de la chasse locale au sanglier, pour servir à l'édification de nos jeunes générations de chasseurs.

Dumènicu avait été invité à participer à une battue dans les bois de San-Luca où la présence d'un vieux solitaire, ravageur impitoyable des cultures environnantes, était signalée depuis pas mal de temps.

D'après les renseignements fournis par des bergers qui parcouraient journellement ces lieux avec leurs troupeaux, ce sanglier extraordinaire, énorme et velu, pesant vraisemblablement plus de cent kilos, était pourvu de défenses presque aussi longues que celles d'un éléphant.

À diverses reprises des chasseurs isolés n'avaient dû leur salut qu'à la fuite et plusieurs chiens leur appartenant avaient été étripés. Plus personne n'osait s'approcher de cette bête féroce qui semait véritablement la terreur dans la contrée. Poussées par l'urgence, les autorités locales mirent sur pied une cellule de crise qui décida sur-le-champ d'organiser une battue gigantesque pour éliminer au plus vite cet animal malfaisant.

Au jour prévu, bien avant le lever du soleil, toute l'équipe était sur place. Tous les hommes étaient déterminés à aller jusqu'au bout de leur devoir et chaque chasseur, animé de la rage de vaincre, était décidé à avoir, coûte que coûte, la peau du monstre avant le coucher du soleil.

Après un casse-croûte en bonne et due forme, arrosé comme il se doit d'un bon vin rosé du pays, chacun s'apprêta à prendre la place qui lui revenait dans le dispositif. Le chef de la battue, qui devait son titre à ses qualités indéniables de chasseur chevronné, à sa connaissance des mœurs du sanglier, mais aussi à sa position sociale dans notre communauté, avait décidé de placer Dumènicu, dont il connaissait évidemment la bravoure, à l'endroit le plus exposé au danger.

Notre homme, ravi de la considération qui lui était ainsi témoignée, ne déclina pas l'honneur qui lui était fait. Il gagna rapidement son poste avancé et, plein de confiance en sa bonne étoile, se prépara à soutenir une lutte sans merci contre un adversaire qu'il espérait à la hauteur de sa réputation.

Afin de ne rien laisser au hasard, l'emplacement avait été judicieusement choisi. Il s'agissait en l'occurrence d'une sorte de goulet où se rejoignaient plusieurs chemins de chèvre tracés, dans un maquis touffu et verdoyant, par le passage répété des troupeaux et du gibier. Suivant l'avis général, le sanglier, rabattu par les autres participants, ne pouvait manquer de passer par ce point stratégique à un moment ou à un autre de la journée. À cet endroit précis, un petit espace à découvert, situé entre deux rochers se faisant face comme les deux mâchoires d'un étau à demi fermé, plaçait d'emblée tout chasseur digne de ce nom dans une position de tir idéale.

En chasseur averti, Dumènicu, qui connaissait bien les règles de la chasse à l'affût et entendait utiliser le terrain à son avantage, saisit d'un simple coup d'œil toutes les données du problème et se plaça en conséquence. Il se dissimula dans un fourré bordant le goulet et, son fusil à deux coups chargés à chevrotines bien en main, l'œil fixé sur la direction d'arrivée probable du sanglier, se mit en état d'affronter l'ennemi. « Foi de chasseur ! le sanglier qui prendra le risque de s'engager dans ce piège incontournable n'aura aucune chance de s'en sortir vivant », se dit, sûr de lui, notre héros qui voyait déjà la dépouille fumante de son ennemi étendue à ses pieds.

La première heure passa rapidement. Dumènicu, confortablement assis sur une pierre plate, regarda le soleil monter à l'horizon et il admira la beauté du paysage d'automne qu'il avait sous les yeux. Il entendait ses camarades chasseurs pousser des clameurs et des jurons, de toute la force de leurs poumons, pour débusquer le sanglier et les aboiements hargneux et soutenus des chiens qui suivaient, au loin, une piste, dans un vallon recouvert d'une épaisse végétation. « Il ne passera pas par là, il s'en va de l'autre côté de la montagne », pensa avec regret Dumènicu qui, grâce à son flair et à son talent habituels, avait localisé la voix des hommes et celles des chiens à plusieurs lieues de l'endroit où il se tenait.

Le soleil était maintenant haut dans le ciel et le parfum du maquis se faisait de plus en plus fort. Une légère torpeur avait envahi le chasseur qui, dodelinant de la tête, sentit son arme lui échapper des mains à plusieurs reprises et tomber à terre. « C'est dangereux, pensa-t-il en la ramassant. Mais de toute façon le sanglier n'est pas pour moi aujourd'hui car il a pris la direction opposée à la position que j'occupe », se dit-il en bâillant pour lutter contre le sommeil. Il ramassa son arme une dernière fois, l'appuya contre le tronc d'un petit arbuste bordant sa cache, crosse contre terre et canons vers le ciel et, engourdi par le bon repas du matin et la chaleur du soleil, bâilla encore une fois. Enfin, rassuré par la distance qui le séparait du sanglier, il s'étendit de tout son long, respira avec délices le parfum des immortelles odorantes de son lit improvisé et, la tête à l'ombre et les pieds au grand soleil, ferma les yeux.

Il fut réveillé en sursaut par un bruit de pas précipités, de branches cassées, de brindilles brisées, de feuilles froissées, d'arbustes secoués, de cailloux projetés avec violence dans les frondaisons, puis il entendit distinctement les grognements furieux et le souffle rauque du sanglier qui déboula dans le chemin comme un fou.

L'énorme bête passa à la hauteur du chasseur à la vitesse d'un cheval au galop, se prit la hure dans la courroie du fusil et continua son chemin sans ralentir sa course, en soulevant un nuage de poussière et en dégageant une odeur fauve.

L'arme se bloqua à hauteur des épaules de l'animal qui continuait à foncer dans les taillis avec la force d'un ouragan. Une branche de ciste toucha malencontreusement la détente et le fusil se déchargea dans un bruit de tonnerre qui, répercuté par l'écho, se répandit dans toute la montagne.

Un silence impressionnant suivit les deux détonations. Surpris, les chiens s'étaient arrêtés d'aboyer et les chasseurs de crier. Aux premiers bruits, Dumènicu s'était mis sur ses pieds. Ensuite, frappé de stupeur par le bruit de son arme et la tournure des événements, il était resté figé comme une statue de sel, incapable de faire un seul geste et de dire un seul mot.

Quelqu'un appela du vallon :

– Ô Dumè ! Ça y est ? Tu l'as tué ?

– Non ! hurla Dumènicu, fou de rage, sauvez-vous, c'est lui qui tire !

La suite, je vous la laisse deviner. Le récit de l'aventure, agrémenté de propos désobligeants à l'égard du chasseur, fit rapidement le tour du village et de toute la Corse. La réputation de Dumènicu, jusque-là sans tache, fut ternie à jamais par ce regrettable incident. Il en fut tellement affecté que peu de temps après les faits il tomba gravement malade et rendit son âme à Dieu.

Tout le monde chez nous connaît cette histoire fâcheuse mais peu peuvent se vanter de l'avoir vécue comme moi.

On ne retrouva jamais le vieux sanglier solitaire ni le fusil de Dumènicu. Certains prétendent que l'âme du chasseur revient les nuits de pleine lune pour se venger de son ennemi, et que l'on entend alors des détonations dans les parages. Enfin, chacun raconte n'importe quoi mais moi je sais que ce bruit est celui du vent furieux qui passe en force dans la *pétra tafonata* [1], dit pour terminer Natale, en me jetant un regard malicieux.

Le vieil homme resta quelques instants songeur et silencieux. Il acheva de vider son verre de rosé, se leva et, après m'avoir salué, me quitta pour aller remplir ses obligations de berger et traquer le sanglier dans le maquis parfumé.

1. *Pétra tafonata* : pierre trouée. En Corse, dans certaines régions comme la Balagne, des roches granitiques comportent des cavités et des trous naturels qui se sont formés sous l'action conjuguée de l'eau et du vent.

Table

DU MÊME AUTEUR

La Couleur des mots
poèmes, éd. Scriba, L'Isle-sur-Sorgue

Les Silences du cœur
poèmes, éd. Scriba, L'Isle-sur-Sorgue

Les Vents de l'oubli
souvenirs d'enfance, éd. Albin Michel

*Cet ouvrage a été composé
et achevé d'imprimer sur Roto-Page
par l'Imprimerie Floch à Mayenne,
pour les Éditions Albin Michel
en mars 1997.*

*N° d'édition : 16288. N° d'impression : 40843.
Dépôt légal : mars 1997.*

Imprimé en France.